LE ROMAN D'ALIA

Née à Paris en 1948, Catherine Hermary-Vieille alterne les biographies et les romans avec succès. Elle a obtenu de nombreuses récompenses littéraires, dont le prix Femina pour *Le Grand Vizir de la nuit*, le prix des Maisons de la Presse pour *Un amour fou* et le Grand Prix RTL pour *L'Infidèle*. Elle vit aujourd'hui en Virginie, aux États-Unis.

Paru dans Le Livre de Poche :

LA BOURBONNAISE

LE CRÉPUSCULE DES ROIS

1. La Rose d'Anjou
2. Reines de cœur
3. Les Lionnes d'Angleterre

LES DAMES DE BRIÈRES

1. Les Dames de Brières
2. L'Étang du diable
3. La Fille du feu

LE GARDIEN DU PHARE

LORD JAMES

CATHERINE HERMARY-VIEILLE

Le Roman d'Alia

ROMAN

ALBIN MICHEL

ISBN : 978-2-253-12819-9 – 1re publication LGF

À A. et M. avec ma reconnaissance
et mon affection,

À Fatima

« La liberté existe toujours. Il suffit d'en payer le prix. »

MONTHERLANT, *Le Cardinal d'Espagne.*

1

De nos jours, on ne dit plus asile de vieillards mais résidence pour seniors. Dès l'entrée de l'immeuble, tout est pensé, concrétisé pour donner une impression de bien-être, de raffinement, de convivialité comme dans les maisons funéraires où les trépassés reposent « en majesté » sur des coussins de satin et de velours. Odeurs suaves, musique douce, sourires engageants.

Suis-je devenue une vieille dame ? Je ne le pense pas. Dans mes rêves, j'ai toujours vingt ans.

Si j'ai accepté de m'installer aux Amaryllis, c'est pour ne plus occasionner à mon fils la corvée hebdomadaire de venir contrôler si mes factures avaient été payées en temps voulu. Mais je savais que je franchissais le Styx, que je pénétrais dans le royaume des survivants, une cohorte plus ou moins vaillante tenue à l'œil par les marchands du Temple. Un marché bien ciblé comme celui des nourrissons, des ados ou des ménagères de moins de cinquante ans, beaucoup d'argent à la clé.

— Bienvenue, chère madame.

Les deux mains tendues, une femme pimpante arrive

vers moi. Avec ses cheveux soigneusement ondulés, son tailleur, ses escarpins aux talons bas et carrés, je la trouve caricaturale. Elle plante son regard dans mes yeux comme un professeur examine une nouvelle élève pour deviner si elle filera droit.

— Les déménageurs viennent d'arriver, ils vous attendent pour mettre vos meubles en place.

Mon fils lui serre la main.

— Votre maman sera heureuse ici !

J'ai envie de lui clouer le bec mais à quoi bon m'en faire une ennemie ? Il est clair que pour elle ses vieux retombent en enfance. Elle les dorlote et elle les mate. « J'en suis sûr », opine mon fils. Damien a toujours eu des jugements arrêtés. Ses premiers mots ont été : « Damien veut, Damien veut pas. » Il était sûr que ses parents devaient se donner à lui corps et âme, certain que quoi qu'il fasse, quoi qu'il dise, son règne serait sans fin. Pas un instant, il n'a hésité avant de choisir la profession de magistrat, pas plus qu'il ne s'est demandé s'il devait ou non épouser Caroline. Ils étaient faits l'un pour l'autre. Dix ans plus tard, divorcer était une nouvelle évidence et j'ai perdu une belle-fille que j'aimais comme mon enfant. Il s'est remarié et j'ai évité de m'attacher à Amanda, sa nouvelle épouse.

Madame Moret, la directrice des Amaryllis, me précède dans le couloir du huitième étage, un corridor sans fin, moquetté de gris souris. Damien clôt la marche.

J'ai choisi un logement de petites dimensions, un salon, une chambre, un coin-cuisine. Peu m'importe. Mon appartement, le vrai, est celui que j'ai habité durant trente années : trois chambres, un grand salon, une salle à manger, une cuisine un peu désuète mais charmante, carrelée de terre cuite rouge. J'y étais bien. « Tu n'as pas besoin de toute cette place », me rabâchait Damien.

Doit-on vivre à l'étroit parce qu'on vieillit ? Doit-on voir en même temps que son espace intellectuel se rétrécir l'espace physique ? Depuis longtemps Amanda et lui avaient arrêté des plans que je devinais : me mettre au placard pour occuper l'appartement. Avec eux, j'ai visité les Jardins d'Éden, la Résidence Versailles, les Gerbes d'Or. Et finalement les Amaryllis. Ainsi soit-il.

Une porte s'ouvre sur le corridor d'où surgit un petit homme souriant emmitouflé dans un cardigan de laine beige.

— Je suis votre voisin, bienvenue, chère madame.

Il me sourit comme un vieil ami. La toile se tisse, j'en vois les premiers fils : complicité des passagers au cours d'une belle croisière. La bateau vogue vers le maelström, les vacanciers se font des politesses, tentent de former un groupe cohérent, de générer de la belle humeur.

Je serre la main qu'il me tend comme je prendrai celle des autres avant le dîner quand la digne madame Moret me présentera comme on présentait les nouveaux courtisans à la cour de Louis XV.

L'appartement a été nettoyé, la chambre à coucher repeinte, toute trace du précédent locataire est effacée. Les saisons viennent, les saisons passent. Par les fenêtres, j'aperçois le magnolia. Peut-être est-ce la présence de cet arbre qui m'a décidée à choisir les

Amaryllis. Il y en avait plusieurs dans mon jardin de Dakar où Laurent avait été nommé consul après trois ans en Jamaïque. Puis vint le retour au « Quai », la joie de retrouver l'appartement de la rue de Sèvres que nous avions loué à des amis. Cet arbre était un pont me reliant au passé, un souvenir qui vivait encore.

À cause de l'odeur de la peinture fraîche, madame Moret ouvre la fenêtre. Le ciel est bleu clair, moutonnant. Je suis près de Paris. Il suffit de prendre le RER pour me rendre rue de Sèvres. Mais je sais que je n'irai guère comme je ne retournerai jamais à Kingstown, au Sénégal, ou dans la maison charentaise de mes grands-parents, résidus jetés sur ses berges par le fleuve du temps.

J'ai le cœur serré, une boule dans la gorge. Vais-je pleurer comme une fillette abandonnée dans un pensionnat ? « Quelle chance vous avez ! s'est exclamée Amanda, aussitôt mon accord donné pour les Amaryllis, vous allez être en vacances toute l'année ! » Une retraite à se prélasser dans un hôtel quatre étoiles, quel rêve pour une enseignante qui, sans cesse interrompue dans sa carrière afin de suivre un mari itinérant, n'a jamais pu obtenir que des classes à problèmes dans des lycées de banlieue. Je m'étais pourtant attachée à certains de mes élèves, ceux qui gardaient de l'espoir et ceux qui n'en avaient plus.

L'aménagement n'a pas traîné en longueur. Mis à part un lit, une commode, un fauteuil pour ma chambre, un canapé, une télévision, une table et six chaises, une bibliothèque et mon ordinateur, j'ai tout abandonné à Damien rue de Sèvres.

Enfin je reste seule avec mon fils. Il semble guilleret. Devoir accompli. L'excellente madame Moret prendra soin de moi, je me ferai des amis, serai sous la surveillance d'une équipe médicale compétente. Pourquoi ? Je suis tout à fait capable de m'occuper de moi-même. Si on donne un doigt à ces gens-là, ils vous dévorent le bras. Quoi qu'il en soit, vivre est dangereux pour la santé.

— As-tu besoin de quelque chose de plus, maman ? Veux-tu que j'aille faire quelques courses ?

Je lui souris. Il fait de son mieux pour me communiquer sa belle humeur.

— J'ai tout le temps d'aller explorer le quartier. Va, Amanda doit t'attendre.

J'avais vaguement espéré qu'il me propose de partager mon premier dîner aux Amaryllis. Un enfantillage. L'amour maternel est inaltérable, pas l'amour filial. À vingt ans, vingt-cinq ou plus, on a sa vie à vivre. L'amour viscéral n'est plus. On va chez ses parents de temps à autre, on s'y ennuie un peu. Plus grand-chose en commun, de la dévotion d'un côté, une simple affection de l'autre. Beaucoup de silences sous les paroles enjouées, beaucoup d'indifférence, de simulation. Laurent avait renoncé à s'immiscer dans la vie de son fils, pas moi. Je lui prenais le bras, chuchotais : quoi de neuf ? Une réponse évasive me suffisait.

Damien m'embrasse sur les deux joues.

— Je t'appelle demain.

Je suis descendue à l'épicerie la plus proche.

— Vous venez de vous installer aux Amaryllis ? m'interroge un homme rondouillard.

J'ai l'impression d'avoir, comme les vaches, un numéro accroché à l'oreille, « pour qu'on ne les vole pas », m'a appris un fermier. J'aimerais bien qu'on me ravisse, qu'on m'escamote d'ici. Salons d'essayage à cloisons mobiles, traite des blanches, femmes droguées livrées à des émirs ou dans des bordels de luxe. J'ai soixante-dix-huit ans, soixante-dix-neuf l'hiver prochain. Plus besoin de fantasmer ? Pour quelle raison ? Des cernes sous les yeux, une bouche moins ferme, des cheveux gris camouflés par une discrète coloration contaminent-ils le cœur ?

De retour dans ce qu'il faut bien nommer « chez moi », j'ai allumé mon ordinateur, cherché fébrilement des sites parlant de voyages, d'hôtels, de billets d'avion à prix doux. Pour deux mille euros, on peut faire le tour du monde avec escales à Istanbul, New Delhi, Saigon, Manille, Carthagène. Je ferme les yeux. Le rêve, il me faut du rêve à tout prix.

La salle à manger est déjà à moitié pleine. Je l'avais visitée vide en compagnie de madame Moret, elle me semble différente aujourd'hui. Peinte en rose doux, décorée de rideaux de lin d'un rose plus soutenu, cette vaste pièce bruisse d'activité. Je pense à une fleur sur laquelle butinerait un essaim d'abeilles. Proches les unes des autres, les tables sont recouvertes de nappes blanches et décorées d'une marguerite plantée dans un petit vase à col droit. Combien en garnit-on avec une botte ?

Tous les yeux sont dirigés vers moi. Mon charmant

voisin, monsieur Dubreuil, se lève pour m'accueillir. Il a troqué son gilet de laine beige contre une veste grise.

— Un moment de silence, clame-t-il, je voudrais que nous souhaitions la bienvenue à madame Rénier qui vient de nous rejoindre.

Une fugitive angoisse me serre à nouveau le cœur. Tout est trop parfait, trop joyeux. Veut-on me happer, faire de moi un membre actif de cette petite communauté ? Dans une semaine, un mois, vais-je bourdonner moi aussi autour d'une nouvelle venue ?

Certains pensionnaires sont courbés, chenus, digérés par la vieillesse, d'autres semblent en bonne condition physique. D'un coup d'œil, j'ai compté environ dix femmes pour un homme. Les autres mâles sont-ils morts ou se sont-ils échappés ?

Je souris, je serre des mains. Monsieur Dubreuil me prend par le bras, m'escorte à une table qui jouxte la sienne.

— Les voisins doivent demeurer proches, chuchote-t-il. Permettez-moi d'être votre cornac aux Amaryllis.

Étourdie, fatiguée, j'ai répondu aux souhaits de bienvenue et, refusant le café ou la tisane servis au bar, je suis montée me coucher.

Ma chambre m'est étrangère, je n'ai pas encore de repères. Pendant de longues minutes, j'ai cherché mon pyjama, ma trousse de toilette, le commutateur de la salle de bains. Elle n'a pas de fenêtre, la lumière y est blanche, trop crue. Dans le miroir accroché au-dessus du lavabo, j'ai l'air d'avoir cent ans.

Couchée sur le dos, les draps tirés jusqu'au menton, je regarde le plafond où se glisse une tache de lune. Je pense à Laurent. Nous sommes restés mariés quarante années, mais je n'ai réalisé combien je l'aimais que le lendemain de sa mort. Le jour même, on ne pense pas, on flotte en apnée entre deux eaux, on redevient protozoaire. Laurent n'a pas souffert, il est tombé, au cours d'un repas, la tête dans son assiette, foudroyé par une crise cardiaque. Damien était en vacances avec sa femme aux Seychelles. Ils sont revenus la veille des obsèques.

Pendant un mois, j'ai répondu à des lettres de condoléances, écrit à des caisses de retraite, d'assurance-maladie, à des banques. Chaque soir, je couchais dans le lit que nous avions toujours partagé, Laurent et moi, je le retrouvais, lui parlais.

Aujourd'hui, je suis tout à fait seule. J'ai laissé à Damien le lit double et me contente de son divan de jeune garçon. Si j'ai eu tort, il est trop tard. Aurais-je décidé, le jour où j'ai accepté d'entrer aux Amaryllis, d'abandonner toute lutte et de me saborder ?

Les yeux grands ouverts, immobile comme un cadavre, je songe que je dois me reprendre, tirer le meilleur parti de ce qui me reste à vivre. Demeurent Paris, les expositions, les musées à moins d'une heure d'ici, quelques vieilles amies, l'espoir de passer le mois d'août dans un petit hôtel proche de la maison que loue Damien chaque été en Ardèche. Jamais je n'ai accepté de m'installer chez mon fils et Amanda, ils seraient embarrassés de moi et moi d'eux. La fermette est pleine d'amis qui vont et qui viennent, se lèvent tard, déjeunent à deux heures, dînent à neuf. Ces horaires décalés ne me gênent pas, ils sont le symbole de la jeunesse, d'un refus du strict emploi du temps des bébés, des écoliers, des vieux. Je passe les voir en fin d'après-midi, nous prenons un verre tous ensemble au bord de la piscine. Les amis de Damien et d'Amanda ne s'intéressent à moi que par politesse et je reste rarement pour le dîner.

Je vais prendre une pilule pour dormir. Demain, tout ira mieux.

L'heure du café rassemble, sur les confortables fauteuils qui entourent le bar, la volière des dames et la poignée de vieux messieurs. L'installation récente d'une machine utilisant des dosettes individuelles a fait sensation. Depuis cinq années, j'en possédais une « chez moi ». Je m'en veux de formuler encore en esprit ces deux mots. Plus qu'une blessure, ils m'apportent une sensation de vide, l'impression de vivre dans une zone frontière entre la vie et la mort. On ne sort des Amaryllis que dans un cercueil ou moribond, incapable de survivre sans assistance. Nul n'ignore les statuts, personne n'en parle.

Mon chez-moi était vaste. J'avais un grand bureau où s'entassaient dossiers et courrier en instance, une chambre où rien n'avait été bousculé depuis la mort de Laurent, un salon où était rassemblé le mobilier hérité de mes parents et beaux-parents, une salle à manger que j'avais moi-même peinte en rouge framboise et décorée de vieux meubles glanés chez des brocanteurs, un buffet, une desserte, des chaises Louis-Philippe, une table rustique autour de laquelle dix personnes pouvaient s'asseoir. Au fond du couloir où j'avais accroché les photos prises au cours des années : portraits de Damien, paysages aimés, scènes de famille, visages d'amis, notre maison des Charentes ensevelie sous les roses grimpantes, se trouvaient deux chambres, un cabinet de toilette et la cuisine qu'un menuisier de quartier avait modernisée. Les carreaux avaient été achetés lors de vacances au Portugal, la panetière trouvée en Provence, la table et les chaises en pin acquises sur Internet.

Je me suis assise à côté de monsieur Dubreuil qui bavardait avec mademoiselle Husson, notre doyenne, expédiée ici voici quinze années par un médecin soucieux de la savoir surveillée après une chute l'ayant laissée seule vingt-quatre heures sur les carreaux de sa salle de bains. On échoue aux Amaryllis poussé par sa famille ou par le corps médical, il est rare qu'on choisisse délibérément de s'y installer. En réalité, niché au plus profond de notre inconscient, demeure l'espoir de trouver la mort chez soi, pas dans un espace anonyme. Un appartement, une maison livrent toujours quelques vestiges du précédent occupant, la trace d'un tableau sur un mur, l'empreinte de meubles sur une moquette, une odeur de suie dans la cheminée, des miettes oubliées au fond d'un placard de cuisine. Aux Amaryllis, tout est repeint, moquetté de neuf, briqué par des équipes de professionnels auxquels n'échappent ni un cheveu, ni un grain de poussière. Le nom du précédent locataire n'est jamais mentionné, comme aspiré lui aussi par les puissants appareils de nettoyage. J'imagine mon cercueil quittant les Amaryllis tandis qu'y pénètre une dame âgée tirant sa valise. Le temps d'appeler l'ascenseur, il ne reste plus trace de mon existence dans ce logis qui, tant bien que mal, aura été le mien durant quelques années.

J'attends, j'écoute la respiration de monsieur Dubreuil. Le bouquet de fleurs artificielles posé sur le bar se fond dans le silence, nie le temps qui passe. Sommes-nous réels, nous les paisibles, dociles petits vieux parqués dans leur dernier enclos ? Ou quelque part avons-nous déjà disparu de la communauté des vivants, visibles seulement pour ceux qui s'enrichissent de nos retraites ? Plus d'argent, et l'aimable sourire de madame Moret se figerait, les Amaryllis exileraient de leurs parterres enchantés le vieillard impécunieux. À l'État de le recueillir, de le nourrir, de payer son cercueil. Les impôts sont faits pour cela.

Pour la fête des Mères, Amanda et Damien m'ont invitée à déjeuner. J'ai pris le RER, un métro jusqu'à Sèvres-Babylone. Premier retour « à la maison ». J'ai la gorge serrée, le cœur battant. Mes pas me conduisent tout naturellement vers l'immeuble, mon index compose le code, ma main pousse la porte. Comme d'habitude, je monte à pied les deux étages.

Mon vieux bouton de sonnette a été remplacé par un modèle chromé, mon paillasson usé jusqu'à la corde a disparu. À sa place se déploie un rectangle cerné de noir sur lequel sont inscrites les initiales D et A. Pourquoi pas ? J'aurais dû jeter à la poubelle le vieux tapis depuis longtemps.

C'est Amanda qui m'ouvre. Elle me sourit, elle est

chez elle. C'est tout juste si elle ne m'indique pas le chemin du salon.

Sur le pas de sa porte, je m'immobilise. La pièce est méconnaissable. La cloison qui séparait le salon de la salle à manger a été abattue, le vieux parquet est recouvert d'une moquette jaune pâle, les murs sont laqués de blanc. Des meubles que je leur ai laissés ne restent qu'une commode Louis XVI et la table de la salle à manger. Mais j'aime les rideaux aux rayures acidulées accrochés à de grosses tringles de bois. Ils font certes plus bel effet que mon vieux chintz fleuri décoloré par le soleil.

Amanda a préparé un bon déjeuner, acheté un gâteau, Damien a remonté de la cave une bouteille d'un vin de Loire que j'apprécie particulièrement. Trop d'émotions. Comme tous les jours, j'ai la larme à l'œil.

— Tu penses à cet été, maman ?

J'avoue n'avoir pas encore l'esprit assez clair pour des projets.

Damien me sourit gentiment.

— Amanda et moi avons loué notre ferme ardéchoise pour le mois de juillet mais la maison sera pleine. Nous attendons beaucoup d'amis.

J'achève mon verre de vin, avale une bouchée de la charlotte aux fruits rouges. Une sorte de crainte irraisonnée s'empare de moi. Damien est en train de tracer les limites que je ne peux dépasser.

— Je comprends, ne t'inquiète pas pour moi.

Amanda prend le relais. Sa voix est claire, enjouée. Trop.

— Mais il y a une petite pension de famille à

quelques kilomètres où vous seriez bien pour une dizaine de jours.

Tout est dit. Un gîte éloigné de chez eux, une dizaine de jours.

— Je verrai, mes enfants.

— Il faut faire tout de suite les réservations, maman.

Le gâteau me reste dans la gorge. C'est Damien maintenant qui me prend sous sa protection, organise ma vie : les Amaryllis, la gentille pension. Amanda va-t-elle bientôt choisir mes vêtements ? De toutes mes forces, je refuse ce retour à l'enfance.

D'une voix ferme, je répète :

— Ne vous occupez pas de moi. J'irai peut-être chez ma sœur à Carnac.

— Voyons, maman, tante Adeline est envahie tout l'été par ses petits-enfants. La maison est bruyante, tu seras épuisée.

Il a raison, je ne me suis jamais plu chez Adeline. Ses petits-enfants m'éreintent et Henri, mon beau-frère, m'étouffe dans la fumée de ses vingt-cinq cigarettes quotidiennes.

Mère de quatre enfants, ma sœur n'a guère eu de liberté dans sa vie, elle doit me juger égoïste, trop anticonformiste. Lors de son premier appel aux Amaryllis, elle a soupiré : « Ah, si je pouvais me prélasser comme toi ! »

— Je ferai la réservation, maman, prononce Damien d'un ton patelin. Amanda se chargera des billets de train.

Je les vois sourire en face de moi, mais ils sont loin, loin. Un étrange brouillard nous sépare. Je voudrais les prendre dans mes bras, leur demander de m'aimer, rien de plus, pourtant je sais très bien que je dois rester silencieuse sous peine d'être jugée sénile.

Autrefois, je serrais mon petit garçon contre ma poitrine, je l'embrassais dans le cou, ébouriffais ses cheveux, lui murmurais des mots tendres. Il était à moi et moi à lui. Je refusais d'admettre que cette fusion aurait une fin, que deux baisers secs et rapides deviendraient les seules marques extérieures d'un attachement qui, pour moi, ne cessera qu'à la mort.

Quand on vieillit, le repli sur soi-même n'est pas un choix mais une contrainte. Quand bien même les gens âgés resteraient-ils ouverts au monde, curieux, enthousiastes, celui-ci ne fait que les tolérer. Ils sont censés vivre dans un univers démodé, gémir de petits maux qu'ils espèrent vaincre grâce à toutes sortes de charlatans vantant des pilules hors de prix. On nous perçoit comme un troupeau de brebis offrant encore un peu de leur laine à tondre avant l'abattoir.

Le ton presque autoritaire de mes enfants me déroute. Comment leur dire franchement que je ne souhaite pas m'installer dans cette pension de famille ? Quant aux groupes, aux tables attribuées, aux voisins obligeants, j'ai tout ce qu'il me faut ici. Pas une seconde, je ne leur en veux de ne pas m'inviter. Ils font comme ils l'entendent, mais qu'on me laisse agir à ma guise.

Après le café, je décide de me sauver.

— J'ai rendez-vous pour le thé avec une charmante dame des Amaryllis, dis-je en enfilant ma veste.

Tout sourire, Damien me plaque deux baisers sonores sur les joues.

— Je savais bien que tu te plairais là-bas.

Le RER n'en finit pas d'arriver. J'ai la gorge nouée. Tout est désolant le dimanche après-midi, vide, nostalgique. Que vais-je faire de moi-même avant le dîner ? Voici quelques semaines encore, je m'ingéniais à gagner en retard la salle à manger des Amaryllis. Dérisoire rébellion. Aujourd'hui, je suis à l'heure et je m'en moque.

2

Une bête silencieuse, sournoise, cruelle me guette prête à bondir : la soumission, le renoncement. À l'heure du café, je m'attarde un peu plus longtemps devant le bar. Monsieur Dubreuil, qui porte chaque jour le même cardigan de laine beige, n'a pas bonne mine. Comme il se rase approximativement, des poils blancs et raides surgissent sur son menton, autour de ses lèvres pâles. Les dames parlent de leurs petits-enfants, se vantent des succès scolaires qu'ils obtiennent. On commente à n'en plus finir les articles du *Figaro* ou du *Parisien*. Aucune idée originale, aucune contestation. Et si on disait la vérité ? Si les gens âgés abdiquaient vraiment ?

Avec les premiers jours chauds, je reste chez moi. Rien ne m'attire. Des courses, pour quoi faire ? Dans quel but acheter une jupe, une paire de chaussures ? La rue commerçante, je l'ai parcourue cent fois de haut en bas et de bas en haut.

Je reste sur le canapé, j'observe le jeu de la lumière à travers les stores. Je suis triste.

Aujourd'hui, madame Moret a organisé une prestation musicale. Une pianiste sans âge joue du Chopin.

Le soleil pénètre par la baie vitrée qui sépare le grand vestibule du jardin. Les feuilles du magnolia reluisent, les roses se laissent caresser par la brise. Quelques personnes dans l'assistance somnolent. Je pense à un crématorium où le cercueil avance vers le brasier dans un flot de musique douce.

Sous les applaudissements, la pianiste s'incline. Elle a des doigts secs et longs aux ongles coupés court, une bague à la main droite. À travers les cheveux gris, on aperçoit la peau rosée du crâne.

— Quel bon moment, me souffle madame Attias, la veuve d'un officier de marine un peu altière qui choisit ceux auxquels elle parle et ceux auxquels elle n'adresse que quelques mots condescendants.

Je suis parmi les sélectionnés et nous échangeons çà et là sur un ton aimable des paroles anodines.

Sous son cardigan, monsieur Dubreuil transpire. Je l'imagine dans un lit faisant mille folies et ai envie d'éclater de rire. Voilà ce qui me manque : la joie, l'ironie, la raillerie même, pourvu qu'elles soient partagées avec un complice.

— Nous avons de la brandade ce soir, chuchote madame Aubert, j'espère qu'elle sera moins grasse que la dernière fois.

Je suis restée chez moi devant une assiette de soupe et un morceau de fromage.

— Il faut te secouer, me gronde Adeline. Pourquoi n'assistes-tu pas à des conférences ? Il y en a de très bonnes au Collège de France.

Ma sœur réalise-t-elle qu'il me faut une heure pour me rendre dans le centre de Paris ?

— Ou bien, va au théâtre le dimanche, ils font des prix intéressants pour les seniors.

J'acquiesce. Elle a raison. Les déprimés m'ont toujours semblé pathétiques. Je ne suis pas malade, je suis désemparée.

Cet été, je n'irai pas à Carnac chez ma sœur mais non loin de là, à Auray, une charmante petite ville. Nous pourrons nous voir à notre convenance. J'ai loué une chambre qui donne sur le vieux port. Quoi qu'il en soit, dix jours seront vite passés.

« Comme tu veux, maman, a consenti Damien plutôt soulagé. Fais ce qui te rend heureuse. » Voici quelques années, ou plutôt des siècles, c'est moi qui recevais en Charente. La maison était pleine, fatigante certes, mais je me souviens de petits-déjeuners joyeux sous le platane, de longs dîners à la belle étoile. Nos amis étaient professeurs, diplomates, nous refaisions le monde en buvant de l'entre-deux-mer. J'avais trente ans, quarante ans, cinquante ans. Je débordais d'énergie, je ne me voyais pas vieillir. Seul Damien qui passait de l'enfance à l'état d'homme me confrontait au temps.

Laurent ne croyait pas en notre conception de la durée, pour lui une illusion, une invention humaine. Que de discussions passionnées à l'heure du pineau des Charentes quand un soleil rouge caressait les troncs des pins parasols, teintait de feu les branches touffues des tamaris. Un vieil ami, Marcel Barbourian, professeur de philosophie, contredisait Laurent avec passion. Le temps passé à aller d'un point à un autre, ou à mener à terme une activité en donnait clairement la compréhension. Laurent ripostait. Nous ne vivons que des instants se succédant les uns aux autres, il n'y avait pas de séquence linéaire comme son ami l'affirmait. Tout était instantané, tout était mémoire. « Une intuition seulement », tonnait Barbourian.

Je crois mon mari maintenant. Tout est mémoire. Comme dans un jeu de construction, puis-je éliminer des éléments inutiles, réunir des pièces éparses, les assembler, édifier mon présent à ma guise ?

Jamais je n'ai accepté la disparition de Laurent. Il est parti trop vite. Une déchirure qui saigne toujours. Nous n'étions pas un couple parfait mais nous étions deux, épaule contre épaule dans les moments de bonheur ou de détresse. Nous partagions nos lectures, nos projets, nos déceptions. Lors du divorce de Damien, il fut l'élément apaisant, conciliateur, et m'obligea à m'adapter avec grâce à une décision qui, certes, ne dépendait pas de moi mais me peinait infiniment. Il m'emmena à Palerme, à Vienne. Sa carrière de diplomate était achevée mais nous gardions des amis ici et là. Nous faisions partie intégrante de la société des hommes.

Laurent a disparu peu avant mon soixante-quinzième anniversaire. Il venait de fêter ses soixante-dix-huit ans. J'étais veuve et devenais vieille. La société des seniors me guettait comme une araignée un moucheron.

Ce début d'été est chaud. Je regrette d'avoir suivi l'avis de Damien et choisi un appartement exposé en plein sud. Dès le matin, il faut baisser le store, vivre dans la pénombre. Quelques dames m'invitent à prendre chez elles un rafraîchissement, une tasse de thé. Je décline et sais que j'ai tort. Pourquoi se débattre quand on est déjà captif ?

Un visiteur médical est venu avant le déjeuner nous parler de vitamines extraites d'algues aux noms imprononçables. Ces pilules miracle redonneraient de la mémoire, de l'énergie. Certes, la Sécurité sociale ne remboursait rien du prix par ailleurs avantageux qu'il nous consentait comme clients privilégiés « mais, conclut-il avec un large sourire, nous ne pouvions pas faire de meilleur investissement ».

Les petites boîtes sont bien parties, madame Moret a dû être contente.

À l'heure du café, on me tient désormais un peu à l'écart. Monsieur Dubreuil s'est lié intimement avec Aurore Husson qui devient coquette et arbore des robes fleuries. Elle a pour lui mille prévenances. Aujourd'hui, j'ai remarqué qu'elle lui servait son café.

Denise Attias m'adresse toujours quelques mots par solidarité de classe. Une de ses petites-filles vient de se fiancer à un jeune homme parfait, bonne famille, bons diplômes. Le mariage aura lieu dans un joli château de la Creuse. Dès septembre, elle se mettra en quête d'une robe, d'un chapeau, aidée par son aînée Marie-Victoire qui, Denise, n'oublie jamais de me le rappeler, a épousé un polytechnicien. Veuve d'un diplomate, je fais partie intégrante de cette société de châteaux et de fines jeunes filles blondes. Mon statut d'ancien professeur de lycée ne compte guère, j'existe à travers la carrière de Laurent. Certes, je pourrais me rapprocher de

Denise Attias, elle a voyagé, lu, possède de l'autorité et du savoir-vivre mais ses jugements sans nuances, son conformisme m'ennuient.

En revanche, je sympathise avec une des serveuses, Jamila, d'origine marocaine. D'âge mûr, cette femme force mon respect par sa dignité, son obligeance, une patience sans fin envers les plus bougons d'entre nous pour lesquels les plats sont toujours trop froids, trop gras, trop salés… Je l'observe tandis qu'elle écoute les reproches, jamais elle ne s'impatiente, jamais elle ne se départit de son sourire, un vrai sourire, indulgent, compatissant. Les vieilles personnes sont pour elle des êtres qu'il faut protéger et rassurer. Lorsque l'occasion se présentera, j'essaierai de lui parler.

Mes vacances organisées, je cours le quartier pour acheter de menus cadeaux aux enfants d'Adeline. Il fait chaud. Des parterres de fleurs abondamment arrosés par les services municipaux monte une bonne odeur de terre, la fragrance discrète des œillets de poète et des giroflées rousses. Je m'assois sur un banc et ferme les yeux. Mais au lieu de jouir du bonheur simple d'être en vie, caressée par le soleil, l'angoisse m'envahit, le sentiment d'un danger immédiat, celui de regagner les Amaryllis. Pourquoi y rester ? Je pourrais revenir à Paris, louer un petit appartement. Je m'imagine à nouveau alerte, pense à des journées actives, intéressantes. Damien et Amanda n'auraient nulle obligation de me rendre visite. Au lieu de les ennuyer un dimanche par mois rue de Sèvres, c'est moi qui les inviterais à déjeuner dans un bistrot. Un moment de vrai bonheur partagé.

J'achète des journaux, lis les rubriques immobilières. Les prix des locations dans les quartiers où je veux habiter me sidèrent. Pour la somme dont je dispose, je ne peux envisager qu'un grand studio ou un petit deux pièces sur cour. J'apprends à décrypter les annonces, charme, caractère, original signifient mal fichu, vieillot, sans ascenseur, sombre.

Un matin, je saute dans le RER pour visiter « un petit appartement à saisir sans attendre » près du métro Cardinal-Lemoine. J'ai l'impression de me sauver en douce, de faire quelque chose d'interdit. En me souhaitant une « bonne journée », il me semble que madame Moret m'a regardée d'un drôle d'œil.

Durant tout le trajet, je suis nerveuse comme une jeune fille se rendant à un premier rendez-vous amoureux. Et si la petite merveille me plaisait ? Oserais-je signer tout de suite une promesse de bail ? Damien serait furieux. Trois mois de loyer payés d'avance aux Amaryllis gaspillés, un déménagement à faire en sens inverse. Aurais-je perdu la tête ?

Je déjeune dans un bar à vin près de la rue Mouffetard, les plats du jour sont inscrits sur une ardoise. Sur le vieux zinc sont alignés des bouteilles, des verres ballons. Je prends un lapin au thym, un verre de côtes-du-rhône, une tarte fine aux abricots. Tout est délicieux, je suis sur un petit nuage.

La chute est rude.

Au fond d'un joli jardinet planté d'impatientes, de buis et de fougères, je trouve un escalier que je grimpe jusqu'au deuxième étage. La porte est à simple battant, peinte en rouge foncé. Je me répète : « C'est charmant, délicieux. » Les deux pièces qui se jouxtent donnent sur une arrière-cour où s'étiole un lierre poussiéreux.

Seules la cuisine et la salle de douche ont vue sur le jardinet.

Une chape de tristesse me tombe sur le dos. Qui a vécu ici, quelles amertumes ont grandi entre ces murs ? Je flaire des destins chiches, rétrécis, des espoirs jamais aboutis.

— Avez-vous remarqué les jolies moulures, interroge l'agent immobilier, le parquet, la cheminée ?

En entrant dans le salon, d'un geste preste, elle a allumé toutes les lampes, mis d'équerre les chenets aux boules de cuivre terni. Par expérience, elle doit pressentir ma déception.

Sans élever la voix, je demande :

— Pourquoi diable la pièce de réception donne-t-elle sur la cour ?

— L'appartement a été coupé, soupire-t-elle. La cuisine et le cabinet de toilette étaient autrefois une chambre à coucher.

Je lis clairement dans ses pensées : « Ma pauvre dame, qu'espériez-vous pour ce prix-là dans le cinquième arrondissement ? »

Elle a raison. Je dois me résigner à ne plus faire partie d'un monde où jeunes et vieux, nantis et pauvres se côtoient. Notre société trie, élague, calibre. On s'isole des autres, de ceux qui ne vous ressemblent pas, on assèche une source vive, on se déshumanise. Je suis condamnée à perpétuité aux Amaryllis.

Un après-midi où je me sens particulièrement démoralisée, je me rends au cinéma. À peine ai-je regardé le nom du film mais je sors ragaillardie, presque heureuse. Pendant deux heures, j'ai vécu libre, prête à m'embarquer dans d'autres histoires que la mienne. Il me semble qu'une porte s'entrouvre, celle du rêve, de l'imagination, d'un bonheur « à la carte ». Je pense à *La Rose pourpre du Caire*, un film que Laurent et moi avons aimé. En serais-je arrivée là ?

De retour aux Amaryllis, je découvre à l'heure du dîner des mines consternées. Aurore Husson a eu un malaise dans son appartement. Elle est à l'hôpital. Dans notre communauté, tout ce qui touche à la maladie et à la mort suscite l'épouvante et le rejet. On accuse presque notre doyenne de nous avoir fait un sale coup.

À table, sa place vide devant son couvert mis pose une question à laquelle, pour le moment, nul ne veut répondre. Suis-je la seule à demander à madame Moret le nom de l'hôpital où elle est soignée afin de pouvoir lui rendre visite ? Elle semble surprise. J'en déduis qu'elle-même ne visite guère les pensionnaires en rupture de ban.

Ceux qui décèdent dans son pimpant établissement doivent être évacués la nuit par une porte de service. On craint la mort, on la cache, la maquille. Les défunts sont poudrés, pomponnés, coiffés pour avoir l'air vivants. Un long sommeil, un départ pour de grandes vacances. Personne ne porte le deuil, ce que les générations précédentes considéraient comme un dernier hommage semble aujourd'hui le comble de l'hypocrisie, une inutile dépense. Mieux vaut s'offrir un nouveau téléviseur, faire recouvrir son canapé. Et les voisins n'ont pas à savoir que l'on a perdu un membre de sa famille. Chacun pour soi.

La simple pensée que le sort de mademoiselle

Husson m'attend, un dernier soupir à l'hôpital, me terrasse. Quand mon état semblera désespéré, on m'évacuera par la porte de service, moi aussi, sous le regard presque critique de madame Moret. Un rebut dont seuls les médecins et les pompes funèbres tireront encore quelque profit. Je ne suis pas passéiste et ne crois en aucun âge d'or, mais l'image d'un vieillard s'éteignant au milieu des siens reste enracinée en nous. Il faudra bien des générations pour l'éradiquer tout à fait.

Le lendemain, je vais faire une courte visite à Aurore Husson. En suivant les longs couloirs d'un hôpital, une mutation s'opère, on quitte le monde des bien portants. Les odeurs, les bruits sont différents, à la fois rassurants et inquiétants. Des dames chaussées de confortables chaussures plates poussent des chariots. Elles ne voient personne, avancent en silence dans la clarté blanche reflétée par les murs ripolinés.

Mademoiselle Husson partage une chambre avec trois autres vieilles dames. Elle est étendue sur le dos, très pâle, les bras bien allongés sur le drap. On lui a placé une perfusion et mis de petits tuyaux dans le nez.

— Elle dort, me dit une infirmière.

Mais je trouve ce sommeil étrange.

— On lui a fait des piqûres, me souffle sa voisine de lit. Elle était agitée cette nuit et nous empêchait de fermer l'œil. Voyez-vous, madame, on m'a opérée de la vessie, je dois me reposer. C'est normal, n'est-ce pas ?

Je prends la main d'Aurore Husson qui ne réagit pas. Avec ses cheveux en bataille, son teint livide, ses lèvres que l'absence de dentier fait rentrer à l'intérieur de la bouche, cette femme si coquette est devenue une épave.

Une infirmière se penche vers moi.
— Êtes-vous une parente ?
— Non, dis-je, seulement une amie.
C'est un mensonge. Je n'ai échangé que des banalités avec mademoiselle Husson. Mis à part qu'elle souffre de rhumatismes, déteste le mouton, a possédé deux chats bien-aimés nommés Zig et Puce, je ne sais rien d'elle qui soit vraiment personnel.
— Mademoiselle Husson a eu une attaque cérébrale. Elle est sous calmants. Voulez-vous voir le médecin-chef ?
Bien que désireuse de me sauver au plus vite, je fais signe que oui.
Dans une petite pièce carrée, un homme entre deux âges m'accueille. Je le sens pressé.
— Votre amie restera avec nous pour un temps indéterminé. L'hémorragie cérébrale a été modérée mais à cet âge, rien n'est bénin. D'ici une dizaine de jours, si son état est satisfaisant, elle sera transférée dans le service de gériatrie. Nous vous tiendrons au courant.
— Puis-je amener quelques effets personnels ?
— Pour l'instant, le minimum, s'il vous plaît.
— Une eau de Cologne, une brosse à cheveux, une photo ?
Déjà le bon docteur est sur le pas de la porte. Deux jeunes médecins l'attendent dans le couloir.
— Le minimum, répète-t-il sans même me regarder.

Toute la soirée, je pense à Aurore Husson. Tout le monde savait aux Amaryllis qu'elle était née dans le

Berri, avait fait une assez belle carrière au ministère de l'Industrie. Je l'imagine petite fille, grandissant dans une vieille maison de province entourée d'un jardinet. Dans le voisinage, tout le monde devait se connaître, échanger ses joies, ses peines, se rendre de petits services. Aurore faisait partie de cette communauté, on l'aimait bien, on la voyait grandir, récolter des succès à l'école. Elle devait avoir des galants mais rêvait de la ville, d'un métier solide, loin de la précarité d'une vie paysanne. Ses désirs ont été accomplis et aujourd'hui elle meurt délaissée. Le sort d'Aurore Husson n'est-il pas celui de la plupart d'entre nous ? Qui assistera madame Attias qui se vante de la sollicitude de ses trois filles ? On ne voit guère les deux dernières, Marie-Héloïse et Marie-Olympe, auprès de leur mère, l'aînée davantage, l'air ennuyé. Elle emmène sa mère faire des courses. Toutes deux reviennent avec un petit paquet de gâteaux pour le thé que Marie-Victoire avale en vitesse avant de rejoindre sa famille, la conscience nette. Les trois filles modèles ont poussé leur mère à s'inscrire aux Amaryllis pour avoir de la compagnie, être déchargée des soins du ménage. « Elles pensent à tout, répète la veuve de l'officier de marine, ce sont des anges. »

En regardant d'un œil la télévision, je m'accuse d'indifférence, d'égoïsme. Devrais-je m'impliquer davantage dans ma communauté ? Mais la répulsion demeure, ferme, totale. Si je joue aux cartes, prends le thé, participe aux concours de Scrabble, je serai dévorée comme ces araignées qui vident un insecte de sa chair en l'aspirant. Je dois rester dans la résistance, saper les forces de l'ennemi. Même si celui-ci se montre prévenant, il reste l'ennemi.

En 1944, nous avions reçu l'ordre d'héberger trois officiers allemands dans notre maison des Charentes. En dépit de la vive tension qui régnait déjà chez les troupes occupantes, ils faisaient des efforts pour ne pas nous déranger, se montraient d'une scrupuleuse politesse. Mes parents nous interdisaient de prononcer d'autres mots que « bonjour » et « bonne nuit », d'accepter le moindre biscuit ou bonbon. À Adeline et moi, mon père disait : « Si vous prenez ne serait-ce qu'un morceau de pain, nous aurons définitivement perdu la guerre. » J'avais quinze ans. Un des jeunes officiers me couvait du regard et j'y étais sensible mais pour rien au monde je ne lui aurais offert un sourire. Aurais-je été seule avec lui sur une île déserte que je n'aurais pas cédé. « Les principes, disait papa, sont des règles entre l'honneur et soi. »

Je pense souvent à ma Charente, aux arbres lourds de fruits en été, à la lumière blonde de l'automne que traversaient les oiseaux migrateurs. Les chasses à la palombe, la préparation de Noël, puis celle de Pâques, l'ouverture de la pêche rythmaient le fil des ans. J'allai d'abord au collège à Saintes puis à Paris.

Nous sommes tous ici des déracinés, de vieux fœtus surnageant dans une eau glauque. Loin de nous pousser en avant, le temps nous fait faire marche arrière. Nous avons faim, soif, nous souffrons, nous avons peur d'être seuls, d'être perdus, oubliés. On a la larme à l'œil, on gémit, on ne s'occupe que de soi. Avec horreur, je repousse le bocal où baignent les fœtus. J'ai soixante-dix-huit ans. Je suis jeune, encore jeune !

3

Je retourne à l'hôpital visiter Aurore Husson. Elle a les yeux ouverts, ne bouge pas.

— Vos amis pensent à vous, dis-je d'une voix un peu forte qui fait se tourner vers moi les têtes des autres malades. Maurice Dubreuil demande sans cesse de vos nouvelles.

J'ignore si elle m'entend.

— Elle ne parle plus, me déclare sa voisine de lit.

Je suis atterrée. Voici une semaine seulement, Aurore Husson guettait aux Amaryllis une partenaire de conversation.

Je prends la main posée sur le drap où les veines font de longues traînées bleuâtres.

— Je viens des Amaryllis, chuchoté-je à son oreille en appuyant sur le dernier mot.

Les lèvres de mademoiselle Husson, réduites à un trait, bougent imperceptiblement. J'approche mon oreille mais aucun son ne sort de sa bouche, elle n'est plus qu'un poisson mourant cherchant à happer un peu d'oxygène. Une sorte de dégoût s'empare de moi, de la peur aussi et je me redresse. Cette longue salle, l'odeur de médicaments, d'urine, de sueur, le bruit abêtissant de la télévision m'ôtent tout courage. Je sais que je vais m'enfuir pour ne jamais revenir.

En sortant, je m'achète un gros bouquet de pivoines roses et blanches et chez la libraire, qui me connaît bien maintenant, un roman dont j'ai lu une bonne critique. Je rentre en serrant mes trésors contre moi.

Pourquoi ne pas m'ouvrir une demi-bouteille de champagne ce soir, tourner les premières pages de mon livre sur le canapé, les pieds sur un tabouret ? Je ne descendrai dîner que si le cœur m'en dit. Après tout, je suis libre ! L'agonie d'un proche est comme une potion amère mais bienfaisante. Face à un corps déjà saisi par la mort, on pense : « Je suis vivante, profitons-en. » Dans notre monde de jeunesse et d'allant, ce qui est définitif épouvante.

Mes pivoines ont fané, le livre s'achève tristement. Après deux jours d'absence, je suis retournée à la salle à manger. On m'entoure. Étais-je souffrante ? Maurice Dubreuil m'affirme avoir frappé plusieurs fois à ma porte.

— Quand même, soupire-t-il, j'aurais aimé vous faire une petite visite !

Il trottine vers sa table où l'attend une bouteille bien entamée de vin de Bordeaux. À la floraison de son nez, je le soupçonne de noyer ses états d'âme dans l'alcool. Il ne parle plus d'Aurore Husson.

Alors que Sélim et Carlos nous servent un gaspacho, madame Moret fait son entrée, droite, solennelle. « J'ai le regret de vous annoncer le décès de mademoiselle Husson. Notre chère amie n'a pas souffert. » Du jour, du lieu des obsèques, elle ne parle pas. Son devoir est accompli. Que la fête se poursuive.

Nous baissons tous la tête mais personne ne repousse son assiette. Le trépas de la vieille demoiselle est un malheur qu'il faut au plus vite digérer.

Pourtant je me souviens qu'en Charente mes grands-parents avaient perdu un âne mort de vieillesse ou de maladie, nul n'avait cherché à le savoir. Toute la nuit, bœufs et ânes avaient entouré le cadavre, agressifs envers quiconque tentait d'approcher. « Ils le veillent », avait affirmé ma grand-mère.

Nous aurions dû nous rendre à tour de rôle dans la maison funéraire où la dépouille d'Aurore a été transportée. Prier, rester silencieux ou lui dire adieu. Nous aurions dû accomplir notre devoir d'hommes. Le monde dans lequel nous vivons nous rend indifférents aux guerres civiles, aux génocides, aux invasions. Nous voyons chaque jour sur nos écrans de télévision des corps déchiquetés, des maisons en ruine, des enfants en larmes. On ne veut pas s'impliquer, on comprend mal, on s'en fiche. Tout a été dit et redit. « Qu'est-ce que la vérité ? avait demandé Pilate à Jésus. » À plusieurs reprises, j'ai entendu Laurent soupirer : « Je me sens anarchiste. » Généreux, enthousiaste dans sa jeunesse, il avait perdu ses illusions. Quant à moi, après Mai 68, je conservais celle d'avoir des enfants meilleurs que nous.

Aurore Husson est ôtée de nos conversations comme une écharde plantée dans une chair vive afin d'éviter l'infection. Un matin, on charge ses meubles dans un camion qui disparaît en grondant au coin de la rue. Qui la remplacera ? Cette question court sur toutes les lèvres. Ici, nous occupons tous le logis d'un mort.

Une ou deux fois par semaine, je prends le bus et vais au cinéma. Le centre commercial n'est qu'à dix minutes mais j'évite d'arpenter les galeries éclairées au néon. Pourtant, des décorateurs talentueux se sont appliqués à créer ce que l'on appelle aujourd'hui l'ambiance, la convivialité d'une rue commerçante. En semaine, il n'y a pas grand monde. Les pimpantes vendeuses guettent le client. Quelques mères traînent avec leurs enfants. Le soir, à côté d'un mari fatigué, elles rêvent de jeans moulants, de jupes à volants, d'espadrilles multicolores.

Je vois des bons, des mauvais films mais quelque chose me tourmente. Désormais, je suis une spectatrice. Je suis assise les bras ballants, je regarde passer les gens, s'écouler ce qui me reste de vie. Est-ce de la sagesse ? Mais celle-ci devrait engendrer le bonheur et peu de vieux sont heureux.

Un matin, je me heurte dans le couloir qui mène à l'ascenseur à Jamila, notre femme de charge. Elle ressemble à une princesse berbère. Outre le service de table qu'elle assure deux fois par semaine pour remplacer Carlos, elle va d'étage en étage avec un aspirateur et une bombe de liquide autonettoyant pour rafraîchir les feuilles des plantes artificielles. Je suis attirée par cette femme chaleureuse.

Je lui tends la main.

— Vous allez bien aujourd'hui ?

Elle semble surprise, hésite, puis pose sa main dans la mienne.

— Bien, grâce à Dieu.

Une pluie d'été bat les vitres des fenêtres qui éclairent le couloir à chacune de ses extrémités. J'ignore pourquoi je veux la retenir.

— Êtes-vous ici jusqu'à ce soir ?

Jamila secoue la tête.

— Je quitte les Amaryllis à trois heures, après le service du déjeuner. J'aide Sélim aujourd'hui, Carlos a pris sa journée.

— Voudriez-vous prendre un café avec moi avant de partir ?

Ma proposition semble la stupéfier. Elle met un long moment à répondre.

— Je veux bien, merci.

J'ai sorti mes jolies tasses de porcelaine, le sucrier en métal argenté, disposé des biscuits sur une assiette. Cette décision d'aller à la rencontre d'une inconnue me fait plaisir.

Pendant le déjeuner, Jamila me sourit. Déjà existe une complicité entre nous.

À côté de moi, madame Aubert fait grise mine. Encore du flan pour le dessert ? Cent fois elle a pourtant dit à madame Moret que ce gâteau est un étouffe-chrétien mais, comme d'habitude, cette dernière n'en fait qu'à sa tête. « Et qui paye cependant ? s'irrite madame Aubert. Vous et moi, bien sûr. Faudra-t-il en venir à signer une pétition ? »

La semaine dernière, un jeune homme avait tenté

dans le hall de recueillir des signatures contre la pratique de la torture dans des pays dits civilisés. Il n'obtint que la mienne et aujourd'hui la population des Amaryllis est prête à se mobiliser contre la présence du flan sur les menus.

— Ne le mangez pas, dis-je à madame Aubert, et demandez un fruit.

— Ce serait un peu fort ! s'exclame la vieille dame. Madame Moret n'a pas à nous priver de dessert !

Maurice Dubreuil, qu'une inimitié dont j'ignore les raisons oppose à Clémence Aubert, prononce d'une voix autoritaire :

— Je ne vois pas ce que vous reprochez à cet entremets.

— Il est immangeable, riposte la vieille dame d'une voix aigre. On voit que vous n'avez pas le bec fin.

J'en ai assez entendu et quitte la table.

Jamila sonne un peu avant trois heures. Elle a passé une jolie blouse crème, ses cheveux tirés en arrière dégagent les oreilles où sont pendues des boucles en or incrustées de petites turquoises censées chasser le mauvais œil.

Sans que je puisse l'expliquer, sa présence m'apporte du bonheur. Tout chez elle est spontané, chaleureux, naturel. Alors qu'elle pourrait se montrer intimidée, elle me sourit comme à une parente ou à une vieille amie. Je vais chercher le pot de café dans la cuisine, remplit nos deux tasses.

— C'est bon de se connaître un peu mieux, dis-je en lui tendant le sucrier.

— Oui, se contente-t-elle de répondre.

Avec lenteur, presque respect, elle écrase le sucre au fond de la tasse. Elle a un joli profil net, même si l'âge creuse déjà les joues, cerne les yeux.

Je demande :

— D'où êtes-vous ?

— De Marrakech, mais j'ai passé plusieurs années à Rabat.

Il y a un peu de nostalgie dans sa voix. Toutefois le moment des confidences n'est pas encore venu. Je ne suis pas pressée. Ce qui m'attire dans cette femme est sa part de mystère. Je sais qu'elle travaille aux Amaryllis afin de survivre. Elle vient d'ailleurs, d'un autre monde où je ne peux pénétrer que sur la pointe des pieds.

Dans le couloir, je reconnais le pas de Maurice Dubreuil qui regagne son appartement pour faire la sieste. À quatre heures précises, il rejoindra quelques dames au salon, commencera une canasta ou une partie de Scrabble. Le pas décroît, une porte se referme.

— Vous êtes la première personne ici avec laquelle je lie conversation. Les autres me disent bonjour ou merci, pas un mot de plus.

— Et vous êtes la première que j'invite.

Les silhouettes des feuilles du magnolia planté devant la fenêtre se découpent sur mes stores en ombres chinoises, je vois des vaguelettes, des papillons qui dansent. Je dis comme pour moi-même :

— J'étouffe un peu ici.

— Nous avons tous une vraie vie. Après qu'elle s'est achevée, nous survivons plus ou moins longtemps. Il faut être patient, nous n'avons pas le choix. Sinon, je serais auprès de ma princesse à Rabat.

La voix de Jamila a pris une intonation joyeuse.

— Qui est-elle ?

Mon invitée baisse la tête.

— C'est trop tôt pour le dire, plus tard peut-être.

Nous avons parlé de beaucoup de choses, Jamila et moi. Du poids des souvenirs, de la vie qui passe, du déracinement, de la difficulté de dire adieu aux autres, à soi-même.

Longtemps après son départ, je reste songeuse. Plus qu'un simple échange, cette rencontre si peu probable me paraît source d'émotions inconnues, me donne la certitude que, oui, je vis encore. Mon corps est assigné à résidence, mais mon esprit reste libre, prêt à entreprendre de longs voyages dans des pays inconnus.

Du Sénégal comme de la Jamaïque me restent des souvenirs de la vie quotidienne : la maison avec les incessantes réceptions, Damien et ses scolarités chaotiques, le sport-club où nous nous retrouvions entre diplomates, quelques voyages où nous escortions en Casamance ou aux îles Caïmans des visiteurs parisiens. Par manque de temps et parce que Laurent ne l'aurait pas souhaité, je n'ai jamais cherché alors à connaître la vie des autochtones, à me rendre seule dans des villages où, par ailleurs, on ne souhaitait guère ma présence. Les barrières des coutumes, des partis pris sont plus hermétiques que des murs de prison.

Jamila et moi nous nous sourions désormais, nous nous embrassons. Chaque jour, je vois posé sur moi le regard réprobateur de madame Moret. Une telle familiarité avec le personnel n'est pas d'usage aux Amaryllis. Mais elle a peur de moi, de mon esprit rebelle, de mes reparties coupantes et n'ose me faire une remarque. Je sais bien que mes compagnes d'infortune me trouvent distante, indifférente à leurs petits maux et grands discours. Nul ne comprend que mon ironie préserve ma liberté, même si celle-ci n'a que la solitude pour horizon.

Damien me fait le plaisir de venir déjeuner avec moi. Je préférerais qu'il m'emmène dans un bistrot mais les Amaryllis sont une option simple et peu coûteuse.

Nos voisines apprécient cette présence masculine. Mon fils est souriant, prévenant, patient même. Je suppose qu'il fait un gros effort car peu de gens suscitent sa curiosité. Il me parle d'Amanda, de ses rapports avec quelques collègues magistrats. Je ne sens pas assez d'espace en lui pour évoquer ma vie aux Amaryllis, ma solitude morale et me contente de l'écouter. Nous nous rejoignons quand il évoque les prochaines élections législatives. Non, la gauche n'est pas dans le ruisseau, mais il faut qu'elle se modernise, perde une vieille pelure héritée du XXe siècle. Nos voisines tendent l'oreille. Je les sais hautement réprobatrices mais m'amuse à ne pas baisser le ton de ma voix. Damien, quant à lui, ne se rend compte de rien. Ce paradis sur terre où il m'a installée, il ne le connaît pas du tout et n'y resterait pas une heure.

— Téléphone à Amanda, me suggère mon fils, elle

serait heureuse de venir te voir et est prête à te rendre de petits services.

Je me garde de répondre que ce serait à elle de prendre de mes nouvelles. J'ai appris à tourner sept fois ma langue avant de faire le moindre reproche à mon fils.

Soudain je vois sa cuillère s'immobiliser au-dessus de la glace au chocolat amer.

— Caroline se remarie.

J'accuse le coup. Célibataire, mon ex-belle-fille était toujours ma fille. Aujourd'hui, elle va appartenir à une nouvelle famille.

— Elle habitera Besançon. Son futur mari est médecin.

Une boule obstrue ma gorge. Pourquoi Caroline ne m'a-t-elle pas annoncé elle-même son mariage ? Par peur de me peiner, par lâcheté, par indifférence ? Comme il est difficile de sonder le cœur des êtres, même de ceux que l'on croit aimants. À moins que le temps n'efface tout, même les affections. Nous restons au bord de nous-mêmes.

— Je suis heureuse que vous gardiez de bonnes relations, dis-je la voix tremblante.

Damien plonge sa cuillère dans la glace qui commence à fondre.

— Bonnes ? Pas vraiment. Nous nous parlons de temps à autre. Amanda refuse de la rencontrer.

Je pense : « Amanda est égoïste, je l'ai compris très vite. » Réticence partagée. Ma belle-fille, en dépit de ce que me dit Damien, n'a aucune sympathie pour moi.

Mon fils semble surpris qu'on ne serve pas le café à table et refuse de rejoindre les locataires des Amaryllis au bar. Presque timidement, je lui propose d'aller prendre un expresso au café du coin. Il accepte. Me voilà en vacances. Ce qui me semblait bien banal au cours de ma vie précédente m'est désormais précieux. Seule la satisfaction des désirs compte, les miens sont devenus humbles et limités.

Accoudée au bar, j'apprends à Damien que je me suis liée avec une Marocaine, serveuse et femme de ménage aux Amaryllis. Il lève les yeux au ciel sans répondre, habitué sans doute à mes petites excentricités. Au Sénégal comme à la Jamaïque, alors petit garçon ou adolescent, il souffrait de me voir assise dans la cuisine en train de discuter avec « les boys ». Il aurait voulu admirer une mère qui le décevait en se comportant sans grandeur.

Mais d'être accoudés côte à côte sur le zinc nous rapproche. Damien consent à passer rapidement un bras autour de mes épaules. Les larmes me montent aux yeux. Les personnes sensibles pleurent facilement quand on leur montre de la tendresse.

— Qu'a cette femme de spécial ? me demande-t-il un sourire au coin des lèvres.

— Elle a des secrets.

Damien secoue la tête, pose un baiser sur ma joue.

— Tu ne changeras jamais, maman.

Aussitôt de retour dans mon appartement, je téléphone à Caroline pour la féliciter. Le répondeur m'apprend « qu'elle est absente pour quelques jours ». En réalité, elle est déjà sortie de ma vie. Ni elle ni moi n'aurons eu à prendre la décision de nous séparer. Le destin, dirait Jamila.

4

Jamila s'apprête à sortir quand je l'aperçois. Il est trois heures de l'après-midi, le hall des Amaryllis est désert.

Mon amie marocaine a l'air triste.

— J'ai de mauvaises nouvelles.

Le temps tourne à l'orage, un vent chaud fait tourbillonner la poussière, souffle sur des sacs en plastique vides qui suivent son courant comme des poissons blêmes vidés de leurs entrailles. Elle hésite à poursuivre la conversation et moi à l'interroger.

— Le vent souffle du sud, murmure-t-elle enfin.

Son regard est différent. La femme qui est en face de moi est une étrangère. Elle semble écouter des voix que je n'entends pas. Est-ce le vent du sud qui les lui apporte ? Enfin elle soupire, me regarde :

— Ma princesse est très malade. Je veux être celle qui la coudra dans son linceul.

— Vous retournez au Maroc ?

Il doit y avoir de la tristesse dans ma voix car Jamila me sourit. Son regard se pose sur le piano, les plantes vertes, les rideaux de satin frangés d'une passementerie mangée par le soleil.

— Je ne fais pas partie de ce monde-là, j'ai essayé pourtant.

J'affirme :

— Moi non plus, mais comme on dit chez vous : « C'est le destin. »

— Le destin est un miroir où se reflète le passé.

Je vais protester quand Jamila me prend les deux mains.

— Si je ne reviens pas, je veux que ma mémoire demeure. Tu dois écrire la vie de ma princesse, lalla Alia. Tu es la seule qui puisses le faire.

Deux jours plus tard, je reçois par la poste cinq cassettes avec un mot : « Laisse-toi emporter, ne te retourne pas. »

J'ai pris l'autobus pour me rendre au centre commercial mais n'ai pu trouver de lecteur de cassettes. « On n'en a plus, m'a affirmé une jeune vendeuse d'un air méprisant, transférez plutôt le contenu de vos cassettes sur un CD. » De retour aux Amaryllis, loin de renoncer, je me suis assise devant mon ordinateur. Jamila me manque. Là où il n'y avait que banalité, sa voix feutrée, un peu rauque créait du rêve.

À la salle à manger, mon amie est remplacée le lundi et le jeudi par Katia, une jeune femme d'origine polonaise que tout le monde apprécie.

— Savez-vous si Jamila est bien arrivée au Maroc ? ai-je demandé un soir à Sélim.

Apparemment surpris par ma question, il m'a dévisagée.

— Comment le saurais-je, madame ?

Comme lien avec elle, je n'ai plus que les cinq cassettes noires.

Enfin, je trouve sur e-Bay ce que je cherche. Un lecteur de cassettes me sera livré sous quarante-huit heures.

Pour m'occuper, je vais encore au cinéma mais ce rôle de spectatrice me laisse frustrée désormais. « Bientôt, m'assure Damien, les films seront en trois dimensions, nous "rentrerons" dans l'action. » Je le souhaite. Dans ma mémoire, mon passé se déroule comme un long ruban. Tout s'enchaîne sans heurts majeurs, sans discordances. Enfance, adolescence, études, mariage, maternité, profession, déplacements, rencontres, séparations, emménagement à Paris, veuvage, les deux mariages de mon fils, ma mise « en maison de retraite ». Quand ai-je commencé à vieillir ? Est-ce le jour où un homme m'a laissé sa place dans le métro, ou quand j'ai eu droit à une carte de transport pour seniors, acquis mes premières lunettes ? Ces détails restent des événements minuscules qui n'ont eu aucune influence sur ma façon de raisonner, de me comporter. J'ai les mêmes enthousiasmes qu'à vingt ans, les mêmes passions, même si un peu de sagesse rend ces dernières moins brûlantes. Le temps m'enveloppe mais ne me ronge pas, il passe.

Vieillesse signifie solitude. La mort a fait son travail, les amis se sont dispersés, les enfants jouissent de leur propre existence et considèrent comme à bout de souffle celle de leur parents. Damien et Amanda pensaient qu'il était temps pour eux de s'installer rue de Sèvres. L'appartement, un bien familial, leur appartenait à eux autant qu'à moi. J'étais mûre pour une pension de vieux à trois étoiles.

Quelques locataires sont déjà partis en vacances et la salle à manger se présente différemment. Madame Moret nous a regroupés et une partie de la vaste pièce reste vide, coin d'ombre nostalgique pour ceux qui, n'ayant nulle maison de famille prête à les accueillir, restent tout l'été. Dans trois semaines, je pars pour la Bretagne mais cette perspective ne me remplit guère d'enthousiasme. Damien a sans doute raison, je vais tomber mal à propos dans la maisonnée de ma sœur. On se croira obligé de m'inviter. Les enfants ronchonneront, mon beau-frère prendra l'air aimable et résigné que je lui connais bien. Il souhaite qu'on lui fiche la paix pour lire son journal, faire ses mots croisés, se rendre à bicyclette à la plage et prendre de longs bains, excellents, affirme-t-il, pour sa santé. Ma sœur fait les courses, la cuisine, s'occupe des petits, les surveille sur la plage tandis que ses enfants partent en excursion. Là, nous pouvons nous rejoindre toutes les deux, bavarder encore et encore du passé, de notre enfance, de notre adolescence en Charentes, de notre vieille maison où demeure si fort le souvenir de nos parents et grands-parents. Une montre arrêtée sur un temps qui nous rassure, nous fait chaud au cœur. Une époque où tout était possible, probable. Nous nous repaissons d'images effacées, d'émotions impossibles à ressentir à nouveau parce que attachées à des circonstances, des visages disparus. Si je veux rester maîtresse de moi-même, je dois refuser cet attendrissement stérile. Plus je crains l'avenir, plus je dois résister, fuir la douceur sucrée d'antan avec ses moments ni plus ni moins importants que ceux de ma vie actuelle mais auxquels la jeunesse donne sa propre lumière.

À Jamila, je me suis attachée comme à un signe. Elle semblait me dire : « Il n'y a pas que les Amaryllis, le monde est là qui t'attend, viens, viens, emboîte-moi le pas. » La voie à suivre doit être dans ces cinq cassettes. Deux jours à attendre.

Le lecteur de cassettes est enfin arrivé. Quel que soit le message dicté par Jamila, je dois prendre des notes, m'impliquer, ne pas écouter son récit comme la bande-son d'un film. Me décider à intervenir. Ce que je reproche aux locataires des Amaryllis, leur dépendance quasi infantile, la petitesse de leurs espérances, leur attachement à des habitudes, des préjugés irréfléchis, leurs susceptibilités et rancunes me gagneront tôt ou tard. Les êtres s'influencent, se nourrissent de leur réciproque contact. Ma lutte, je le crains, est désespérée. Madame Aubert, monsieur Dubreuil, Denise Attias ont-ils, eux aussi, résisté avant d'être phagocytés ? Le ciel et l'enfer sont ici, j'en suis persuadée, à l'intérieur de moi. Il suffit de pousser une porte.

Un calepin en main, j'ai écouté plusieurs fois les cinq cassettes. Moi qui n'ai jamais osé entreprendre une biographie et encore moins un roman, je suis allée acheter des cahiers, cinq, un par cassette. L'émotion qui me pousse à écrire est source de bonheur et d'énergie. Un secret que je ne partage avec personne, pas même avec mon enfant. Une oasis dans le désert des Amaryllis.

Je me voyais comme une épave et je m'étais trompée. Une inconnue m'attend. Je ne suis plus une île, Jamila a jeté un pont qui me relie à mes frères humains. Assise devant mes cahiers, je me répète : « Vas-y, avance, taille ta plume, ose enfin, aie confiance. »

Mes stores filtrent la lumière vive de l'après-midi. Mon modeste salon est calme, serein. Soudain, cette pièce que j'avais vue étroite et banale m'apparaît comme un refuge. Le ventilateur que m'a offert Damien tourne, l'air embaume le gardénia, parfum de la bougie que j'ai posée sur la table de la salle à manger près de mes cahiers, un dictionnaire, quelques stylos-feutres. Tout est prêt pour mon voyage. J'ouvre un cahier, m'empare d'un stylo, ferme les yeux.

5

Le soleil s'infiltre à travers les nattes de raphia qui ombragent les ruelles du souk. Il joue en poudre d'or, en coulées de miel, il caresse, il brûle. En ce début d'après-midi, les marchands somnolent au fond de leurs échoppes. Aux effluves douceâtres du crottin des ânes se mêlent les odeurs du cumin, de la cardamome et de l'essence de rose.

À l'heure de la sieste, mis à part quelques mendiants et des chiens assoupis à l'ombre, la place Djemáa el-Fna est déserte. Un silence qui enveloppe comme une chape maisons et boutiques, un silence qui apaise et effraye. Pas un souffle de vent, un temps figé.

Fatima pousse la porte cloutée qui ouvre sur la ruelle des ferblantiers. La petite fille ne parvient pas à dormir. Il fait trop chaud, l'air est empesté par l'odeur du mouton que l'on égorgera quelques jours plus tard pour la grande fête. Il est enfermé dans un enclos derrière la chambre des filles. Il bêle, il a peur. Fatima a voulu le caresser mais il tirait sur sa corde, cherchait à s'enfuir. Il y avait un peu de sang sur sa toison.

L'envie de partir lui est venue tout à coup, peut-être à cause du mouton ou du silence qui donnait une impression vertigineuse de vide, de solitude. Dans les ruelles du souk, même si son frère finit toujours par la rattraper et lui donner une volée de coups, elle n'a jamais peur, elle aime la compagnie des artisans, des marchands. Ils lui offrent un beignet, un bonbon. Elle caresse le museau des ânes, s'émerveille des broderies qui ornent les caftans, de l'éclat des bijoux alignés sur du satin. Elle aimerait tant enrouler autour de son cou, à ses minces poignets, tous ces colliers, ces bracelets avant d'aller se pavaner sur la place à la tombée du jour.

Dans la ruelle, des essaims de mouches vrombissent autour des déchets qui jonchent le sol. Le soir venu, les marchands nettoient le pas de leur échoppe et les mouches fondent sur le quartier des bouchers.

Fatima se dirige vers le jardin qui borde la petite mosquée. Une fontaine y coule où les dévots font leurs ablutions. Elle aime tremper ses deux mains dans l'eau froide, essaie d'attraper les insectes qui se noient pour les poser délicatement sur le rebord de la margelle. Un vieux figuier filtre la lumière qui glisse sur les pavés, se répand sur des buissons de salsepareille. Au loin, la cime des montagnes égratigne le ciel. Pour Fatima, elles sont infranchissables, un mur construit par Dieu pour protéger les croyants contre les forces du mal. Sa mère en cousant, cuisinant prononce d'étranges incantations, des prières qui ressemblent à une interminable plainte. Elle sourit rarement, parle peu mais la force, la chaleur de sa présence suffisent à rassurer, à donner de la joie. De son père, Fatima a peur. Il semble détenir des secrets, vivre pour lui tout seul. Jamais il ne partage ses repas avec sa femme et ses filles. Pas une fois, il ne s'est adressé à elle en particulier, et pourtant il doit l'aimer car il lui tend parfois une friandise, un coquillage, une image aux couleurs éclatantes représentant des lettres calligraphiées. La petite fille a demandé à sa mère de les lui lire mais elle a hoché la tête. Elle en est incapable. Il faudrait aller voir le mufti mais celui-ci est trop occupé pour les aider. Fatima aimerait bien apprendre à lire, se faire des amies de ces lettres inconnues, les écouter raconter des histoires aussi belles que celles des conteurs de la place Djemáa el-Fna. Les soirs d'été, sa mère les y amène, ses deux sœurs et elle. Elle porte un voile noir qui la fait ressembler à une Bédouine.

À la nuit tombée, la place est un lieu magique. L'enfant ressent des émotions si fortes à entendre les flûtes, les tambours, les ouds, à voir danser les serpents, à écouter les conteurs, qu'elle frissonne en dépit de la chaleur qu'intensifient les braseros sur lesquels on grille des brochettes, fait bouillonner l'huile où rissolent des beignets à la viande ou aux légumes. Les hommes discutent entre eux, des chiens rôdent, la terre battue du sol souffle la chaleur du jour, sent l'urine, le cumin, le bois incandescent.

Fatima aime avant tout les conteurs. Ils sont assis les jambes croisées, ont des barbes blanches, des yeux qui semblent regarder ailleurs. Ils parlent de caravanes, de grands lacs salés, de génies, de couples d'amoureux qui se perdent, d'enfants aux yeux bleus, de villes ceintes de sept remparts, de princes fastueux, courageux, qui punissent les méchants, abattent les ennemis de l'Islam. Même si elle ne les comprend pas, elle savoure les mots qu'ils prononcent, Bagdad, Ispahan, Saladir, les Ayyubides, Jedda, Ibn Khaldoun.

Des étoiles apparaissent que sa mère lui nomme, elle les connaît de ses parents qui gardaient de vastes troupeaux de moutons au sud. De cette époque, elle parle peu, seulement de la froideur des nuits, de leur immensité, du ciel sans limites qui rend libres les hommes. Peut-être était-ce le froid des collines qui l'avait pénétrée, à moins que ce ne fût cette liberté perdue dont le seul nom faisait briller ses yeux.

Fatima et ses sœurs regardent les étoiles, certaines traversent le ciel plus vite que des oiseaux. « Fais un vœu », murmure Aïcha, sa sœur aînée. La petite fille souhaite passer les remparts, marcher vers le sud, là où les maisons n'enferment pas.

L'eau de la fontaine coule entre les doigts de Fatima, elle n'entend que le bruit du jet quand il frappe et froisse la surface du bassin. Elle pense à un voile jeté là par un bon génie, elle rit.

Deux mains la saisissent aux épaules, la tirent en arrière. Il fait noir soudain, elle respire mal. Est-ce dans un sac qu'on l'a enfermée ? La terreur serre si fort sa gorge qu'elle ne peut crier, appeler sa mère. On l'emporte, elle ferme les yeux, se recroqueville sur elle-même.

Avec surprise, je jette un coup d'œil à ma montre. Il est déjà midi. Dans le couloir, les portes s'ouvrent et se ferment, chacun se hâte vers la salle à manger. Ai-je écrit pendant deux heures ? Une sensation confuse de bonheur et d'angoisse m'occupe tout entière. Je sais que je me trouve à l'aube d'un grand voyage. Je ne suis plus seule.

À regret, je me lève, m'empare de mon sac, de mes clefs. Je suis encore à Marrakech dans le jardin de la mosquée, là où coule la fontaine avec sa margelle recouverte de carreaux bleus et blancs. J'entends l'eau qui ruisselle. J'aurais dû écrire qu'il y avait des tourterelles, du seringat, un palmier.

Maurice Dubreuil a abandonné son gilet de laine pour une veste de toile beige un peu étriquée. Depuis son installation aux Amaryllis, il a dû prendre du poids. Ici, chacun ne pense qu'aux repas, on les commente, l'esprit critique en constant éveil.

En désaccord avec mon goût pour le silence, je me surprends à dire des mots aimables à mes voisines de table. Le bonheur que j'éprouve me rend sociable. Ces visages vieillissants marqués par la vie, je les vois aujourd'hui avec compassion.

On nous sert de l'andouillette que Denise Attias prétend ne pouvoir digérer. Elle repousse son assiette, picore distraitement une bouchée, puis deux. Tout le monde s'accorde à encenser les tartelettes aux fraises légères comme des plumes.

— Qu'a-t-on pour le dîner ? demande madame Aubert à Sélim.

Je remonte dans ma chambre, m'assieds devant la table où mon cahier est ouvert mais Fatima ne m'y attend pas. Sont-ce les personnages d'un livre qui vous appellent ou qui vous repoussent ? Il fait chaud, le bonheur m'a fuie, je ne ressens plus que de la lassitude.

J'ai dormi jusqu'à quatre heures, je me sens mieux.

Après une tasse de thé vert, je m'approche du cahier à pas de loup. Que va m'apporter l'aventure dans laquelle je me lance ? Ai-je en moi le pouvoir d'évoquer des passions que je n'ai pas vécues ? Derrière mes fenêtres, j'aperçois une dernière fleur sur le magnolia. Tout est si bref, une floraison, une existence. Le soleil est encore haut, Fatima doit avoir si chaud, si peur.

Quand on l'extirpe du sac, la petite fille se tient debout avec peine. Son corps est devenu comme une poupée de chiffon. Elle a vomi et sa robe à fleurs est tachée, sent mauvais. Une femme s'écrie : « Elle empeste, lavez-la ! »

L'eau tiède dans laquelle on la plonge, l'éponge qui caresse son corps redonnent vie à l'enfant. Elle ouvre les yeux, regarde autour d'elle, reconnaît un hammam. Chaque semaine, elle s'y rend avec sa mère et ses sœurs. Un moment de bonheur, le seul où elle peut scruter son corps, le toucher, le faire sien. À la maison, dans les rues, il n'est qu'une ombre, une chose dont jamais on ne parle, dont on a un peu honte. « Quel malheur que vous soyez nées filles ! », soupire parfois sa mère. Elle est familière avec cette malédiction, les femmes cohabitent, s'acceptent.

Autour d'elle, dans ce hammam qui ne ressemble pas à celui de la médina, les femmes portent de jolies robes, le dos de leurs mains offre l'enchantement du henné peint comme une dentelle sur la peau. Elles sentent bon.

Lavée, coiffée, on lui passe une robe taillée dans un tissu doux qui caresse. Fatima n'a plus vraiment peur, tout attire sa curiosité, l'émerveille. Ce soir, quand elle rentrera à la maison, elle n'en finira pas de raconter ce qu'elle a vu.

De derrière une portière, une forte femme surgit. Elle a la peau foncée, des dents très blanches, les cheveux rougis par le henné. Son caftan brodé fait écarquiller les yeux de l'enfant, jamais elle n'en a vu d'aussi beau, même dans le souk des tailleurs. « Voyons ce que nous avons là », prononce-t-elle d'une voix chaleureuse.

Fatima baisse la tête, n'ose bouger. Cette dame doit être une princesse qui habite le palais du Pacha.

De loin, sa mère lui a montré les murs, des toits pointus, la forêt de palmiers dont on n'aperçoit que la cime, les portes à deux battants, fermées, cloutées, cadenassées, gardées par des hommes en turban bleu, comme on en porte dans le Grand Sud. L'immensité du palais, son mystère font un peu peur. Des bêtes malfaisantes doivent rôder dans les jardins, prêtes à dévorer les petites filles trop curieuses.

— Un peu maigre, un peu noire, mais de beaux yeux, un nez qui sera droit, des mains fines.

La dame la fait pivoter et finalement d'un doigt soulève son menton.

— Tu appartiens désormais à lalla Amina, la troisième fille de Si Madani, notre pacha bien-aimé, que Dieu le garde.

Fatima ne comprend pas. Elle observe une colombe qui vole au-dessus du bassin. Il faudrait ouvrir une fenêtre, lui rendre la liberté. Après les repas, sa mère jette les miettes de pain aux oiseaux, ils sont déjà assemblés sur les branches du figuier, ils guettent et s'abattent tous ensemble, se bousculent, se donnent des coups de bec. Fatima aime particulièrement un gros pigeon borgne qui vient manger dans sa main. Elle l'a nommé Jamel pour lui faire plaisir, lui donner confiance.

— Tu m'as entendue, petite ?

La fillette sursaute. Elle ne connaît pas lalla Amina, elle veut rentrer chez elle et, quand la grande dame dans le beau caftan cherche à l'entraîner, elle se débat, elle pleure.

Les femmes l'observent avec pitié. Fatima pense qu'elle va être punie pour avoir quitté la maison sans permission. On va la fouetter ou l'enfermer dans la petite pièce, tout au fond de la cour où sa mère range les réserves d'oignons, d'ail, de piments secs, les sacs de semoule. Dans cette resserre, elle n'a pas peur, même si de grosses araignées y tissent leurs toiles. Le lendemain matin, sa mère viendra lui ouvrir la porte et la serrera dans ses bras. Des beignets au miel, du lait de brebis l'attendront, elle pleurera un peu et sortira jouer dans le patio.

Sa main se dégage de celle de la dame, elle court autour du bassin, glisse. Un peu de sang coule de ses lèvres.

— Si tu obéis, on ne te fera pas de mal, murmure la dame, sinon les djinns te prendront et t'emmèneront dans les cavernes où sont enfermées les petites filles rebelles.

Fatima ne veut surtout pas être emportée par un mauvais génie.

— Ramenez-moi à la maison, s'il vous plaît, implore-t-elle d'une petite voix.

— Tu ne reverras plus ta maison, oublie-la.

La voix si douce de la dame est devenue coupante, tranchante comme de l'acier.

Terrorisée, la fillette ne bouge plus, ne parle pas. Elle entend le frémissement des ailes de la colombe, le clapotement de l'eau sur la faïence de la margelle.

La dame l'entraîne dans un long couloir, passe des portes, écarte des tentures brodées. Fatima voit des fenêtres fermées par des moucharabiehs, croise des femmes qui lui semblent belles avec leurs caftans aux couleurs vives, leurs cheveux rougis au henné, leurs yeux soulignés de khôl.

Enfin, elles pénètrent dans une vaste pièce entourée de divans. Sur les murs, la mosaïque forme des dessins compliqués que la fillette trouve très beaux. Elle croit voir des fleurs, des oiseaux, des fruits. Çà et là, sur des tables rondes incrustées de nacre, sont posés des pipes à eau, des boîtiers, des écheveaux de soie, un coran relié d'argent.

— Viens, petite, dit une voix douce, quel est ton nom ?

— Fatima.

Les mots ont du mal à sortir de la gorge de la fillette. Où est-elle ? Dans un palais où vivent des princesses ?

— Je vais t'appeler Alia et t'élever, t'apprendre beaucoup de choses. Mais il faudra que tu me serves bien. Comprends-tu ?

La dame la pousse du coude.

— Dis : « Je ferai de mon mieux, lalla Amina », et va lui baiser la main.

Alia s'exécute. Elle a si peur qu'elle ne sait plus si elle est vivante ou morte.

Un long moment, assise sur des coussins brodés de fils d'argent et de sequins d'or, l'adolescente l'observe.

— Hawa va t'installer et te donner à manger. Je t'appellerai quand j'aurai besoin de toi.

Fatima ne parvient pas à détacher son regard du visage de la très jeune fille. Le caftan de soie rose dégage son long cou à la peau blanche, un flot de cheveux blond foncé entourent le visage aux traits si délicats qu'on a envie de promener un doigt pour en sentir le modelé, découvrir le velouté de la peau.

— Va, dit la jeune fille en souriant.

Hawa lui prend la main, la tire hors du salon. À nouveau, il faut longer des couloirs, pousser des portes.

— Lalla Amina est très belle, n'est-ce pas ? dit-elle. Notre Pacha, que Dieu le protège, l'a eue d'une Turque qui était blonde et jolie. Elle est morte en la mettant au monde.

Fatima sent remonter du fond de sa gorge la boule qui l'avait obstruée au hammam.

— Je veux voir ma maman, sanglote-t-elle.

Il fait nuit. Je regarde ma montre. J'ai un peu le vertige, l'impression de me réveiller d'une sieste longue et pesante. Il ne m'a fallu qu'une journée pour commencer ce voyage secret. Je vais devoir accorder mes deux vies. Y parviendrai-je ?

6

Ce matin, je n'ai pas pu écrire. Ma tête est vide, je suis désorientée. Et mon prochain départ pour Auray n'est pas fait pour arranger les choses. Vais-je emporter les cassettes, mon cahier, mon gros dictionnaire ? À la joie éprouvée depuis quelques jours succèdent l'anxiété et une forme de frustration jamais ressentie auparavant. J'ai l'impression d'être dépouillée, ligotée par moi-même.

Ma vie durant, j'ai assumé des charges, des responsabilités. J'ai suivi Laurent dans ses postes à l'étranger, laissant derrière moi un métier que j'aimais. J'ai bavardé avec des femmes insignifiantes, organisé des dîners conventionnels pour des diplomates, participé à des tournois de tennis, de bridge alors que je rêvais d'ouvrir un livre, de savourer le silence et la paix des vastes résidences dans lesquelles j'avais la chance de vivre. Puis j'ai accepté d'envoyer Damien en pension, de tourner une page de ma vie d'autant plus précieuse qu'elle avait été courte.

À soixante-dix-huit ans, seule, je commence à sentir peser sur mes épaules un poids que j'y ai peut-être posé. Qui m'obligeait en réalité à remplir aussi scrupuleusement ce que j'appelais mon devoir d'épouse et de mère ? Ai-je été lâche, moi qui me prétendais affranchie, progressiste ? Me suis-je illusionnée sur moi-même ? Quand je disais à mes élèves : « Laissez s'exprimer votre colère, ce sont les courroucés qui ont fait l'Histoire », je croyais vaincre la mienne en la niant. Une existence tissée d'habitudes que je continue à m'imposer. J'ai retenu une chambre à Auray parce que telle est la coutume dans notre pays de s'absenter en août, les routines sont une seconde nature, effacent soi-disant la solitude alors qu'elles ne font que bloquer, abêtir. Je suis en rage contre moi-même et cette colère m'empêche d'écrire.

À l'heure du café, l'espace autour du bar est presque vide. D'autres pensionnaires ont fait leurs valises pour visiter des enfants, parcourir un pays d'Europe en car, ou même s'embarquer à bord d'un de ces bateaux géants qui charrient leur cargaison humaine de port en port le long des côtes méditerranéennes ou dans les fjords de Norvège, le tout pour des prix « à ras du pavé », comme se réjouit madame Lefort, veuve d'un expert-comptable qui attire autour d'elle la quasi-totalité des dames des Amaryllis en leur tirant les tarots. Devenues tout à fait dépendantes, certaines se précipitent sur Adrienne après une consultation médicale afin qu'elle puisse vérifier le diagnostic. Pour ma part, je n'ai jamais sollicité son avis. L'avenir est plein de promesses jamais tenues. Qu'espèrent ces personnes si avides de connaître le futur ? J'ai décidé de ne rien emmener à Auray, de prendre plaisir à la compagnie de ma sœur, d'oublier mes cassettes, Alia, son extraordinaire destin.

Depuis que j'ai commencé à écrire, je pressens un vague danger, celui de fuir ma vie. Pendant de brefs instants, je ne suis plus moi-même, mais mes personnages. Ils se saisissent de moi, m'attirent non vers le néant qui les a tous engloutis mais pour se réincarner, revivre. Des zombis manipulés par le seigneur de la Mort.

Maurice Dubreuil fait grise mine. Son fils a réduit à dix jours les deux semaines qu'il devait passer avec lui dans le Gers. « À peine installé, à peine parti », grogne-t-il. Pour le dérider, je l'invite à prendre un café.

Avec entrain, je l'interroge sur ses enfants, ses quatre petits-enfants. À la mort de sa femme, dont il était pourtant séparé, il espérait d'eux plus d'attention qu'il n'en a reçu. En réalité, ils avaient leur vie à mener et se désintéressaient plus ou moins de son sort. « Sauf quand j'étais souffrant, reconnaît-il. Alors je dois admettre qu'ils se montraient à la hauteur. » Seul, il a choisi de s'installer aux Amaryllis. Il est sociable et, comme la plupart de ses relations ne pouvaient plus monter les trois étages menant à son appartement, il souffrait de sa solitude. Ici, il est heureux.

Mon compagnon ôte l'emballage du chocolat déposé sur la soucoupe de sa tasse de café mais n'y touche pas. Autour de nous, quelques dames bavardent en sourdine, des mouches vrombissent. Dehors, le soleil jette une lumière blanche sur le jardin. Les fleurs du magnolia sont fanées.

Maurice me parle de la maison de ses enfants, une vieille ferme adossée à un bois. Il aime faire de longues marches, s'asseoir dans le café d'un petit village et savourer un bock. Le soir, il prend un whisky avec son fils en discutant politique tandis que sa bru prépare le dîner. La belle vie… Mais ces dix jours le perturbent. Chercherait-on à se débarrasser de lui ? Il demande pourtant peu de chose à ceux auxquels il a offert la plupart de ses meubles et tableaux. Sa générosité n'est guère payée de retour.

— Votre grand cœur vous honore mais ils ne sont pas responsables de vos largesses.

Mon compagnon hoche la tête.

— Je vais me reposer, excusez-moi.

Longtemps je reste sans bouger dans le fauteuil recouvert de feutre grenat. J'ai la gorge nouée. Sans mes cassettes, que deviendrais-je ici ? Quelque chose grandit en moi qui ressemble à l'angoisse de tourner une page de mon existence et à la fièvre d'en ouvrir une autre sur laquelle nul, hormis moi-même, n'aura le pouvoir d'écrire.

Devant la table de mon salon, le vide à nouveau, un espace vague et noir où se perd mon esprit. Mieux vaut peut-être que je parte, que je prenne de la distance. D'un jet, le premier chapitre a pris forme, comme si une source jaillissait de mon cœur. Devant mon cahier, je ne me posais plus de questions, je n'avais plus conscience de mon âge, de mes rides, de mes bras amaigris parsemés de taches de rousseur. J'ai été, je crois, une jolie femme. Mon corps était harmonieux, mes cheveux doux et épais, les traits de mon visage réguliers. J'avais, pour employer des mots familiers à ma mère, « de l'allure ». Se juger soi-même est difficile, on s'aveugle ou, au contraire, se mésestime selon son humeur. J'ai réalisé qu'on me faisait entrer dans la vieillesse le jour de mes soixante-dix ans, non pas en me regardant dans un miroir, mais en soufflant les bougies plantées sur mon gâteau sans aucune joie. J'aurais préféré qu'on oublie ce jour-là, qu'on me laisse tranquille, mais Damien avait préparé un déjeuner-surprise avec ma sœur, mon beau-frère et deux de mes plus vieilles amies. À partir de ce jour, j'ai eu de plus en plus l'impression de me retourner sur mon passé avec tendresse et avec douleur. Cependant, j'ignorais en ce début de décembre que, huit ans plus tard, je serais poussée hors de mon appartement. Je suis celle que j'ai toujours été, avec des jambes plus lasses, une vue qui baisse, des rhumatismes quand le temps tourne à la pluie. Certes, je ne prétends pas être jeune mais refuse de m'avouer vieille. Mon esprit critique, mes goûts, mes passions demeurent inchangés.

À nouveau je m'installe devant mon cahier. Si écrire est un appel, c'est aussi une volonté d'y répondre, de prendre la route, de peiner sur des chemins ardus qui semblent ne mener nulle part, mais je marche la tête haute, possédée par un bonheur impossible à définir. Il vous enveloppe et vous pousse, comme le vent.

C'est le mot « vent » qui force la porte demeurée close depuis ce matin. Rose des vents, vent du sud, un endroit clos sous l'éternité du soleil, un silence devenu barrière, protection.

Alia comprend vite que désormais ce palais immense sera son univers. Elle ne veut plus le quitter, la rue est ennemie mortelle, source de violences et de souffrances. On l'installe dans le quartier des esclaves, autour d'une jolie cour où cascade une fontaine. Elle dispose d'un matelas, d'une couverture en laine un peu rugueuse comme celles que tissent les Berbères, d'une aiguière et d'un bassin de cuivre pour ses ablutions, d'un petit coffre en bois de cèdre.

Une femme corpulente avance vers elle, la prend par la main. Alia se laisse faire, elle ne peut plus pleurer mais elle tremble, elle a froid et faim.

— Je suis Houriya, dit la femme. Comment t'appelles-tu ?

Alia prononce son nouveau nom. La femme sourit.

— C'est moi qui vais t'apprendre à servir. Surtout n'essaye jamais de t'enfuir. Ce serait terrible pour toi.

La voix d'Houriya est douce, sa main ferme. Alia s'y accroche. Comme les petits singes, elle aimerait monter sur le dos de cette femme, s'agripper à elle, se laisser bercer.

Houriya la fait asseoir sur un coussin de peau de chèvre, lui tend un bol plein de légumes et de poulet. Il doit être tard car le soleil décline. Dans un instant, l'ombre gagnera le patio, puis la simple pièce blanchie à la chaux que les épais tapis rendent intime, secrète. Alia sait qu'Houriya la regarde manger mais elle ne peut relever la tête, elle a faim, dévore, boit le thé qu'elle lui offre, mord dans le gâteau aux amandes, se lèche les lèvres. Maintenant elle veut dormir, elle a trop pleuré, trop appelé sa mère.

La fumée d'un feu de bois pénètre par la porte ouverte. Alia se pelotonne sur le coussin, met un pouce dans sa bouche comme lorsqu'elle était très petite, ferme les yeux. Houriya chante. Elle a une belle voix grave, triste comme si elle pleurait un mort.

Lalla Amina aime jouer avec Alia. Elle lui rougit les lèvres, souligne ses yeux de khôl, tisse sur ses mains de délicates dentelles de henné, tresse ses cheveux, passe des bracelets autour des minces poignets de la fillette. Alia est son esclave, sa poupée. L'enfant dort à côté de sa chambre sur des coussins en compagnie de deux chats persans.

Jour après jour, mois après mois, Alia oublie ses parents, son frère, ses sœurs, la petite maison de la rue des ferblantiers. Son univers devient cet immense palais dont elle commence à découvrir les secrets. Quand lalla Amina ne veut plus d'elle, elle court au quartier des esclaves rejoindre Houriya, la suit comme un petit chien. En vain celle-ci tente de la faire parler. Alia est devenue silencieuse, secrète, certaines pensent qu'elle sera muette, une idiote dont on se débarrassera bientôt en l'expédiant aux cuisines. Mais Houriya sait que l'enfant essaye seulement de survivre, comme elle-même lorsqu'elle est arrivée, des années plus tôt. Alia a compris qu'elle ne devait aimer personne. Leur affection mutuelle constitue une exception, une vulnérabilité. Houriya vient du Sud, septième enfant d'une famille de bergers berbères au service d'un chef de tribu. À douze ans, pour ne pas avoir à payer le vieux Pacha, son père s'est débarrassé d'elle. Simple servante, elle a su s'imposer, devenir la maîtresse des esclaves. Son univers, le décor de son existence jusqu'au jour de sa mort demeurera ce palais cerné de palmiers, de vent et de poussière, isolé du Sud par la formidable barrière de l'Atlas. Entrée vierge, elle le restera, car les hommes vivent à part, tout près, mais au bout du monde. Du lever au coucher du soleil, elle s'active, distribue les tâches, vérifie qu'elles sont bien accomplies, partage la nourriture. Le soir, elle amène Alia dans le patio et lui fait observer les étoiles, elle lui parle de Dieu, de sa grandeur, de sa miséricorde. Tout vient de Lui, tout revient à Lui. Alia écoute, cherche à voir dans le ciel ce personnage extraordinaire qui l'aime et la protège mais elle n'aperçoit que la tache fixe des planètes, les traînées des étoiles filantes. L'eau cascade dans le bassin, son bruit léger calme, engourdit. Houriya la fait asseoir sur un banc carrelé de bleu, elle lui parle du Sud, des troupeaux de chèvres et de moutons, du Draa, un grand fleuve aux redoutables crues, du vent chaud et sec qui gerce les lèvres, fait rougir les yeux.

Alia écoute, les paroles la bercent. Elle voudrait rester toujours là, près d'Houriya, entendre le bruit de l'eau, sa voix douce qui évoque de vagues souvenirs : des moutons, des chèvres, des bergers, des hommes coiffés de turbans blancs ou vêtus de bleu, voilés comme les femmes. Elle ne pose pas de questions, elle se rassasie d'images.

Lalla Amina change, elle est nerveuse, passe du chagrin à la joie, fait venir des femmes qui lisent dans le marc de café. Alia observe, écoute. Elle est trop grande maintenant pour être traitée en poupée. Par les esclaves, elle sait beaucoup de choses : que le Pacha a décidé de marier sa dernière fille, que le fiancé est un homme du Nord, qu'il porte des costumes à l'européenne, possède une automobile, un mot que seules comprennent les servantes qui viennent de la ville.

Le possible mariage de lalla Amina met le quartier des femmes sens dessus dessous. Les fêtes rassemblent maîtresses, servantes, esclaves, vieilles et jeunes dans une même fièvre, la volonté d'oublier pendant quelques jours le confinement, la monotonie des heures, l'absence de tout avenir.

Chaque jour, Alia passe de longs moments avec sa maîtresse. En trois ans, la petite esclave a beaucoup appris, elle sait piler les poudres qui deviendront des onguents, des fards, des pommades, les mélanger avec art. Après le bain, nul n'enduit mieux la peau d'huiles parfumées au jasmin ou à la rose, nul ne sait mieux dessiner les gracieux et traditionnels motifs au henné sur les mains. C'est elle désormais qui prend soin de sa maîtresse, la coiffe, l'épile, la farde de khôl et de pâte de céruse pour blanchir sa peau. L'art d'embellir, de rendre une femme sensuelle et désirable n'a plus de secret pour elle.

Un soir, des youyous joyeux se répondent de terrasse en terrasse. Dans tout Marrakech, pas une femme, vieille ou jeune, n'ignore maintenant les noces prochaines de lalla Amina. L'arrangement est négocié entre les deux familles, les dots arrêtées. Maintenant chacun peut songer aux cinq jours de fêtes, sortir des coffres les caftans et babouches brodés, les bijoux, les voiles arachnéens, les pots de henné, le sucre et le citron à faire fondre pour ôter tout duvet du corps, faire de celui-ci une statue de marbre soyeuse au toucher.

L'intimité que la jeune esclave partage avec sa

maîtresse pourrait lui permettre de poser des questions, mais Alia se tait. Elle sait ce qu'elle veut obtenir de lalla Amina et attend l'heure propice. Seule Houriya devine ce qu'elle a dans la tête et l'a approuvé : « Moi, j'ai eu ce palais, a-t-elle dit, et toi tu auras le monde. »

Le premier matin des fêtes de mariage, avant l'aube, lalla Amina fait venir Alia dans son lit. Elle serre la fillette contre elle.

— J'ai peur, chuchote-t-elle.

Alia sait qu'elle pleure parce qu'il va lui falloir quitter pour toujours son palais, habiter une ville étrangère.

— Viens avec moi à Rabat, souffle lalla Amina.

Alia sent que le moment est venu. Il ne s'en présentera pas d'autre.

Elle se glisse hors du lit, se met à genoux, prononce d'une voix décidée :

— Ton avenir est à Rabat, lalla Amina, le mien ici. Tu vas avoir des servantes adroites, compétentes qui connaissent les habitudes des roumis. Qu'aurait à faire parmi elles une petite esclave ignorante ? Ma maison est ici, mets-moi au service de qui te semblera capable de veiller sur moi. Mais si tu as de l'affection pour ta servante, je te supplie de prier notre pacha ton père, que Dieu le garde, de me permettre d'apprendre à lire et à écrire.

Lalla Amina se redresse sur son lit. Elle ne pleure plus. Avec surprise, elle dévisage Alia. Ses autres servantes ont accepté des bijoux, des parfums, des caftans brodés en cadeau d'adieu, celle-ci n'a d'autre prétention que l'accès à un monde réservé aux hommes.

— Veux-tu être au-dessus des princesses, des épouses de mon père ?

La voix n'est pas irritée, incrédule seulement.

— Je suis ton esclave, lalla Amina, les épouses et concubines de notre caïd, que Dieu le bénisse, sont respectées, obéies. Elles ont autour d'elles une foule de servantes, elles donnent des enfants à notre maître. Moi, je n'ai rien. Si tu m'accordes ton consentement, je pourrai lire le saint Coran et te bénir chaque jour de ma vie.

La jeune fille ne répond pas. Toujours à genoux, Alia ferme les yeux. Elle sait que son avenir dépend de la décision de sa maîtresse. Si elle sait lire et écrire, quelque obscur qu'il soit, elle le maîtrisera, se fera une place dans ce lieu clos qui est son univers.

— Je vais en parler à mon père, consent enfin lalla Amina.

Alia prend la main de sa maîtresse, y pose ses lèvres.

Dans le jardin, les premiers rayons du soleil font embaumer le jasmin, les camélias, le seringat. Dans un instant, les femmes vont pénétrer dans la chambre pour conduire lalla Amina au bain, masser, huiler, épiler, parfumer son corps, en faire un paradis, un jardin d'éternelles délices pour l'homme qui la possédera.

Au terme du cinquième jour des fêtes, assis côte à côte sur les fauteuils dorés installés sur une estrade recouverte de velours, lalla Amina en caftan vert, parée de bijoux comme une idole, est devenue l'épouse de Si Nabil qui va l'amener à Rabat dans son automobile. Deux serviteurs supportent Si Madani el-Glaoui, l'ami des roumis, qui, malade, semble à bout de forces. S'il meurt, quel nouveau maître régnera sur Marrakech ? Si Thami, son jeune frère, ou l'un de ses fils ? Jusqu'au lendemain, personne ne veut y songer. Il y a encore des moutons à rôtir, des sucreries à déguster, de la musique pour danser, des regards à échanger.

Alia se meut au rythme des flûtes, des ouds, des tambourins, elle s'étourdit pour oublier le prochain départ de lalla Amina, son avenir incertain. Au-dessus des jardins, le ciel est constellé d'étoiles, le vent sent le mouton grillé, les herbes sauvages, le musc et la cannelle.

Le jeune époux prend sa femme par la main. Il a une moustache très noire, les cheveux plats et brillants sous le fez, le teint bistre, de belles dents. Des youyous joyeux envahissent l'espace, de terrasse en terrasse des femmes y répondent. Alia ne danse plus. L'appel l'attire, la possède, lui donne l'impression d'avoir de la fièvre.

Je pose mon stylo. Le jour baisse et rien n'est prêt pour mon départ. Tout semble tourner autour de moi, comme si j'avais bu.

Dans le hall, je me heurte à Denise Attias, les bras encombrés de sacs en plastique.

— On solde au Monoprix, dit-elle, essoufflée. Quarante pour cent de rabais, il faut en profiter !

— Je vais juste à la pharmacie.

En réalité, je réalise seulement que je dois acheter de l'aspirine, un léger sédatif, de l'huile de paraffine, des boules Quies, mes petites béquilles de voyageuse.

L'air frais me fait du bien. La rue piétonne est calme. Beaucoup de gens sont déjà partis et quelques boutiques ont fermé.

Après le dîner, chacun tient à me dire au revoir, à me souhaiter de bonnes vacances. Damien, dans un moment, va me téléphoner pour me proposer d'une voix molle de m'amener à la gare. Je prendrai un taxi. Pourquoi peser sur lui ? Mon fils a sa vie, j'ai la mienne. Je ne lui avouerai pas que j'écris. « Ah bon, me dirait-il. Sur quel sujet ? » Peut-être n'écouterait-il pas même ma réponse. Depuis que je suis aux Amaryllis, il a la conscience tranquille : j'ai des amis, je me distrais, je m'occupe. Une belle vieillesse.

7

J'ai laissé aux Amaryllis mes cahiers, mon Robert, ma documentation. Trop lourds, difficiles à caser dans une petite chambre d'hôtel. Je vais à Carnac voir ma sœur, ses petits-enfants, m'asseoir sur une chaise de toile à la plage, manger des glaces, jouer au Monopoly, écouter Henri, mon beau-frère, tempêter contre le gouvernement, les immigrés clandestins, les magouilles des chefs d'entreprise, leurs parachutes dorés.

Avec mes neveux et petits-neveux vont s'installer à la Villa Goélette le chien Donald, les chattes Capucine et Flore, le rat blanc Radis et un lapin noir dont je ne parviens pas à retenir le nom : Marcel ? Gaston ? Félix ? Au milieu de ce qu'elle appelle « son petit monde », ma sœur s'active, s'épuise. Je la plains et l'envie. Elle me plaint et m'envie. En réalité, nous sommes liées l'une et l'autre par des choix qui ne sont pas tout à fait les nôtres. J'ai enseigné, j'ai voyagé, elle a été mère au foyer. Un destin n'est qu'une question de circonstances qui s'enchaînent.

Dans mon sac à main, après avoir longtemps hésité, j'ai mis les cinq cassettes et mon lecteur. Même pour une dizaine de jours, je ne puis me séparer tout à fait d'Alia. Nous nous possédons elle et moi, nous nous redonnons vie, nous nous accrochons l'une à l'autre.

Le train file à travers la plate campagne qui cerne des bourgs, des constructions modernes regroupées en nouveaux villages où l'on peut respirer l'air des champs sans avoir à rafistoler une vieille maison. Pas de temps, pas de patience, pas d'argent ou pas assez d'amour ?

Mon père ne cessait de pester contre les dépenses imprévues engendrées par notre maison. Il y avait toujours une fuite quelque part, une gouttière bouchée, des volets qui pourrissaient. « Sans cette bicoque, maugréait-il, nous pourrions avoir une nouvelle voiture, visiter Venise en famille. » Mais, pour rien au monde, il ne s'en serait séparé. Passer ses étés, mourir, être enseveli là où il était né lui semblait évident. Notre demeure et son jardin enchanté me laissent-ils le souvenir d'un paradis terrestre parce que j'en ai été chassée ?

Avec distraction, je parcours un magazine acheté gare Montparnasse. On y parle du régime d'une chanteuse qui lui a permis de perdre dix kilos, d'un minitéléphone portable capable d'enregistrer les e-mails, de filmer, de photographier, de classer les rendez-vous, de retenir des centaines de chansons. Les magasins qui le vendent savent qu'on fera la queue des heures durant pour l'acquérir. Quelques pages plus loin, sur un champ de ruines, une femme palestinienne se déchire le visage avec ses ongles, prostré, un vieil homme est assis sur un bloc de béton. Au loin on aperçoit des formes vêtues de noir, un camion bâché soufflé par une explosion. À côté, un visage d'enfant au regard absent.

Ma sœur m'attend à la gare d'Auray. En dépit de deux peignes d'écaille qui y sont plantés, ses cheveux blancs sont hirsutes. Elle porte une jupe en toile, une large blouse, des baskets représentant la Petite Sirène d'Andersen et son royaume sous-marin. Elle me serre dans ses bras, m'entraîne vers sa voiture, une vénérable Renault où des enfants de tous âges ont bavé, collé bonbons et chewing-gums, oublié des crayons à bille que le soleil a liquéfiés.

L'hôtel est à deux pas, en face du vieux port. Ma sœur pose ma valise sur le trottoir, m'apprend qu'elle file rejoindre les enfants à la plage mais viendra me rechercher à l'heure du dîner.

Dans « ma » chambre, je découvre un divan recouvert d'une pièce de coton damassé écru, un fauteuil, une table, une chaise, une armoire à glace. Adjacents à la chambre, dans ce qui a dû être autrefois une garde-robe, se trouvent une douche, un lavabo, un W.-C.

Pourquoi cet abattement qui soudain me terrasse ? À travers la fenêtre, j'observe les passants qui vont et viennent, remontent la rue principale, flânent sur le quai. Dans le port, l'eau est lisse, grisâtre sous la couche passagère des nuages. Les terrasses des cafés sont pleines, on se presse autour des présentoirs de cartes postales. Un petit garçon pleure parce que ses boules de glace sont tombées du cornet dans le ruisseau.

Pétrifiée, je reste derrière les carreaux. Des années auparavant, moi aussi j'ai déambulé dans des stations balnéaires bondées tenant un Damien grognon par la main. Il avait chaud, il avait soif, il voulait un ballon de plage, une effigie en plastique de Superman. Pour lui, je m'obligeais à passer chaque année deux semaines de vacances au bord de la mer. Il m'a avoué plus tard les avoir détestées.

Pour me faire plaisir, ma sœur a préparé des crevettes poêlées à l'ail, une dorade, un clafoutis. Henri a acheté du pouilly fumé, les enfants se montrent prévenants, les petits-enfants sont baignés, en pyjama, les joues dorées par le soleil. Les troènes et les aubépines de la haie sentent bon. C'est la paix de mon enfance que je retrouve avec les tablées familiales, les animaux familiers, le chant des oiseaux. Le bonheur soudain me donne l'envie de parler de moi, de ma rencontre avec Jamila, des cassettes. Je bois une longue gorgée de pouilly.

— Aux Amaryllis, j'ai rencontré quelqu'un...

Ma sœur me coupe la parole :

— Un homme ? Petite cachottière !

Elle rit. Henri me ressert à boire.

— Vous avez de la chance tout de même : une maison de retraite en or, des amis et maintenant un galant ?

Je prends le parti de rire. L'instant est passé. Le langage n'est définitivement pas une forme privilégiée de communication.

Lorsqu'elle me ramène à la gare quelques jours plus tard, ma sœur a un sourire triste.

— Tu vas me manquer, avoue-t-elle en m'embrassant.

— Mais tu as un mari, tes enfants, tes petits-enfants. Moi, je suis seule.

Je la regarde, mal attifée, mal coiffée,. trop ronde. Elle a une place dans la société. Elle cuisine, nettoie, réconforte, embrasse, gâte. On a besoin d'elle. Et pourtant, alors que je vais monter dans le train, elle me dit :

— La femme que je suis aujourd'hui me fait peur. Même au milieu des miens, je me sens très seule.

— Les jeunes gens vivent avec leurs désirs, les vieux avec leur isolement.

Ma sœur sourit.

— Te souviens-tu de ce qu'a écrit Gérard de Nerval ? : « Le rêve est une seconde vie ? »

Le train va démarrer.

— Absolument !

La silhouette de ma sœur s'éloigne. Longtemps elle agite la main. Chaque tour de roues m'éloigne d'elle, de sa jolie villa et de sa nichée, de sa solitude aussi qui est un miroir de la mienne.

En poussant la porte d'entrée des Amaryllis, je pense aux soldats vaincus regagnant tête basse leur foyer. Tout est silencieux. La porte du bureau de madame Moret est close. Sur la console, un bouquet de petits dahlias multicolores entre en agonie.

Les mots que je me répète – « Ma fille, c'est ta maison » – me semblent dénués de signification. Et, pourtant, revoir ce décor familier m'apporte une certaine sérénité. Le temps de la révolte serait-il passé ?

L'appartement est sombre, frais. J'ouvre stores et fenêtres. Le magnolia a perdu toutes ses fleurs mais les impatientes prospèrent dans les massifs bordés de buis. Le silence, la paix m'étourdissent. Après dix jours dans le bruit, le mouvement des badauds, le tourbillon du temps à la Goélette, je suis en même temps contente et mélancolique, certaine que le bonheur est en moi et en moi seule.

Je passe un jean, un vaste chemisier, des espadrilles. Sur un coin de table, j'ai vu mon cahier fermé, mon stylo-feutre, mon Robert. Pour le moment, je m'en tiens à distance. Ils m'intimident et m'attirent comme un amant quitté depuis longtemps. Sans me presser, j'ouvre ma valise, range mes vêtements dans le placard. Mais je sens une présence qui m'excite, m'attire et me trouble. Et si Alia se refusait à moi ?

Je bois un thé vert, me mets un CD d'Harry Belafonte. Ringard, diraient les petits-enfants d'Adeline mais tellement chargé pour moi de souvenirs et d'émotions : une soirée sous la véranda en Jamaïque où le ciel était éblouissant, où les jasmins embaumaient. Laurent lisait et soudain, sans raison, il s'était levé, avait passé un bras autour de mes épaules. « Nous sommes heureux », avait-il murmuré. Souvenir aussi de Damien endormi sur mes genoux un soir d'hiver alors qu'une pluie torrentielle battait les carreaux. Il ne se passait rien mais tout le bonheur du monde était dans ce rien avec la voix nostalgique de Belafonte.

Puis, après un dîner à Dakar, à l'heure du café, sous l'ilang-ilang, servi par leur vieux maître d'hôtel Dominique, le souvenir des yeux bruns du conseiller culturel cherchant les miens. J'avais lâché ma tasse et Dominique s'était précipité pour tout nettoyer.

Le lendemain, j'avais reçu un appel téléphonique de Philippe qui m'invitait à déjeuner. Mon cœur battait comme avant un premier rendez-vous d'adolescents. Il m'avait amenée hors de la ville dans un simple bistrot abrité du soleil par un dais en toile, avec des tables recouvertes de nappes à carreaux entourées de chaises pliantes. Il avait les cheveux noirs et bouclés, une grande bouche aux lèvres pleines. Divorcé, il vivait seul dans sa villa et jouait du piano. Nous avions parlé musique, littérature, histoire. Autour de nous, des enfants couraient, des femmes s'interpellaient. Le vin rosé me tournait la tête. Venant de l'intérieur, j'entendais la voix de Belafonte qui chantait un calypso.

Il m'avait raccompagnée. « Venez chez moi demain, avait-il demandé, nous écouterons du Bartók en buvant du château-yquem. Je m'étais brutalement éveillée d'un songe. « Je ne suis pas pour vous, Philippe, oubliez-moi. » J'avais vu du dépit, un froissement d'amour-propre dans son regard.

Je me souviens d'une odeur de feu de bois dans la rue, du soleil qui éblouissait, d'un vieux Sénégalais, le dos appuyé à un mur, qui se parlait à lui-même.

J'avais tendu une main qu'il n'avait pas prise. « Ceux qui refusent le bonheur sont déjà morts », avait-il murmuré.

Jamais plus il n'avait accepté nos invitations.

Je regarde ma montre. Encore une heure avant le dîner. Il faut que j'aille chez l'épicier tunisien acheter du lait, du beurre, du pain en tranches. Le boulanger est fermé, comme le salon de thé, le bureau de tabac, la fleuriste. Les voitures s'empilent sur les routes, les pizzerias sont combles, on fait la queue pour s'acheter un cornet de glace mais on a laissé derrière soi le poids de la vie quotidienne, la monotonie d'un travail, on ne pense plus aux factures à payer, aux salles d'attente, aux ordinateurs devenus nos seuls interlocuteurs, aux contraventions, au RER en grève, au journal de vingt heures qui diffuse des images de soldats armés jusqu'aux dents. On s'allonge sur la plage, on ferme les yeux, on est comme mort. Le soir, les ados se saoulent dans les boîtes. À chacun son bonheur.

Je téléphone à ma sœur. Elle a mal au dos mais pas le temps d'aller voir un médecin. Elle le fera à la rentrée, c'est promis. Je lui avoue combien j'ai été heureuse de la revoir. Sa voix tremble, elle doit avoir des larmes dans les yeux.

Nous sommes une vingtaine pour le dîner. Nous échangeons quelques phrases, on me questionne sur mes vacances sans vraiment écouter les réponses. Qu'importe à ces étrangers la famille de ma sœur ? Les vieilles personnes ont la faiblesse de croire que leurs souvenirs, les petites histoires de leur descendance sont accueillis avec intérêt.

Maurice Dubreuil, Denise Attias sont partis, l'un dans le Gers, l'autre dans l'Allier. Madame Moret elle-même a pris quelques jours de vacances. Une dame la remplace, discrète, presque timide. Pas de programme pour la semaine à venir, nous annonce-t-elle au moment du dessert, nous ne sommes pas assez nombreux. Elle se croit obligée de montrer un visage triste. Tout en elle est morose.

Le cahier m'attend, m'attire. Je sais que je ne pourrai me coucher sans écrire au moins quelques lignes comme un petit signe d'amitié avant une longue conversation.

À l'aube, en quittant le palais de son enfance, lalla Amina fait venir Alia.

— Tu es libre, dit-elle, tu es une servante maintenant, pas une esclave. Je te confie à la personne la plus capable de veiller sur toi, lalla Zineb, la première épouse de mon père. Elle te traitera avec bienveillance. Quant à ton désir d'apprendre à lire, j'en ai parlé à Si Madani. Si Dieu le veut, il t'accordera cette faveur.

Les musiciens ont rangé leurs instruments, les danseuses dorment. L'aube se reflète en taches roses dans le bassin aux eaux encore grises. Des moineaux, des pigeons picorent les miettes de pâtisseries, des graines de semoule.

Lalla Amina porte un caftan bleu brodé d'or, des babouches incrustées de perles. Alia sait qu'elle voit pour la dernière fois les sourcils bien dessinés, le nez délicat, la bouche fruitée de sa maîtresse. Lalla Amina partie, elle ne s'attachera à personne d'autre, il n'y aura plus d'amour en elle, seulement de l'opiniâtreté. Elle est triste et se sent libre en même temps, forte, libérée d'un poids, celui de la reconnaissance, de l'affection.

Lalla Zineb est grande, son visage régulier mais dur. Alia lui fait son thé, l'épile, prend soin de ses cheveux, prépare ses onguents. Autour de la première épouse de Si Madani virevoltent une quantité de servantes, de jeunes esclaves, des concubines, certaines très blanches d'origine caucasienne, d'autres d'un noir bleuté venues du Soudan, de régions plus éloignées encore vers le sud. L'héritier du Pacha n'apparaît jamais, il veille son frère aîné qui se meurt, intrigue pour écarter son autre frère tout en gardant comme allié le beau-fils de celui-ci. Le palais bruisse d'intrigues, ne cesse de colporter des informations vraies ou fausses. Les femmes s'en repaissent, en discutent encore et encore. Pour ne pas se compromettre au cas où Si Thami serait vaincu, on prend ses distances avec son épouse, ses concubines. On leur fait comprendre que leur puissance est fragile.

Alia méprise ces manœuvres compliquées. Elle brosse les cheveux de lalla Zineb, les enduit d'huile parfumée. Le vieux Caïd n'a pas répondu à la requête de lalla Amina. Elle suppliera donc lalla Zineb d'intervenir pour elle.

Le soir, elle se promène avec les deux épouses légitimes de Si Madani dans leur espace clos planté d'orangers, de citronniers, de grenadiers. Un vaste bassin reflète les nuages, les oiseaux, un monde éphémère qui donne au silence, à la beauté de ce jardin une apparence d'éternité. Alia s'accroupit au bord de l'eau, observe son propre visage. Serait-elle belle ? Ce pressentiment l'effraye. Pubère, on voudra la marier, la jeter dans le lit d'un inconnu dont elle deviendra la servante. Elle ne veut pas d'époux pour la dominer, d'enfants qu'on puisse lui voler.

Un jour, des cris déchirants proviennent des appartements de Si Madani, où le vieux Caïd, le seigneur de l'Atlas, l'ami des Français est mort. Alia pleure, non pas de chagrin car elle n'a fait que croiser de temps à autre le vieil homme, mais de dépit.

Au palais, on s'inquiète, on s'agite, on palabre. Si Thami va-t-il arracher le pouvoir à ses neveux ? On parle de roumis introduits chaque jour dans ses appartements avec lesquels il s'entretient des heures durant. Lalla Zineb affirme que la France lui accorde sa confiance et son aide. Hamman, le gendre récalcitrant, est parti pour Télouet et a pris le contrôle de la ville-arsenal. Sa rébellion n'inquiète personne. Que peut-il entreprendre contre les forces de son beau-père et celles des Français réunies ? Lalla Zineb crache par terre. « Que Dieu le maudisse », répète-t-elle avec aigreur. Le clan des femmes, mère, épouses, concubines se resserre pour un moment. Parfois Alia accompagne lalla Zineb chez lalla Zhora, la mère du défunt caïd et de Si Thami. Âgée de quatre-vingts ans, presque aveugle, l'Éthiopienne montre pour soutenir son cadet une volonté de fer. Alia est fascinée par le visage buriné, flétri, couvert d'un entrelacs de tatouages bleutés qui ressemblent à une toile d'araignée. A-t-elle été volée comme elle à sa famille ? A-t-elle été une esclave avant de devenir cette femme puissante et respectée, mère de deux grands seigneurs ? Un soir, Alia obéit à une impulsion, elle s'agenouille devant la vieille femme, baise sa main :

— Promettez-moi de m'apprendre à lire, lalla Zhora, supplie-t-elle.

La très vieille dame porte sur l'enfant ses yeux

qu'une gaze légère semble voiler. Elle a attrapé la menotte qu'elle garde dans la sienne.

— Qui es-tu ? interroge-t-elle.

Avec attention, elle écoute la petite servante.

— Acquiers d'abord la sagesse, mon enfant. Ton désir va peut-être à l'encontre de la volonté de Dieu. Peu sert l'instruction pour suivre la route que l'on s'est choisie, mieux vaut de la détermination, du courage, la force d'écouter ceux ou celles qui pourront t'aider. Sois soumise à Dieu, mais reste maîtresse de toi-même.

Lalla Zhora lâche la main d'Alia, cherche à tâtons dans un coffret posé à son côté.

— Prends ceci, dit-elle, c'est un talisman éthiopien qui protège. Et si tu le souhaites vraiment, je vais t'envoyer un vieux mufti qui t'enseignera le saint Coran. Laisse-toi guider avec confiance.

Alia ne parvient pas à dormir. Encore et encore, elle réfléchit aux paroles prononcées par lalla Zhora. Doit-elle oublier l'instruction qui l'isolerait et se laisser guider par sa seule volonté ? Par la fenêtre, la fillette voit le ciel qui s'éclaircit. Les esclaves font du pain, l'enfant hume son odeur sensuelle. Elle a faim. Mais avant de boire le thé très fort et de manger les galettes chaudes, elle doit faire ses ablutions et prier, demander à Dieu de ne pas l'abandonner, de la tenir par la main comme l'a fait lalla Zhora.

8

En pleine nuit, le hurlement d'une alarme nous réveille. Les portes des appartements s'ouvrent. Il y a le feu dans la cave, s'époumone Maurice Dubreuil, nous devons nous rassembler dans le hall. Je note qu'il porte un pyjama à culotte courte qui laisse voir des jambes massives à la peau blafarde.

Par mesure de sécurité, l'ascenseur a été mis hors de service et des groupes compacts de pensionnaires dévalent les escaliers. En bas, madame Moret nous rassure. Les pompiers sont là. Nous devons rester calmes. Sa robe de chambre à fleurettes et ses cheveux épars la vieillissent. Si tranchante sur le chapitre de l'élégance, Denise Attias exhibe une chemise de nuit reprisée, des mules éculées en satinette. Je ne peux m'empêcher de sourire.

— Vous avez un heureux caractère, bougonne madame Aubert. S'amuser d'un tel drame ! Nous aurions pu tous brûler vifs.

Madame Moret fait des grâces au capitaine des pompiers.

— Il n'y a plus de danger, annonce-t-il d'une voix forte. Vous pouvez tous aller vous recoucher.

Le lendemain, pour nous dédommager de notre nuit blanche, madame Moret offre du mousseux avant le déjeuner. Denise Attias se met au piano et chante *Tout va très bien, madame la Marquise.* Les résidents des Amaryllis lui font écho à tue-tête, le vin pétille dans les verres en plastique. Je ne chante pas, ne bois pas. Je suis avec Alia. Elle va avoir douze ans, la première cassette est terminée, la seconde m'appelle.

— Mal dormi, chère amie ?

L'air malicieux, monsieur Dubreuil m'observe. Je revois ses grosses jambes à la peau blanche, la robe de chambre à fleurettes mauves de madame Moret. Un sentiment d'irréalité me donne le vertige. Est-ce vraiment moi qui me trouve au milieu de ces retraités en goguette ? De temps à autre, il m'arrive d'éprouver de la difficulté à adhérer à mon identité. Ce doute me fait peur. Est-ce la maladie d'Alzheimer qui couve ou une implacable lucidité ? Ceux qui savent qui ils sont et où ils vont, n'existent-ils que dans les romans ?

Écrire me fait douter. En créant, je vois clairement la simplicité de la mécanique humaine, actes et effets, exigences et hasard, orgueil et humilité, tous deux frères du mensonge, de la bêtise et de la méchanceté également répartis mais aussi héroïsme et générosité pour parvenir à être admiré et aimé. Entre les pensionnaires des Amaryllis trop terre à terre et Alia, le palais du Glaoui, ses jardins magiques, j'ai choisi. Réalité contre imagination. La première m'enferme, la seconde m'emporte. J'entends les voix, les rires, je vois à travers les portes-fenêtres le ciel et les nuages, les feuilles luisantes du magnolia. Tout me semble si loin…

« Tu es déprimée, dirait ma sœur, consulte un médecin. » Aujourd'hui, personne ne supporte la souffrance, l'inquiétude, le doute. On avale des pilules, on paye des confesseurs transformés en psys un prix exorbitant. Ce que l'on veut ? Bien dormir, bien manger, arracher de soi la moindre émotion, être normal comme tout le monde, rejoindre la foule pour oublier sa petitesse, sa solitude, sa précarité. Savoir souffrir, savoir douter, savoir vieillir devient étrange et inquiétant. Une maladie que tout bon médecin peut soigner. Quelques remèdes, et je chanterai *Madame la Marquise* avec Maurice Dubreuil et Denise Attias.

J'ai finalement trinqué avec les autres. « Nous sommes là encore pour un bon bout de temps », clame un ancien militaire, Raymond Sautier, auquel je parle rarement mais qui a su gagner le total dévouement de madame Lefort qui va jusqu'à lui sucrer son café.

Pour le troisième anniversaire de leur mariage, Damien et Amanda m'ont invitée rue de Sèvres. Je n'ai pas eu le choc que j'avais ressenti lors de ma première visite. L'appartement a rejoint dans ma mémoire la maison charentaise, celles de Dakar et de Kingstown, des lieux que j'ai aimés et qui existent désormais sans moi.

Amanda a aussi convié ses deux frères et ses belles-sœurs. J'aime bien l'aîné, Jean-Michel, professeur de philosophie à Paris-II. Il parle volontiers de ses travaux, du livre surtout sur lequel il travaille depuis des années, *Philosophie et poésie.* L'imagination est-elle antagonique à la raison ? Avec un enthousiasme que je n'ai pas éprouvé depuis bien longtemps, je défends l'imagination qui, dégagée de toute entrave intellectuelle, peut être plus féconde, plus brillante. Jean-Michel m'oppose ses arguments et regrette l'absence à notre table d'un poète ou d'un écrivain. Après deux flûtes de champagne et trois verres d'un excellent bordeaux, je ne m'entends pas déclarer : « Mais j'écris ! » Tout le monde me regarde.

— Vraiment ! s'exclame Damien. Tu m'avais caché cela, maman.

Déjà dégrisée, je balbutie :

— Un essai, quelque chose sur une période révolue.

Le sourire de mon fils est bienveillant, un peu compatissant.

— Tu écris tes mémoires ? Mais c'est une très bonne idée, maman.

— Peut-être intéresserez-vous un éditeur, hasarde Daniel, le frère cadet d'Amanda et Jean-Michel.

Avant que je puisse répondre, la voix de Damien s'impose, définitive :

— Les mémoires des gens âgés n'intéressent que leur famille mais c'est un passe-temps intelligent pour les retraités. Écrire ses souvenirs entretient les facultés mentales.

— En effet, enchaîne Jean-Michel que je croyais mon ami, le cœur prend trop d'importance chez les vieillards et vide le cerveau. La vie intellectuelle fait place à la vie affective et l'intérêt pour la société à celui que l'on porte à ses proches et à soi-même.

Est-ce à moi qu'il s'adresse, la petite vieille de soixante-dix-huit-ans qui semble se régaler d'un gâteau au chocolat ou Jean-Michel évoque-t-il une notion abstraite sans prendre conscience qu'il me blesse profondément ? Je pose ma fourchette, le moelleux au chocolat m'écœure.

— Les théories, mon cher ami, sont souvent sans rapport avec la réalité, dis-je en le regardant droit dans les yeux, et ce que l'on croit voir chez autrui est tout simplement en soi-même.

Jean-Michel est étonné puis il éclate de rire. Je ne ressens quant à moi aucune joie. Dans l'espace restreint où l'on me confine, mon cœur s'enlise.

La tête entre les mains, je réfléchis. Alia a douze ans, presque treize maintenant. J'essaye de l'imaginer : une toute jeune fille mince avec des cheveux frisés auxquels le henné donne des reflets roux. Elle est belle, son destin l'atteste. Je vois des yeux pénétrants, une bouche aux lèvres ni trop épaisses ni trop fines, un long cou. Lalla Zineb commence à se méfier de sa trop jolie servante. Elle-même s'apprête à épouser son beau-frère Si Thami qui a besoin d'elle pour légitimer sa prise de pouvoir.

L'hiver est doux à Marrakech, la ligne des montagnes enneigées découpe les sommets aigus sur le bleu du ciel. Du palais du Glaoui, on entend le soir les joueurs de flûte et de tambourin, la rumeur de la foule sur la place. Alia se souvient vaguement des charmeurs de serpents, des conteurs qui parlent d'amour, de vengeance, de guerres, de héros et de sultans. Mais elle a oublié le visage de ses parents, ceux de ses sœurs, de son frère. Elle sait désormais par cœur des sourates entières du Coran, peut déchiffrer quelques noms, le très saint nom d'Allah, ceux du Prophète et de ses proches qui, après sa mort, allumèrent un feu ardent propagé de pays en pays par les cavaliers de l'Islam. Les servantes lui ont appris des incantations magiques, elle sait la valeur des talismans, ceux qui protègent contre le mauvais sort, et ceux qui procurent la chance, l'amour éternel. Avec des filles de son âge, elle joue à être amoureuse, elle embrasse, elle caresse, elle frémit.

Jamais Thami el-Glaoui, le nouveau seigneur de l'Atlas, n'est venu dans le quartier des femmes. Une seule fois, Alia l'a croisé dans le jardin. Il l'a regardée et elle a rougi. Elle se souvient d'un homme mince au teint foncé, aux traits acérés, au regard d'aigle. Un homme qui attire et fait peur.

Alia observe, réfléchit, comprend le jeu complexe et savant qui se déroule dans le secret des appartements des femmes.

Un soir, alors que le soleil se couche, elle ose rejoindre Nejma, la favorite du Pacha qui se promène dans le jardin accompagnée d'une jeune esclave noire. Lalla Zineb elle-même n'ose pas l'affronter. Les femmes voient la faveur dont elle jouit au nombre de ses bijoux, de ses caftans brodés, à la délicatesse de ses parfums achetés à Paris.

En voyant approcher Alia, Nejma s'arrête, toise la jeune fille de haut en bas. Elle a vu cette servante à plusieurs reprises et ne l'aime pas. Trop fière, trop silencieuse, trop belle aussi.

— C'est lalla Zineb qui t'envoie ? demande-t-elle.

La voix est ironique.

— Je veux simplement te saluer.

Nejma esquisse un sourire. Sans doute Alia va lui demander de la prendre à son service. Une petite vexation de plus pour lalla Zineb.

L'eau d'une fontaine ruisselle sur la margelle, le soleil est bas, déjà le flanc des montagnes disparaît dans l'obscurité. Bientôt il fera froid, les servantes allumeront des braseros ici et là.

Alia veut déconcerter Nejma, lui voir perdre son masque de princesse. Elle sait que la favorite ne sert qu'aux nuits du Pacha, qu'il ne la fait jamais venir quand les Français viennent le visiter et que celle-ci en souffre. Là est sa blessure, son talon d'Achille. Elle prend son temps, prononce quelques mots polis puis soudain se lance :

— Toi qui règnes sur notre maître, qui obtiens tout de lui, dis-moi comment sont les roumis, leurs femmes, leurs enfants.

Le sourire de Nejma se fige.

— En quoi les roumis te concernent-ils ? Tu n'en verras jamais de ta vie.

— Lalla Zineb m'a dit que je pourrais m'occuper des enfants du résident français.

Aussitôt Alia voit de la colère dans les yeux de Nejma.

— Elle te ment.

— Elle en a déjà parlé à Si Thami, que Dieu le protège, qui n'y est pas opposé. Mais je voudrais savoir comment sont les Français. Il en vient beaucoup au palais et tu dois bien les connaître.

La voix de Nejma est acide, méchante.

— Assez pour te dire qu'ils ne voudront pas de toi. Tu es une servante venue de la rue, une esclave. Tu te crois attirante ? Regarde-toi dans un miroir avec attention. Ta peau est trop foncée, tes cheveux crépus, tu es banale, ordinaire. Jamais les roumis ne voudront de toi pour s'occuper de leurs enfants. Dans leur cuisine peut-être pour éplucher des légumes et laver le sol. Ils te traiteront comme une chienne. Ce sont des gens arrogants qui nous méprisent, les ennemis du Maroc, je les déteste.

Allongée sur son matelas, Alia repense aux paroles de Nejma. Elle tient une arme contre elle. En critiquant les alliés du Pacha, la belle concubine se perd. Quelques mots, et ce sera le bannissement. Lalla Zineb sera vengée.

Obtenir une courte audience de Si Thami n'est pas chose facile. Mais les deux épouses ont réuni leurs efforts et le Pacha a décidé de les recevoir ensemble. Alia accompagne sa maîtresse. Elle a tressé ses cheveux, passé un simple caftan de laine brodé de motifs berbères, noué autour de son front un voile léger qui met en valeur ses yeux d'un noir velouté.

Une lettre à la main, escorté d'un secrétaire, Si Thami fait les cent pas dans un salon lorsqu'il les reçoit. Il n'a pas l'air de bonne humeur, ses sourcils froncés donnent au regard perçant une expression presque menaçante.

Lalla Zineb explique d'une voix calme les bruits qui courent sur Nejma dans les appartements des femmes. À ce nom, le Pacha s'arrête, regarde fixement sa deuxième épouse.

— Explique-toi, exige-t-il.

D'un souffle, elle rapporte les mots désobligeants, insultants prononcés par Nejma sur les Français.

— Des médisances ! lance-t-il.

Il semble impatient de se débarrasser de ses visiteuses.

Soudain le Pacha fixe Alia, les paupières se plissent un peu, l'aigle semble évaluer une proie.

— Qui es-tu ? demande-t-il.

Lalla Zineb ne laisse pas Alia répondre.

— Cette fille est ma servante.

— Et c'est toi le témoin ?

— Moi et une esclave de lalla Nejma.

Dans le salon, le silence est inquiétant. Le cœur d'Alia bat très fort. Elle fixe une mosaïque bleu et turquoise représentant des fleurs avec leurs hautes tiges penchées sur lesquelles des oiseaux féeriques sont posés. Jamais elle n'a rien vu de plus beau. Des mouches vrombissent au-dessus des jattes de porcelaine où sont disposés des fruits, des pâtisseries. L'air sent le santal et la fleur d'oranger.

Le Glaoui ne quitte pas Alia du regard.

— Quel âge as-tu ?

— Treize ans, Pacha.

Enfin il détourne la tête, fait signe à son secrétaire.

— Nejma partira demain à Télouet. Fais-lui porter un collier et des boucles d'oreilles en or.

Le Glaoui prend quelques pistaches dans une coupe de cuivre ciselé, les croque une à une.

— Es-tu satisfaite, Alia ?

La jeune fille sait qu'elle est en position difficile. L'attention que lui porte son maître est comme un feu. Il peut donner la vie ou détruire jusqu'à ne laisser que cendres et ruines.

— Si Thami, mon intention n'était pas de faire punir lalla Nejma mais de t'informer du bruit qui circulait dans les appartements des femmes.

Soudain le visage du seigneur de l'Atlas se durcit. À nouveau Alia pense à un aigle prêt à fondre sur sa proie.

— Les critiques me sont indifférentes et j'ai suffisamment de mouchards pour en être informé. Mais tu as bien fait d'être venue me voir. Demain, je pars à Paris, à mon retour je te ferai venir.

Jusqu'à l'aube, Alia ne ferme pas l'œil. Si Thami croit qu'elle a voulu écraser Nejma pour voler sa place, devenir une concubine parmi les autres. Toutes s'observent, se jalousent, se flattent pour mieux se dévorer. Thami el-Glaoui la fascine, lui fait peur, l'attire mais elle n'est pas capable de se tailler une place auprès de lui, elle est trop jeune, trop inexpérimentée. Il la prendra et la rejettera, la condamnant à l'abominable existence d'une concubine dédaignée. Une femme sans homme qui n'est ni servante, ni maîtresse, une forme humaine sans réalité.

Déjà les jeunes esclaves se glissent dans les couloirs pour faire du thé, ranimer les braseros, surveiller aux cuisines la cuisson des galettes et des soupes. Alia se souvient du temps où, encore à moitié endormie, elle devait s'extirper de sa paillasse, obéir aux ordres des unes et des autres avant de servir lalla Amina. Pourtant jamais elle ne s'ennuyait. Rires, confidences, remarques amusantes ou acerbes donnaient à chaque jour du piquant, de la gaîté, une saveur dont les femmes étrangères au palais ne pouvaient avoir aucune idée. On jouait avec elle, l'attifait de caftans de soie, de bijoux, on peignait ses lèvres, dessinait ses yeux au khôl. Elle était esclave et poupée de luxe. Ensemble, femmes, concubines, servantes dansaient, les unes jouaient du tambour, d'autres de la darbouka. Toutes chantaient les vieilles rengaines du Sud, des airs remontant à la nuit des temps.

Aujourd'hui, le regard de Thami el-Glaoui m'isole, m'affole.

Lalla Zineb ne peut plus m'aider ou me consoler. En me voulant dans son lit, le Pacha fait de nous des concurrentes. Elle est sa femme, celle qui l'a rendu père pour la première fois. Sans doute a-t-elle remarqué l'attention que son mari me portait et est certaine que je vais la trahir.

Soudain, j'arrête d'écrire. Que se passe-t-il ? J'ai fait parler Alia à la première personne. Je m'exprime à travers elle. Une étourderie ? Et, cependant, les mots sont venus tout naturellement.

9

Au lever du soleil, Alia prend sa résolution. Elle va suivre Nejma à Télouet, s'en faire une amie. Elle a tout à apprendre de cette fille éduquée venue de Turquie. Quelques années à Télouet feront d'elle une vraie femme que le seigneur de l'Atlas respectera.

Lalla Zineb ne s'oppose pas au départ de sa servante. Depuis la veille, elle voit Alia avec d'autres yeux. Jolie, rusée, sans scrupules, sa servante l'a utilisée, elle, l'épouse, pour forcer la porte du Pacha, attirer sur elle son attention. Si elle est assez fourbe pour suivre Nejma après l'avoir trahie, grand bien lui fasse ! Est-elle assez sotte et infatuée d'elle-même pour croire que Thami el-Glaoui la suppliera de revenir à Marrakech ? Le palais regorge de jolies filles. Avec ses jambes de cigogne, son visage de musaraigne, cette servante issue du souk a le cœur dur comme de l'airain.

Lalla Zineb crache par terre. Elle est lasse de ces intrigues, des ambitions qui prennent forme dans l'ombre des salons, des chambres, des corridors, des cours intérieures. Elle n'est plus très jeune, quelques cheveux blancs apparaissent sur ses tempes, sa peau a d'imperceptibles rides, ses seins sont alourdis par la maternité. Utile à Thami lors de son mariage, son clan du Haut Atlas a perdu de son influence. Devenu pacha, respecté par les Français, il est tout-puissant au royaume du Maroc, immensément riche. Le sultan ne peut rien contre lui.

Avec l'ennui, les soucis, les rancœurs, lalla Zineb s'est mise à fumer. Elle s'allonge sur un divan, ferme les yeux. À seize ans, elle était belle et Si Madani le lui disait. Elle l'aimait, espérait rester pour toujours son unique épouse mais, très vite, elle avait perdu ses illusions. Quant à Si Thami, elle n'ignore pas qu'il apprécie les Françaises, des femmes blondes, effrontées, qui parlent fort et semblent mépriser les Marocaines. Zineb les aperçoit de loin dans les jardins. Des robes fluides moulent leurs corps minces, elles portent des chapeaux, des chaussures à talons. L'une d'elles est restée près d'un an au palais. On lui avait aménagé un appartement où elle recevait des roumis, buvait du vin, caressait des chiens minuscules. On savait qu'elle s'appelait Chantal et qu'elle avait posé nue pour des peintres célèbres. Si Thami l'avait comblée de bijoux, il l'accompagnait dans les jardins ou l'amenait se promener en calèche. Un jour, elle avait disparu. Dans les appartements des femmes, on murmurait que lalla Zhora lui avait jeté un sort. Sa peau était devenue semblable à celle d'un serpent. Elle s'était enfuie la nuit pour que personne ne la voie.

En tirant des bouffées de sa cigarette, lalla Zineb se revoit petite fille à Agdz. Enfant du Caïd, elle était respectée, flattée, caressée.

Autour du village et de sa palmeraie, le djebel Kissana déroulait ses collines arides. Se rendre au marché était une fête. À dos d'âne, les paysans y apportaient leurs légumes, des dattes, des figues de Barbarie, des noix que seules les femmes avaient le droit d'éplucher.

L'été, la rivière était presque sèche, des chiens errants, des renards venaient y boire, des femmes lavaient du linge qu'elles étendaient sur les berges.

Avec le soir venait l'heure des contes, des histoires de génies et de sorcières, de bêtes fantastiques qui erraient dans le djebel à la recherche d'un homme égaré dont elles prendraient la forme après l'avoir dévoré. Tous les enfants, ceux du Caïd comme ceux des serviteurs, faisaient cercle autour du conteur, les yeux écarquillés, effrayés ou amusés par la voix qui se faisait terrible, menaçante ou légère, pleine de gaîté. Chacun entendait les battements de son propre cœur, retenait son souffle.

Zineb a achevé sa cigarette et garde les yeux clos. Ce monde n'existe plus.

Un matin, son père lui avait signifié qu'elle allait épouser Si Madani el-Glaoui. Un grand honneur, une alliance profitable.

De sa dernière promenade au bord du Draa, elle garde le souvenir du soleil qui étincelait à la surface de l'eau, du feu allumé par un berger pour chasser les chacals, de la ligne du djebel qu'une légère brume estompait. Puis elle avait tourné le dos à la vallée de son enfance.

Escortées par des serviteurs du Glaoui, Alia et Nejma partent à l'aube. La présence d'une compagne a réconforté la favorite et elle a embrassé celle que, la veille encore, elle méprisait. Le palais de Télouet sera une prison où elle ne pourra qu'attendre une mort lente, un éternel ennui.

— Nous reviendrons bientôt, la rassure Alia alors que s'ébranle la petite caravane.

Sur la selle du dromadaire qui les emporte est posée une structure de bois où sont accrochés des rideaux afin que nul n'aperçoive la concubine du Pacha. Une femme qui a appartenu au chef ne fait plus partie du monde.

Nejma ne répond pas, elle a des larmes aux yeux. Malgré tout, elle a passé un somptueux caftan, a fait tresser et parfumer ses cheveux blond foncé, ses lèvres sont peintes au carmin. Elle sent la vanille, la rose. Alia voudrait devenir cette femme, une séductrice, une *djenna*.

À Tizi-n-Tichka, la caravane s'arrête pour un repos de deux jours. En pleine journée, il fait frais à cette altitude. L'air est sec, parfumé, la végétation enchanteresse. À grand-peine Nejma et Alia ont obtenu la permission du responsable de leur sécurité de faire quelques pas, escortées par deux vieilles servantes, au milieu des chênes, des noyers, des pins. Alia est étourdie, enivrée. Depuis son arrivée au palais du Caïd à Marrakech, elle n'en était jamais sortie. Huit années de réclusion mais aussi d'apprentissage, d'initiation. Bien qu'encore proche de l'enfance, elle connaît aujourd'hui le pouvoir de la séduction. Vierge, elle n'ignore rien du sexe, de cette force, source de domination et d'autorité qu'ont les femmes sur les hommes si elles sont assez habiles pour l'exploiter. En dépit de sa beauté, de la sensualité qui émane d'elle, Nejma n'a pas su maîtriser les règles de ce jeu. Un seul mot venant d'une servante a suffi à la détruire. Alia a pitié d'elle.

Après quelques pas, Nejma veut s'asseoir sur un muret de pierre. Elle a séché ses larmes mais son ravissant visage a perdu tout éclat comme si s'était éteinte sa lumière intérieure.

À pleins poumons, Alia respire l'air frais de la montagne. Combien de temps restera-t-elle à Télouet ? Une année, deux ? Jusqu'au moment où elle se jugera prête à regagner Marrakech. Du muret sur lequel les deux femmes se reposent, la vue est grandiose. Des montagnes semblent surgir des nuages qui filent en s'étirant vers le nord, les pins sont suspendus dans la lumière, on entend l'eau d'un torrent qui cascade. Pour Alia, tout semble mystérieux, grisant, inquiétant aussi. Elle a peur des géants et des djinns qui peuvent se cacher dans les gorges, au fond des cavernes. Ce soir, elle se blottira contre Nejma, elle fermera fort les yeux. Peut-être ses vêtements de nuit sentiront-ils ce parfum de rose et de vanille qui tourne la tête.

Sous la tente, il fait humide et froid. Le brasero allumé avec du bois vert fume, irrite les yeux et la gorge.

Les servantes ont jeté sur le sol des matelas, des couvertures, posé sur un coffre une aiguière de cuivre et une cassolette à parfums. Nejma ne parle pas, son regard est absent. Alia a peur qu'elle perde la raison.

Serrées l'une contre l'autre, les deux femmes

dorment encore lorsqu'une servante apporte le thé brûlant, des galettes, des bols de soupe aux lentilles.

Dans la lumière du matin, Alia est éblouie par la beauté de Nejma. Sans fards, les cheveux épars, vêtue d'une simple chemise de coton, elle garde une sensualité à la fois troublante et fraîche. Alia pense à un fruit dans lequel on a envie de mordre, même s'il est empoisonné. Si le Pacha se détourne de cette femme, comment pourrait-il s'attacher à elle ? A-t-elle perdu tout sens commun ? Pour chasser ses doutes, elle demande des culottes bouffantes d'homme, des chemises, des gilets, des sandales.

— Viens, dit-elle à Nejma, prenons deux servantes et allons dans la montagne.

Parvenues en haut d'une crête, les deux femmes ont le vertige, le ciel est trop bleu, le vent trop parfumé. De grands oiseaux tournoient au-dessus d'elles et, en contrebas, un torrent mousse sur des roches. Elles se prennent la main et se taisent, bouleversées par cette beauté. Jamais peut-être elles ne connaîtront à nouveau ce fugitif sentiment de liberté.

Alia implore Nejma :

— Allons nous baigner.

Nejma secoue la tête.

— Et s'il y avait des hommes cachés dans la forêt ?

— Viens, viens, la prie encore Alia.

Elle prend sa compagne par la main et l'entraîne. Des petits cailloux roulent sous leurs sandales. Derrière, les deux servantes tentent de les suivre en soufflant et gémissant.

— Restons habillées, on se séchera sur les rochers.

Au-dessus d'elles, les parois de la montagne sont

touffues, sombres, mystérieuses, quelques arbres s'élancent plus haut que les autres, crevant les nuages.

L'eau glacée les fait crier. Elle les enveloppe, les caresse, glisse sur leurs dos, leurs cuisses, colle à leur peau les pantalons de toile, fait scintiller des gouttelettes dans leurs cheveux.

En riant, elles s'éclaboussent, se poursuivent, tombent, se relèvent. Alia a treize ans, Nejma dix-sept, deux enfants qui jouissent de la liberté pour la première fois de leur vie. Sur un gros rocher, elles se sèchent, s'ébrouent comme de jeunes chiens. Le soleil caresse leur peau, les réchauffe, les engourdit. À travers la chemise, Alia voit les seins ronds de Nejma, leurs pointes brunes. Elle ferme les yeux. Cette douceur, cette sensualité lui fait peur. Et, pourtant, c'est cet univers qu'elle veut conquérir pour en devenir la reine.

— Tu resteras avec moi, n'est-ce pas ?

La voix de Nejma est caressante, implorante.

Alia prend sa main, la porte à ses lèvres.

— Nous sommes sœurs.

Au fond de son cœur, elle sait qu'elle dit vrai, que le destin de Nejma et le sien sont une étoffe tissée des mêmes fils, une chaîne formée de maillons identiques. Elles sont sœurs, en effet.

La montagne passée, le paysage devient aride, la lumière crue fait cligner les paupières. La petite caravane passe des camps de bergers nomades. Les enfants accourent, suivent les dromadaires et les ânes en riant. De longues chemises flottant sur leurs corps minces, les filles ont des tignasses hirsutes, les garçons la tête rasée.

À cause de la chaleur, de la démarche chaloupée du dromadaire, les deux femmes somnolent. Une nuit de bivouac encore, et ce sera l'arrivée à Télouet.

À perte de vue, le ciel balaye une terre rouge et sèche sur laquelle il jette un voile bleuté à la tombée du jour. De temps à autre, près d'un puits, s'élève un bouquet de palmiers dattiers d'où pendent des grappes de fruits jaune d'or.

Le soleil baisse quand les deux femmes entendent la voix forte et joyeuse du chef de la caravane : « Télouet, Télouet ! »

Nejma ne peut s'empêcher d'écarter le rideau pour apercevoir les remparts de la casbah nichée au flanc de la montagne, la ligne nette du palais du Glaoui avec ses tours carrées. Alia retient son souffle, subjuguée par la beauté, l'austérité de ces bâtiments, gigantesques boucliers levés contre le temps, les vents de sable, les attaques des guerriers venus du Sud.

Petite ville de garnison, centre administratif, la ville rouge paraît assoupie. Dans les ruelles, quelques enfants, des femmes rentrent chez eux pour le repos du soir, des vieillards somnolent sur le pas de leur porte à côté de chats maigres allongés dans la poussière. Un souffle de vent chaud porte des odeurs d'épices, d'urine et de crottin d'âne.

— Peut-être est-ce ici qu'il me faudra mourir, murmure Nejma.

À peine entrées dans le fastueux hall des visiteurs, la fraîcheur tombe sur leurs épaules, suggère un passage dans un autre monde.

Thami el-Glaoui ne vient qu'exceptionnellement dans ce palais et rien ne semble prêt à accueillir des hôtes. Les tapis ont été roulés, les meubles précieux mis à l'abri. Ne restent que les commodités nécessaires à la vie quotidienne de ceux qui y logent, une poignée de hauts fonctionnaires, un administrateur, deux hommes de confiance qui surveillent les nombreux domestiques, une vieille cousine du Glaoui chargée du quartier des femmes.

Avec surprise, Nejma et Alia découvrent que la fille d'un chef de tribu berbère que le Glaoui n'a pas osé refuser comme troisième épouse et qu'une autre concubine répudiée vivent à Télouet avec leurs servantes et une dizaine de petites Africaines.

Alignées autour d'un jardin intérieur planté de bougainvilliers, de frangipaniers, les chambres sont confortables, décorées avec luxe. Seul le vrombissement des mouches occupe le silence, le jeu du soleil à travers les moucharabiehs l'espace. La quiétude qui règne dans le quartier des femmes procure à la fois bonheur et effroi, une impression d'éternité.

À l'heure de la prière, les femmes et leurs servantes se retrouvent dans la longue pièce où sont déroulés des tapis. Le plafond de cèdre est peint de pourpre et de bleu, les murs sont nus, à l'exception du mihrab où un savant travail de mosaïque reproduit le nom de Dieu et celui de son prophète en lettres d'or.

Avec curiosité, Alia et Nejma observent les deux femmes qui partagent leur quartier, l'une Saadia, une brune au visage ingrat, l'autre Malika rondelette, les yeux, les lèvres fardées, les cheveux rougis au henné, un pli amer de chaque côté de la bouche. De ses vêtements, de sa peau s'exhale un parfum trop lourd. « Combien de temps cette pauvre créature a-t-elle été la concubine du seigneur du Sud ? pense Alia. Une semaine, un mois ? Pourquoi l'a-t-il reléguée ici, pour quelle faute ? » La troisième épouse est silencieuse, effacée. Il semble qu'elle cherche à disparaître, à se fondre dans le néant. Une femme depuis toujours transparente. Elle parle à peine l'arabe mais un dialecte que ni Nejma ni Alia ne comprennent. Elle a un ton de voix très doux, les mots semblent sortir de sa gorge comme une plainte douce.

Malika traduit. Après trois années de vie commune, elle a appris à comprendre Saadia, ou tout au moins à interpréter ce qu'elle cherche à dire. De toute évidence, si l'ancienne favorite accepte volontiers Alia, la présence de Nejma l'irrite.

Après la prière, les esclaves africaines leur apportent dans le jardin du thé, des fruits coupés en quartiers, des dattes. Alia admire leur visage rond, leurs yeux de lune, leurs petites tresses auxquelles sont mêlées des perles en verre multicolores mais ne peut s'empêcher de les prendre en pitié. Enfant arrachée à ses parents, esclave elle aussi, elle essaie d'infléchir le cours de son destin. Quel sera le leur ? Une vie de servitude qui fera d'elles de vieilles femmes avant leur quarantième année, des funérailles sans pleureuses ni expressions de sympathie. Des noms engloutis dans l'abîme du temps.

La nuit descend. Le ciel est criblé d'étoiles. Jamais Alia n'en a vu de si belles.

Saadia l'observe. Elle a de beaux yeux mais il faut la regarder attentivement pour les remarquer et nul ne le fait. Alia montre le ciel, porte la main à son cœur, elle veut que Saadia comprenne que cet instant est heureux, qu'elles doivent le partager toutes ensemble. L'épouse abandonnée esquisse un sourire puis à son tour montre le ciel : « *El jamoub, el jamoub*[1] », répète-t-elle. Elle doit se souvenir des nuits dans l'Anti-Atlas aux confins du désert, du bruit du vent sur les pentes rocailleuses du djebel, du hurlement des chacals. À quel âge l'a-t-on mariée ? Elle a trente ans peut-être mais sa jeunesse est déjà morte.

Des chauves-souris tournent au-dessus des murs à la recherche d'insectes. Un chat tigré se glisse silencieusement entre les arbres fruitiers. Nejma prend la main d'Alia, elle doit avoir peur car sa peau est glacée. Dans la pénombre, la jeune servante voit son nez fin, sa bouche aux lèvres pleines, l'épaisse chevelure blond foncé qui cascade sur les épaules. Elle a tout à apprendre de cette femme qui vient d'ailleurs, du Caucase, un nom étranger qui suggère des étendues immenses où galopent des chevaux sauvages, où les femmes sont plus belles que partout ailleurs dans le monde.

Malika se redresse soudain, elle frappe dans ses mains. Sa voix est aigre, impérative :

— Je veux des musiciennes et qu'on allume des flambeaux.

Dans la main d'Alia, celle de Nejma se contracte.

— J'ai été musicienne autrefois, souffle-t-elle. Plus tard, je te raconterai.

1. Le Sud.

En hâte, je pose mon stylo-feutre, il est sept heures et demie, j'ai oublié l'heure du dîner. Dans l'ascenseur, un sentiment d'irréalité me brouille l'esprit. Je n'arrive pas bien à réintégrer mon univers, celui des Amaryllis. L'effort que je dois faire est chaque jour plus ardu.

Ma sœur a regagné son appartement lyonnais. Elle doit noter mon inattention car elle insiste : « Je te trouve un peu déprimée, fais-toi soigner. » Elle me peint des portraits d'amies revenues à la vie grâce à un léger traitement. « Ne t'enferme pas en toi-même, me répète-t-elle. Implique-toi dans ta ville, fais du volontariat. » J'acquiesce pour me débarrasser d'elle. « Volontariat, service humanitaire », tout le monde a ces mots à la bouche pour garder la conscience tranquille. Ceux qui m'ont casée aux Amaryllis aimeraient bien me voir bourdonner comme une abeille alors que cette existence en marge n'apporte que repli sur soi-même, décrépitude et silence.

Tout le monde est déjà installé à la salle à manger. Mes voisines m'avouent qu'elles s'inquiétaient : « Nous allions demander à l'infirmière de monter chez vous. »

Leur sollicitude est touchante. Donnant, donnant. La protection que donnent les Amaryllis à leurs pensionnaires doit être effective, rassurante. Ici, on ne risque pas de tomber et de rester sans secours sur son plancher. Les récits les plus effroyables courent à l'heure du café. Des personnes âgées dont on découvre le décès à cause de l'odeur pestilentielle qui se glisse dans la cage d'escalier, des téléphones hors de portée, des agonies sans fin. « J'ai même entendu parler, a raconté Maurice Dubreuil à un auditoire médusé, d'une dame qui a préféré se jeter par la fenêtre que d'endurer seule les souffrances d'un col du fémur brisé. » La peur anéantit le jugement. Le savent bien les hommes politiques qui multiplient les menaces d'attentat pour mieux museler les protestataires, certains médecins désirant convaincre un patient de se faire opérer, ou des religieux menaçant de l'enfer les pécheurs potentiels.

On nous apporte le dessert quand la voix suraiguë de madame Lefort nous fait tous tourner la tête. La pauvre femme devient gâteuse et madame Moret la tolère avec peine.

— Pourquoi ne m'a-t-on pas apporté mes cannellonis ! vitupère-t-elle. Une fois encore, on m'a oubliée.

Sélim avance vers elle, son gentil sourire aux lèvres.

— Mais si madame, vous avez eu des cannellonis comme tout le monde, je viens juste de retirer votre assiette.

— Je n'ai rien eu, rien mangé. Je vais dire à mes petits-enfants qu'on me laisse mourir de faim ici. Cela se saura, croyez-moi !

L'air vindicatif, madame Moret approche. On la sent à bout de patience.

— Soyez raisonnable. Vous avez eu vos cannellonis. Regardez, il y a même des taches de sauce tomate sur la nappe.

— Je vous paye et vous êtes mon ennemie, s'entête la vieille dame. Vous ne cessez de me maltraiter.

Sélim est sur le point de prononcer quelques mots apaisants mais, d'un regard impérieux, madame Moret lui impose le silence.

— Apportez-lui une banane, dit-elle entre ses dents, cela la calmera.

Vaincue, madame Lefort pèle son fruit. Nous savons tous que sa tête vient de tomber. D'ici quelques jours, elle sera expédiée dans une maison de retraite « spécialisée pour les malades souffrant d'alzheimer », on disait autrefois « les asiles pour vieillards gâteux ».

L'altercation a jeté un froid et chacun mange du bout des lèvres le flan au caramel accompagné de deux sablés. « Soyons résolus à bien profiter de la vie », dit enfin madame Aubert.

Un murmure d'approbation accueille ses paroles. Le flan a bien bon goût.

10

Maurice Dubreuil insiste pour que je l'accompagne au cinéma. On joue un film sur la vie d'Édith Piaf au centre commercial et il a lu dans *Le Parisien* d'excellentes critiques. De guerre lasse, je finis par accepter. Par ailleurs, il faut que je réécoute la troisième cassette et prenne un peu de distance pour me permettre de réfléchir.

Dans le bus, il me parle de sa petite-fille, Anna, qui veut faire du théâtre. Dans la famille, il est le seul à l'approuver. « Un peu de fantaisie, que diable ! » dit-il, alors que j'observe son gilet de laine, ses chaussures Hush Puppies soigneusement lacées, son cache-nez gris. Il a probablement eu une vie banale, parfaitement réglée et soutient aujourd'hui une jeune fille qui, contre l'avis de ses parents, rêve d'être actrice. Peut-être l'ai-je mésestimé ?

Au retour, il est tout guilleret et fredonne des refrains de Piaf. En dépit de la qualité du film, mon esprit n'a cessé de s'évader. Je m'en veux de m'extraire des petits bonheurs de la vie quotidienne.

Voilà vingt-quatre heures que je n'ai pas écrit. J'attends d'ouvrir mon cahier comme on compte les minutes avant un rendez-vous d'amour. Déjà j'ai un rituel : baisser les stores, allumer une bougie parfumée au miel, poser devant moi un pot de thé vert, déconnecter le téléphone. J'aime entendre bourdonner des mouches, elles me rappellent mes étés en Charentes, les devoirs de vacances, l'odeur des pêches mûres, de l'herbe fauchée. En septembre, à leur tour les guêpes vrombissaient, le chasselas mûrissait, on cueillait les premières poires williams, c'était la fin de l'été.

Quelques jours seulement se sont écoulés et déjà l'ennui écrase Nejma. Pour la distraire, Alia l'entraîne sur les terrasses, là où les nuages semblent à portée de main. Jusqu'à l'horizon se déroulent les montagnes rouges sans végétation.

Un soir, alors que le vent souffle du nord, Nejma demande les musiciennes. Malika est invisible depuis l'avant-veille, indisposée, expliquent les servantes. Saadia reste dans ses appartements où nul ne sait comment elle s'occupe, « lalla Saadia, que Dieu la garde, fait ses prières », affirme la femme chargée de lui porter ses repas.

Tendue, Nejma attend les trois vieilles musiciennes. Deux d'entre elles sont d'origine albanaise, la dernière est syrienne. Depuis combien de temps croupissent-elles à Télouet ? Dans la journée, on ne les voit pas, elles habitent un autre quartier du palais, sans doute avec les portières, lingères, cuisinières, magasinières.

Pour nous servir, nous les quatre femmes, il doit y avoir une vingtaine de domestiques. Servante moi-même, j'ai pris le statut de dame de compagnie de Nejma et ai droit à des égards.

Face à nous, deux des musiciennes accordent leurs instruments, darbouka et luth, la troisième tient à la main un oud. Les brasiers teintent de reflets rouges les visages sillonnés de rides, les lèvres bleuâtres. Elles portent de longues chemises de toile sur des sarouals[1] que couvre une robe de mousseline turquoise serrée à la taille par une chaînette d'argent martelé. Leurs cheveux sont dissimulés par des turbans d'où pendent des sequins de cuivre.

Le salon entoure Nejma et Alia, espace clos lui-même, cerné par le quartier des femmes qu'encerclent les murs de la casbah. Depuis l'âge de cinq ans, l'univers d'Alia a été un monde fermé, protecteur et étouffant, un microcosme où bouillonnent les mêmes ambitions, haines et affections que dans l' « autre », une terre que la plupart des femmes du palais ne connaîtront jamais.

Soudain, lancinante, poétique, possessive, la musique s'envole, remplit l'espace. La joueuse d'oud a une voix rauque, basse, qui déchire le cœur. La tête de Nejma bouge imperceptiblement de haut en bas comme pour amorcer une danse. Alia serre très fort les mains contre ses genoux. Elle pense à une caravane qui avance sous le soleil ou au vol d'un rapace dans le ciel bleu. Mouvement, liberté, solitude, dépouillement. Elle a envie

1. Pantalon de toile.

d'aller s'accroupir dans un coin du salon, de se faire minuscule, de disparaître, de devenir musique.

Et soudain Nejma se lève et danse. Son corps ondule, frémit comme une feuille dans le vent. Elle bat des mains, renverse la tête, ferme les yeux. Alia sait qu'elle s'évade, s'élance vers l'immensité, l'éternité, la délivrance.

Électrisées, les musiciennes accélèrent le rythme. À présent la joueuse de darbouka chante. Sa voix est plus aiguë, plus lancinante, elle aiguillonne, donne envie de galoper comme un cheval sauvage.

Alia se lance à son tour. Une force qui jaillit du fond de son corps l'entraîne, elle n'est plus rien qu'une flamme penchée par le vent, un rayon de lumière, un nuage qui court dans le ciel.

À travers les moucharabiehs de cèdre, la lueur de la lune argente les tapis de haute laine, les sofas recouverts de velours incarnat. La nuit est reine, maîtresse, pourvoyeuse de plaisir et de rêves.

Nejma pleure en dansant. Sur son passé, son présent, son avenir ? Alia n'a plus envie de danser. La musique séduit et trompe, elle ressemble au désir sexuel, à l'amour, elle ment, elle endort, elle ouvre des portes dangereuses à franchir comme la drogue, le haschich ou l'opium que tant de femmes fument dans leurs somptueux appartements de Marrakech. Nejma, qui y a goûté autrefois, retrouve la griserie, l'absence, la force de vivre aussi, offertes par ces chants obsédants qui parlent de mort, d'horizons inatteignables, mais aussi de fontaines, de jardins, de femmes belles comme des matins de printemps. Alia sait qu'elle ne peut oublier ses nuits dans la couche de Si Thami, que son corps appelle des caresses. Un jour, si Dieu le veut, elle goûtera à ces plaisirs. Nejma les lui apprendra pour qu'à son tour elle puisse injecter goutte à goutte dans les veines de son maître un poison dont il ne pourra plus se passer.

Couchée, Nejma garde les yeux ouverts. Doucement Alia caresse les beaux cheveux auburn.

— Ne te retourne pas vers le passé, murmure-t-elle, c'est une bête sournoise qui cherche à te dévorer.

Comme frappée par la foudre, la jeune femme se redresse.

— À quoi veux-tu que je pense ?

Ses yeux brillent, on dirait qu'elle a la fièvre.

Depuis l'âge de cinq ans, Alia a entendu les femmes parler de plaisir, de volupté. Elles chuchotaient, elles riaient. Au bain, les corps qu'elle essuyait étaient soyeux, ronds, veloutés comme des fruits. Ils étaient épilés, massés, huilés, parfumés pour l'amour. Le soir, le Glaoui faisait appeler l'une d'entre elles. Chez les femmes, l'air restait lourd, comme électrisé. Les huiles, les parfums embaumaient le santal, le musc, le vétiver, un feu semblait consumer ces corps parfaits, nonchalants et en attente, au destin de cendres et de poussière.

— Je jouais de tous les instruments, prononce Nejma d'une voix absente, dès l'âge de six ans, la musique a été mon destin, mon univers.

Pour qu'elle ne s'interrompe pas, je respire doucement, je me recroqueville sur moi-même.

Soudain, je pose mon stylo-feutre. À nouveau je fais parler Alia à la première personne, une distraction qui revient de plus en plus fréquemment. Elle m'étonne et m'irrite un peu. J'ai choisi un rythme, un ton, serai-je incapable de le tenir ? Il faut corriger, vérifier le texte. Je suis lasse. La bougie fume, le thé est froid, il fait presque nuit et le store baissé m'empêche d'admirer le coucher du soleil.

Je pourrais téléphoner à ma sœur, me promener, aller au cinéma, regarder les vitrines dans le centre commercial : celles qui proposent des vêtements pour adolescents aux tailles ne dépassant pas le trente-six, alignent des vitamines susceptibles d'offrir une énergie inépuisable, de menus objets décoratifs fabriqués par centaines de milliers en Chine, des sous-vêtements aguichants pour reconquérir un mari fatigué ou séduire un timide patron, des jeux électroniques avalant les heures des adolescents vautrés dans des canapés. Pour les femmes de mon âge, il n'y a qu'un rayon dans le grand magasin. Il propose robes-chemisiers, escarpins, manteaux à col de fourrure, tailleurs classiques.

L'écriture est devenue ma raison d'être. Un stylo à la main, tout est possible, tout est permis.

Ai-je été une femme sensuelle ? Laurent et moi nous entendions bien mais, après quelques années, nous faisions l'amour en compagnons. Une occasion de nous sentir bien ensemble.

Je n'ai pas eu d'amants par paresse, par réalisme aussi. Aurais-je noué une relation passionnée au Sénégal ou à la Jamaïque qu'il aurait fallu la briser au moment d'une mutation de poste. À Paris, une sorte de clairvoyance désabusée me montrait avec une cruelle clarté les rendez-vous à l'hôtel ou dans un studio, l'amour fait en hâte avant de filer chez soi comme si de rien n'était.

J'aurais pu aimer, tout détruire, tout recommencer mais j'ai compris avec l'âge que la volonté de vivre une passion, et non l'amant, déclenchait cette force aveugle, dévastatrice comme l'incendie surgi d'une étincelle pour dévorer la forêt.

Il m'est arrivé de rencontrer des femmes qui avaient abandonné leur famille, leurs amis pour un amant. Elles auraient pu aussi bien rentrer au couvent et se laisser consumer par l'amour de Dieu ou rejoindre Mère Teresa à Calcutta. Il y a dans une existence humaine des derniers sursauts de révolte, d'ultimes élans, le désir de vivre ce que l'on pense essentiel.

Alia est celle que je n'ai pas pu, pas osé être. Je me glisse en elle, je la comprends, je l'aime, elle est mon maître et ma créature.

En écoutant les cassettes, je pense à Jamila. A-t-elle enterré sa princesse ou veille-t-elle nuit et jour un corps à bout de forces ? Parfois, je suis tentée de prendre un avion pour la retrouver, mettre la main d'Alia dans la mienne mais je comprends, au plus profond de moi-même, l'absurdité de ce voyage.

Je dois effacer son agonie, la nier, la rendre immortelle.

Alors que je pars faire quelques courses, je vois devant les Amaryllis un camion de déménagement. Enveloppés dans des couvertures grises, un canapé, quatre fauteuils, ce qui semble être une commode sont déjà déposés dans le hall prêts à être entassés dans le monte-charge.

— De nouveaux locataires, me dit Denise Attias tout excitée. Nous verrons à l'heure du déjeuner à quoi ils ressemblent.

Elle a à la main un filet à provisions en plastique vert.

— Je file acheter des fruits au marché, on ne nous en sert que chichement ici. Si je n'ai pas ma ration quotidienne, je suis terriblement constipée.

Je lui demande des nouvelles de ses filles. Justement elle vient de recevoir un appel téléphonique de Marie-Victoire affairée à aménager son salon. « Elle reçoit beaucoup, m'explique Denise. Avec la situation qu'a mon gendre, elle doit tenir son rang. »

Songeuse, je vois s'éloigner la silhouette imposante de cette femme qui n'a jamais douté de rien. Le milieu dans lequel elle a grandi, s'est mariée, la religion qu'on lui a enseignée, ses convictions politiques n'acceptent aucune remise en cause. L'uniformité des sentiments, des émotions n'est pas pour elle source d'ennui mais un bâton sans lequel elle ne pourrait marcher.

Au Monoprix, je croise une jeune femme voilée. Elle est très pâle, semble renfermée, presque bougonne. Vit-elle dans la hantise d'être jugée et moquée ? Je pense à Alia, Nejma, Saadia, Malika, d'autres et d'autres encore dans leurs maisons, leurs palais. Ne voyant que leur mari, leurs fils, leurs frères, l'homme dont elles étaient la concubine, elles n'étaient pas voilées. Le prédateur oblige sa proie à se dissimuler.

Gonflée d'importance, madame Moret nous présente les nouveaux venus. Fait extraordinaire, il s'agit d'un ménage. L'homme porte un pantalon de flanelle, une veste de laine à carreaux, la femme un tailleur de tweed bleu marine. Ils semblent du même âge, quatre-vingts ans à peu près, alertes, l'air joyeux, un peu trop peut-être. J'ai peur d'une jovialité qui puisse être conquérante et importune.

— Monsieur et madame Leprince, je pourrais peut-être me permettre de dire Roger et Charlotte Leprince, nous rejoignent aujourd'hui, trompette madame Moret. Souhaitons-leur la bienvenue !

Comme après la prestation réussie d'un artiste, nous nous levons pour applaudir. Roger Leprince prend sa femme par la taille et amorce quelques pas de danse. Que vont-ils nous faire subir ? Des marathons de tango ? Des chasses au trésor dans le quartier ? Des excursions en autocar dans des parcs à thèmes ? Les pensionnaires applaudissent à nouveau. L'arrivée des Leprince est un événement.

À l'heure du café, on se presse autour d'eux. « J'offre une tournée générale ! » clame-t-il d'un ton rigolard.

Installé dans le fauteuil le plus profond, il raconte ce qui les a menés aux Amaryllis sa femme et lui : une retraite bien méritée après quarante ans de bons offices dans un magasin de confection pour dames, la vente, avec profit, de leur appartement rue du Temple, l'envie de se payer des vacances, logés, distraits jusqu'à la fin de leurs jours, de gâter aussi leurs deux enfants en leur donnant une bonne partie de leurs économies. « Il faut avoir des sous, investir tant qu'on est jeune, dit-il. À nos âges, on n'a plus qu'à se donner du bon temps. » Madame Leprince passe à la ronde un paquet de biscuits extirpé de son sac à main. La teinture un peu trop rousse de ses cheveux fait paraître sa peau plus livide encore. Elle a dû être ronde, appétissante avec ses beaux yeux gris et ses lèvres charnues. « Mauvais genre », me souffle Denise Attias à l'oreille en prenant deux biscuits.

Je vais m'éclipser lorsque monsieur Leprince m'interpelle :

— Ne fuyez pas, ma petite dame, je vais offrir le pousse-café.

Mon remerciement un peu sec suivi de mon départ fige son sourire. Je me retrouve professeur exigeant devant un élève fort en gueule qui jure d'avoir sa peau. Au cours de ma carrière, je n'ai jamais été impressionnée par ce genre de personnage. Aussitôt arrivé, Roger Leprince essaye de poser ses marques, de s'ériger en homme tout-puissant, de régner sur les Amaryllis comme il a dominé le personnel de sa maison de confection jusqu'à l'âge de soixante-dix-neuf ans.

À peine dans mon appartement, j'entends la sonnerie du téléphone. Damien me demande où j'étais.

— Il est près de deux heures et demie, me reproche-t-il de son ton de juge.

J'explique l'arrivée des Leprince, la tournée de café. Il s'adoucit.

— Tu as de la chance, je n'ai même pas eu le temps de déjeuner.

Au bout du fil, il y a un léger silence. Je sens mon fils embarrassé. Enfin il se décide :

— J'ai une nouvelle qui va te rendre heureuse.

J'attends. Son bonheur n'est pas toujours le mien.

— Je suis muté à Aix-en-Provence, un poste recherché. Amanda et moi partirons à la fin de l'année.

Peut-être s'inquiète-t-il de mon silence.

— Tu es contente, n'est-ce pas ?

En dépit du nœud qui me serre la gorge, j'arrive à articuler :

— Très, mon chéri. Tu as bien mérité ce poste. Et Aix est une si jolie ville. Je viendrai vous voir.

Il hésite.

— Au début, maman, nous n'aurons qu'un petit appartement. Je préfère prendre mon temps, bien connaître les lieux avant d'acheter une maison.

— Tu sais bien, dis-je d'une voix enfin maîtrisée, que je ne voyage pas l'hiver. Je vous rendrai visite plus tard.

Soulagé, il semble prêt à me faire plaisir.

— Amanda et moi allons organiser une petite soirée avant notre départ. Veux-tu que je prenne des places pour le théâtre, l'Opéra ?

Je réponds l'Opéra, mais que m'importe ! Mon fils unique part au bout de la France. Je suis désespérée.

— Nous souperons dans un bon restaurant, je sais que tu aimes les huîtres. Que dirais-tu de Bofinger ?

Avec autant de chaleur que possible, je le remercie. Par avance, je me réjouis de cette soirée.

Me sentant détendue, Damien plonge pour me porter le coup final :

— Nous allons vendre l'appartement.

Pourquoi ai-je raccroché ? Par colère ou pour qu'il ne m'entende pas pleurer ? Un instant plus tard, il rappelle. Je ne veux pas répondre, je ne le peux pas.

À la énième sonnerie, je me résigne à soulever le combiné.

— Ne le prends pas comme cela, me gronde Damien. Tu réagis en enfant. Cet appartement, tu me l'as donné, n'est-ce pas ? Réalise quand même qu'Amanda et moi nous sommes donné beaucoup de mal pour te trouver une jolie résidence où tout souci t'est épargné.

À aucun prix, je ne dois argumenter. Ce serait indigne. Damien n'attend pas cela d'une mère.

— Je sais, dis-je d'une voix résolue.

— Veux-tu que je fasse un saut aux Amaryllis dans la semaine ?

Je le rassure, tout va bien. J'ai été surprise, c'est tout.

Je suis étonnée en effet que mon univers émotionnel soit aussi étranger à Damien. Que sait-il de moi ? J'ai été une bonne épouse pour son père, j'ai enseigné l'histoire, je me suis entourée d'amis fidèles, j'apprécie la bonne cuisine, je suis un peu provocatrice lorsqu'il s'agit de politique, je rouspète mais ne renâcle pas, en un mot, je suis une femme solide, toujours là quand on a besoin d'elle.

Mon fils, mon unique enfant ne me connaît pas plus que je n'ai cherché à pénétrer la vraie personnalité de maman. Elle était ma mère, cela me suffisait. À sa mort seulement, j'ai compris que nous nous étions aimées sans savoir qui nous étions vraiment. J'avais mille questions à lui poser mais il était trop tard.

Je sais que cet après-midi je ne pourrai pas écrire. Damien m'a rejetée dans le passé. Jamais je ne reverrai l'appartement de la rue de Sèvres. D'autres y poseront leurs marques, abattront des cloisons, créerons une cuisine moderne, une autre salle de bains, probablement dans ce qui était « ma lingerie », une petite pièce meublée de deux armoires et d'une planche à repasser. La fenêtre donnait sur la cour. Au fond, on apercevait le haut de la façade d'un hôtel du XVIIIe siècle avec son œil-de-bœuf décoré de guirlandes. Ma curiosité d'historienne m'avait poussée à mener une petite enquête sur l'histoire de cette maison. J'avais découvert une lignée de mécènes qui protégeaient l'Hôpital Général où étaient accueillis pauvres et pauvresses. Le dernier descendant de cette famille s'était éteint au début du XXe siècle et l'hôtel avait été vendu par appartements. Je me répète : « Jamais plus tu ne verras cette façade blonde, ces feuilles d'acanthe sculptées dans le plomb », mais ces mots restent abstraits comme l'image de l'appartement perdu à jamais.

J'enfile mon manteau et sors. Il faut que je marche droit devant moi, que je me dépense physiquement. Si je me concentre sur les passants, les nuages, les pigeons, peut-être souffrirai-je moins. Mais lancinante, terrible, s'impose sans cesse à moi la certitude que je suis désormais coupée de mes racines, transplantée dans un lieu étranger, en bout de route. Me restent l'imagination, le rêve. D'Alia et de moi, laquelle a le plus besoin de l'autre ?

11

Alia se recroqueville, se fait minuscule, Nejma va l'entraîner ailleurs, dans un pays inconnu, au milieu de gens dont elle ne connaît rien. Elle veut suivre les mots comme une feuille suit le cours d'une rivière, se laisser emporter.

Nejma parle de la ville de Van où elle est née. La maison de ses parents était construite à côté d'un grand lac. Sur ce haut plateau, l'hiver était glacial, les étés toujours frais. Elle parle de vestes doublées de fourrure de loup ou de renard, de bonnets de laine, de bottes. Alia tente d'imaginer le froid, la bise qui fait pleurer, mord les doigts, gèle les pieds. Nejma évoque le hurlement des loups, les prairies couvertes de fleurs sauvages, les femmes allant puiser l'eau sous la neige.

Encore et encore, Alia demande à Nejma de lui décrire la neige qu'elle n'a vue que de loin sur les sommets des montagnes de l'Atlas. Très fort, elle ferme les yeux, elle pense à des morceaux de tulle dansant dans le vent, au sucre des loukoums qu'un génie disperserait dans le ciel en soufflant très fort dessus. Elle aimerait être une magicienne pour faire danser la neige au-dessus des jardins du Glaoui.

Elle lève la tête, se représente les vols d'oiseaux migrateurs à l'automne qui se posent sur le lac pour se reposer. Il y a des oies, des canards, des grues huppées, des cigognes blanches. Autour des berges, les hautes herbes sont jaunies par les premiers gels nocturnes, les fleurs sauvages ont disparu.

Avec son frère jumeau, Kamal, Nejma ramasse du bois mort, les dernières baies sauvages. Ils aimeraient bien suivre les oiseaux, partir au bout du monde au gré des vents. Au village, ils s'arrêtent souvent chez Moktar, un vieil homme devenu presque aveugle qui vit avec sa fille. Quand il entend la voix des deux enfants qui le saluent, il demande son kanun ou sa flûte. Il sait qu'ils viennent l'entendre jouer de la musique. Les talents de Moktar étaient reconnus autrefois, il jouait pour les mariages, les circoncisions. On disait même, affirme Nejma, qu'il avait été au palais de Topkapi à Istanbul.

Nejma et Kamal sont fascinés par la musique. Maintenant ils viennent chaque jour chez le vieillard et le supplient de leur apprendre à jouer de ses instruments.

Alia est heureuse de pouvoir se représenter la maisonnette, le kanun, la flûte. Elle les connaît. À Marrakech, plusieurs orchestres de femmes venaient les distraire. Il y avait aussi des chanteuses, des danseuses, des diseuses de bonne aventure, des charmeuses de serpents. À Télouet, les musiciennes sont âgées, leurs instruments anciens mais Alia sait combien sa maîtresse a besoin de leur présence.

Nejma se tait. Alia n'ose la presser de poursuivre son récit. Sans doute songe-t-elle au lac, à la neige, au village, au vieux Moktar, à son frère jumeau qu'elle n'a jamais revu.

Dehors la lune pleine dans le ciel clair constellé d'étoiles dénonce une nuit froide. Les familles des nomades se regroupent autour d'un feu qui jette des étincelles. Les chèvres sont parquées, les chameaux entravés. Le vent arrache des brindilles aux buissons des arbustes épineux, les souffle alentour. Les Bédouins sommeillent ou songent au paradis, un jardin de lait et de miel parsemé de fleurs et d'arbres où nichent des oiseaux multicolores au chant mélodieux. De multiples sources jaillissent dans ce lieu d'éternel repos, il suffit de se pencher pour boire, de lever la main pour cueillir les fruits des arbres qui les ombragent.

— Dieu est grand, prononce Alia à voix haute.

Nejma semble s'éveiller.

— Dieu est grand, répète-t-elle.

Alia lui embrasse la main, caresse la peau douce de ses lèvres.

— À douze ans, Kamal et moi jouions de tous les instruments que possédait Moktar. Il n'avait plus rien à nous apprendre.

Un soir, il est venu chez mes parents, appuyé sur l'épaule de sa fille. Longtemps, il est resté à palabrer avec mon père. Après plusieurs jours seulement, mon frère et moi avons appris le motif de sa visite. Moktar voulait qu'ils deviennent des musiciens, lui dans un orchestre d'hommes, moi de femmes. Leur mère s'était récriée : jamais ses enfants ne la quitteraient. Mais leur père l'avait réduite au silence. Kamal resterait à la maison pour prendre soin d'eux lorsqu'ils seraient vieux. On avait besoin de lui aux champs, pour tondre les moutons, couper le bois, réparer la maison, la bergerie, chauler les murs. Quant à sa fille, il n'était pas encore tout à fait décidé mais les arguments de Moktar l'avaient ébranlé. Une jolie fille qui avait ce talent de musicienne n'avait aucun avenir au village. Elle deviendrait une paysanne, mettrait chaque année un enfant au monde, serait usée à trente ans. Dans un orchestre réputé, protégée par des personnages influents, elle côtoierait les grands de ce monde, gagnerait de l'argent, pourrait procurer l'aisance à sa famille. Cet argument surtout avait fini par convaincre leur père. En dépit des sanglots et des supplications de sa mère, il avait fait revenir Moktar. Celui-ci connaissait une femme très respectable à Erzeroum qui plaçait des musiciennes dans toute la Turquie. Bien qu'arménienne, elle jouissait d'une grande considération et certaines de ses protégées profitaient maintenant d'une existence prospère à Smyrne, à Ankara et même à Istanbul.

La décision prise, il avait fallu attendre le printemps pour se mettre en route. Son père voulait l'accompagner en personne pour parler à cette Arménienne, s'assurer de son honorabilité mais aussi de son influence. Si sa fille ne gagnait pas grand-chose, il préférait la garder et lui trouver un mari aisé.

Alors que la glace commençait à fondre sur le lac, que des tiges nouvelles surgissaient de la terre, et que l'eau ruisselait dans les venelles, ils s'étaient mis en route.

L'expression de Nejma est si triste qu'Alia la prend dans ses bras, la berce. Elle met sa bouche au creux de son cou, là où la peau très douce sent la vanille. Elle-même n'a aucun souvenir de son enlèvement, seulement un serrement de cœur lorsqu'elle y pense, une douleur aiguë et brève, comme celle d'une coupure avant que coule le sang.

À son tour, Nejma l'enlace.

— Ne me quitte jamais, chuchote-t-elle. Je ne supporterais pas un nouveau départ.

Alia se tait. Elle sait qu'un jour elle s'en ira. Le monde n'est pas fait pour les cœurs trop tendres. Il faut aller de l'avant ou, comme lalla Saadia, n'espérer de bonheur que dans la religion. La jeune fille est sûre que son destin a un sens. Celui qui l'a volée était mandé par Dieu.

Nejma parle comme pour elle-même, si bas qu'Alia doit tendre l'oreille. Elle raconte son arrivée à Erzeroum après un voyage épuisant. Les nuits dans des caravansérails, un monde dans le monde avec ses poux, ses puces, ses cafards mais aussi une générosité, une solidarité que seuls partagent les voyageurs, les malades, les défavorisés.

Dans les plaines, déjà le printemps fleurissait les amandiers, l'herbe était verte, les villages se succédaient. La guerre qui sévissait dans toute l'Europe avait réquisitionné les hommes valides et on ne voyait que des femmes dans les champs ou auprès des bêtes. Elles portaient les lourdes charges, tiraient les charrettes, ramenaient les seaux d'eau du puits, ceux remplis du lait de la traite des brebis et des chèvres. « J'étais heureuse d'échapper à leur sort, dit Nejma, déjà je les considérais avec pitié. »

Alia bénit Dieu de lui avoir épargné à elle aussi le

sort d'une épouse d'artisan. Qu'importe l'interdiction de se promener dans la rue, elle a de beaux vêtements, mange des plats exquis, ses mains sont douces, elle est belle et le restera longtemps.

Nejma se redresse, allume une mince cigarette de tabac parfumé enveloppée de papier doré. Sans se hâter, elle tire de longues bouffées, savoure l'arôme velouté, sucré de la fumée.

Alia refuse de fumer. Elle veut garder des dents immaculées. Sa volonté tarit toute source de frustration, interdit la moindre faiblesse. À quatorze ans, elle sait où elle veut aller. Nulle tentation ne l'arrêtera.

— Enfin, poursuit Nejma, nous avons été reçues par l'Arménienne. Petite, ratatinée, on voyait que rien n'échappait à son attention. Mon père et elle marchandèrent longtemps avant de s'entendre. Elle m'avait écoutée jouer du kanun, de la flûte, du tambour et, bien qu'elle n'ait pas prononcé un seul mot, je comprenais qu'elle appréciait mon talent. Je l'avais vu à une imperceptible lueur dans ses yeux, à son immobilité.

« Mon père et l'Arménienne tombèrent d'accord. Trois fois par an, j'enverrais à mes parents la moitié de mon salaire. Ce que je conserverais serait dépensé pour la nourriture, mes vêtements, mon logement et me permettrait de mettre une somme de côté pour ma dot. Pour les instruments de musique, je n'aurais rien à payer.

« Nous bûmes ensemble du café très fort accompagné de pâtisseries. J'étais à la fois bouleversée et excitée et mon père eut la honte de me voir vomir ma collation sur les coussins du divan.

En tirant à nouveau sur sa cigarette, Nejma amorce

un sourire. Elle doit garder de la tendresse pour cette fillette anxieuse vêtue en paysanne, chaussée de sandales usées par la route, malodorante, les cheveux en broussaille. Elle raconte les premiers jours, ses angoisses, sa tentation de fuir. Puis était venue une femme cherchant pour un orchestre une joueuse de kanun. Elle dut donner satisfaction car les marchandages recommencèrent, plus âpres encore qu'avec son père. Les voix prenaient des intonations aiguës, les doigts se crispaient sur les gobelets de café.

Elle partit le soir même de chez l'Arménienne. On l'installa au premier étage d'une vieille bâtisse où logeaient déjà les autres musiciennes. Tout autour courait une galerie où les différents locataires se côtoyaient lorsqu'ils prenaient le frais. Certains y faisaient leur cuisine sur des braseros. En bas dans la cour, des poules picoraient, des chats dormaient au soleil.

Plus âgées qu'elle, ses compagnes lui avaient tout appris. Comment se défendre de Yelda Isikoglu qui cherchait toujours à les exploiter, comment tirer le plus de profit possible des maisons où elles jouaient en s'attribuant les reliefs des festins de mariage, les bougies odorantes ou les huiles parfumées utilisées lors des circoncisions, des cérémonies de bénédiction des nouveau-nés.

— À Erzeroum, je fus remarquée, poursuit Nejma, par une femme d'un autre calibre que Yelda Isikoglu. Elle cherchait de bonnes musiciennes mais aussi des filles jeunes et belles pour un orchestre d'Istanbul. Après la guerre, le sultanat était en décomposition mais Mehmet VI, que Dieu le garde, cherchait encore à maintenir une vie raffinée dans sa capitale. Elle était prête à donner beaucoup d'argent à Yelda Isikoglu pour m'avoir. Le marché fut conclu et je partis avec Talia Karadagh pour une ville dont la beauté dépassait mon imagination.

Nejma parle d'une mosquée vaste comme un palais, d'une vieille église prise aux roumis, de ruelles où s'alignent des maisons cossues, de ruines antiques, de l'embouchure d'un fleuve dont personne à Marrakech ne peut concevoir la splendeur. Elle évoque des hommes enturbannés, des femmes allant et venant librement dans les rues, certaines ne portant qu'une pièce de gaze sur les cheveux, des attelages somptueux, des restaurants pour Turcs et roumis où l'on dînait au bord du Bosphore. Des danseuses y évoluaient, frôlaient les hommes qui glissaient des billets de banque dans leurs corsages.

Abasourdie, Alia écoute. Les roumis, elle ne les a vus que de loin dans les jardins de Si Thami, certains en uniforme, d'autres vêtus de pantalons et de vestes de couleurs sombres, coiffés de chapeaux gris. La tenue des femmes l'avait certes surprise mais Nejma évoque maintenant des baisers en public, des frôlements de mains. « Des porcs, jette-t-elle. Ne les approche jamais ! Ils font semblant d'être nos amis mais au fond de leur cœur méprisent les musulmans. »

Avec des petits gestes nerveux, Nejma écrase sa cigarette dans un bol de terre cuite peinte d'un rouge vermillon aux reflets cuivrés.

Après l'arrivée au pouvoir de Kemal Atatürk et le départ en exil du Sultan, le restaurant avait perdu la plupart de sa clientèle. L'orchestre fut loué par un riche Palestinien qui voulait divertir ses épouses et elles partirent pour Jérusalem. Un voyage de trois jours à bord d'un navire dont le bruit des machines et les jets de vapeur les terrorisaient. L'été était achevé et le ciel se chargeait de nuages menaçants. Enfermées dans deux cabines communicantes afin qu'aucun homme ne puisse les importuner, les femmes furent incapables d'avaler la moindre nourriture. En dépit de la houle, le navire traçait sa route, le vent claquait dans les voiles qui soulageaient les moteurs. Par les hublots, elles apercevaient parfois dans le lointain la ligne d'une côte, suivaient du regard un vol d'oiseaux de mer, les bonds gracieux des dauphins qui accompagnaient le navire.

Parmi les musiciennes, il y avait une Chypriote. Elle affirmait qu'en croisant son île natale, elle sauterait à la mer, nagerait jusqu'au rivage pour retrouver sa famille. Les Turcs l'avaient achetée à dix ans. Elle se souvenait bien de son village. Les autres se moquaient d'elle, lui disaient que son père la battrait si elle revenait ou la marierait à un vieil homme puant. Les larmes coulaient sur les joues de Sofia, elle était en colère et elle avait peur.

Le matin de leur arrivée, la mer était enfin plate, le ciel d'un bleu léger, sans nuage. En s'éveillant, les jeunes filles découvrirent que Sofia avait disparu. Leurs cris attirèrent le capitaine. Leur compagne n'était plus à bord. On ne sut jamais ce qu'il était advenu d'elle, avait-elle rejoint sa famille ou dormait-elle au fond de la mer, ses cheveux blonds ondoyant dans les mouvements de l'eau ? Ensemble, elles avaient chanté la chanson favorite de leur amie : le fils d'un sultan offrait à boire à une jeune fille égarée dans la forêt. Tandis qu'elle buvait, un charme était tombé sur lui et il avait vécu cent ans sans cesser un instant de l'aimer.

La lumière du jour les avait éblouies. La machinerie au repos, le bateau avançait sur son erre. Le silence étourdissait.

Se tenant les unes aux autres, elles avaient descendu la passerelle. En bas les attendait une grosse femme portant sur la tête un fichu fleuri, Aïcha Baraki, la gouvernante de Khalil Rajeb. Une voiture les attendait.

— Quand elle apprit que nous n'étions plus que trois, son visage s'assombrit. Qu'allait dire le maître ?

C'était un homme au caractère difficile qui haïssait les contrariétés.

La maison se dressait à la lisière de la ville, vaste demeure longée d'arcades entourant un jardin sur lequel s'ouvraient les chambres. À droite se trouvait le quartier des femmes, à gauche celui des hommes, mais les règles n'étaient pas aussi strictes qu'en Turquie. Jardiniers et domestiques passaient d'un quartier à l'autre sans entrave. Les musiciennes étaient logées ensemble dans une chambre agrémentée de jolis meubles syriens. À côté se trouvait ce que les roumis appellent une salle de bains avec des cabinets privés, un luxe inconnu d'elles. Avant de les présenter aux trois épouses de Khalil Rajeb, Aïcha leur avait apporté du café, des pâtisseries, des fruits. Puis elles s'étaient maquillées, avaient revêtu leurs plus jolies robes.

Les trois épouses trônaient sur un divan recouvert de coussins aux couleurs de pierres précieuses, semés de perles de cristal et de sequins. Étrangement elles se ressemblaient et les musiciennes avaient tout d'abord pensé que Khalil Rajeb avait épousé trois sœurs. Maigres, le visage émacié, elles avaient des yeux noirs un peu protubérants, un nez accusé, une bouche volontaire. Elles devaient attendre l'arrivée des musiciennes avec impatience car ces visages austères exprimaient ce jour-là une bienveillance qui se révéla vite être inhabituelle.

Le rythme de la vie était en accord avec cette demeure somnolente, ponctué de règles et de routines. Le soir, les filles jouaient pour leurs trois maîtresses mais étaient libres dans la journée, liberté illusoire car il n'y avait rien à faire qu'à parcourir le jardin ou longer les arcades. L'hiver était plus doux qu'à Istanbul, elles profitaient de longues heures de soleil, insouciantes de la blancheur de leur peau. Dans ce lieu, rien n'avait d'importance.

Nejma garde le silence, ferme les yeux. Elle est fatiguée ou absorbée dans des souvenirs qui la font sortir du temps. Peut-être pense-t-elle à Sofia au fond de la mer, à son corps entouré de poissons multicolores semblables à ceux qui évoluaient dans un des bassins du palais de Marrakech ou aux trois épouses-sœurs avec leur nez aigu et leurs lèvres minces, ou à son village au bord du lac que la neige recouvre en hiver.

Une grande paix règne autour d'elles. Tout le monde dort. Contre elle, Alia sent le corps de Nejma, elle entend son souffle léger comme celui d'une femme assoupie entre les bras de son amant. Elle a envie de l'embrasser.

Dans le jardin, le vent froisse les feuilles des

orangers, des bananiers, l'eau ruisselle d'une vasque à l'autre. Alia s'imprègne de l'odeur du bois qui brûle dans les braseros, de la poussière mouillée par l'averse. La lumière des lampes à pétrole dessine des ombres fantastiques sur les murs ocrés. Passé autour des épaules de Nejma, son bras la fait souffrir mais Alia ne veut pas bouger, tuer la magie de cet instant. Elle pense à Si Thami, à son regard. Elle veut qu'il l'attende.

Plus discrète que son mari durant les premiers jours, Charlotte Leprince s'est mis en tête d'organiser des cours de cuisine et tente de persuader madame Moret. Craignant de perdre le contrôle de son petit troupeau, celle-ci, tout sucre et miel au début, s'est raidie. Son savoir-faire prend le dessus, on lui a appris comment affronter les fortes têtes, les dominateurs, les grognons, les dépressifs, et tout en gardant un ton aimable, elle ne cède pas. Il lui est impossible, pour des raisons d'assurance, d'ouvrir la cuisine des Amaryllis, mais si un des pensionnaires veut accueillir, organiser ces cours dans son propre appartement…

Les volontaires ne se pressent pas. Pour inciter les locataires à profiter du restaurant, les cuisines privées sont minuscules, des réduits sans fenêtre munis du strict nécessaire, une plaque chauffante, un petit réfrigérateur, un évier à un bac au-dessus duquel est accroché un placard à doubles portes en Formica.

Sa femme déboutée, Roger est monté au créneau en proposant la création d'une piste de pétanque. Cette fois-ci, madame Moret perd son sang-froid : nul n'a le droit de modifier l'aménagement du parc, comme elle appelle pompeusement le jardin. Exaspérée, elle cherche ses mots… et pourquoi pas une piste cyclable, un bassin de natation ?

Tout en gardant mes distances, je ne peux m'empêcher d'avoir une certaine admiration pour les Leprince. D'une façon pathétique peut-être, mais ferme, ils refusent de se laisser traiter en enfants, cherchent à bouleverser l'ordre établi. Combien de temps résisteront-ils ?

Tout le monde renvoie les merlans jugés immangeables qu'on nous propose à l'heure du déjeuner. En hâte, madame Moret fait servir des omelettes et, pour échapper aux commentaires désagréables, disparaît à l'heure du café.

12

Je vais rue de Sèvres pour la dernière fois. La rupture a dû se faire à mon insu car je n'éprouve guère de chagrin. C'est à un cadavre en décomposition que je dis adieu. Sans rideaux ni tapis, l'ameublement réduit à son strict minimum, cet endroit que je chérissais, dans lequel je me sentais en sécurité, qui a accueilli le couffin de Damien et vu partir le cercueil de Laurent n'est plus le même. J'ai l'impression aujourd'hui de me trouver devant les restes d'un être aimé. Ombres et fantômes. Ici il y avait une table de bridge entourée de quatre chaises Napoléon III, là un canapé, deux fauteuils, une aquarelle représentant une fillette vêtue de bleu. Dans le coin devant moi, je revois un somptueux bouquet de fleurs envoyé par l'ambassadeur de Jamaïque en France, beauté fragile et pourtant intemporelle. Par cette porte vitrée donnant sur l'entrée, Laurent vient vers moi, sa serviette de cuir à la main. Il rentre du Quai, semble heureux. Les premières hirondelles passent comme des traits devant les fenêtres, sur le balcon, jacinthes et jonquilles s'épanouissent. Laurent m'embrasse. « Je t'emmène au restaurant ce soir, on m'a annoncé aujourd'hui qu'on me donnait le consulat de Dakar. » Le soleil déjà bas éclaire la bibliothèque, s'attarde sur les portraits encadrés de ceux que j'aimais, les photos de moments importants par leur singularité, un sourire, un regard, un repas partagé, une fête.

Sur ce coin du plancher, Damien dépose ses Lego. Même dans le jeu, il reste sérieux, attentif. Je vois ses menottes qui rassemblent les différentes pièces par couleurs, il est si absorbé qu'il ne m'a pas entendue entrer.

Soudain, je distingue mon père dans le fauteuil de cuir poussé près de la fenêtre. Il est voûté, maigre. Déjà, sans qu'il le sache, le cancer le ronge. Je suis heureuse de sa visite, lui prépare une tasse de thé. Le breuvage sent la bergamote, la poire fondante. Papa boit avec lenteur. Il me parle de maman, avoue la chance qu'il a de vivre avec elle. Bientôt ils fêteront leur cinquantième année de mariage. « Je viens d'acheter un collier de perles, chuchote-t-il, celui de nos fiançailles a perdu son éclat. » Il imagine la joie de maman, la bouteille de champagne. Il est heureux. Jamais plus je ne le reverrai rue de Sèvres.

Tandis que Damien aide Amanda à la cuisine, je rentre dans « ma chambre ». Seul le lit a échappé aux déménageurs. Les lampes de chevet sont posées sur des cartons où sont enfermés les contenus du placard et de la commode.

Mes enfants ont changé le lit de place. Avant, il était face à la fenêtre. J'aimais en me réveillant voir le ciel. Là a été conçu Damien, là est mort Laurent. Mon départ de cet univers protecteur a été un choc qui m'oblige mois après mois à me reconstruire.

J'éprouve un grand bonheur à écouter *La Bohème* à l'Opéra Bastille, je savoure les huîtres partagées avec mes enfants chez Bofinger, un endroit que Laurent et moi aimions. Je revois la table où nous nous asseyions. Il est là, il me sourit.

Damien me raccompagne aux Amaryllis en voiture. Il me parle de son nouveau poste, de la joie d'Amanda de s'installer à Aix. Une de ses sœurs habite à Marseille, elles se verront souvent.

Soudain, sans réfléchir, et parce que j'ai bu trois verres de pouilly-fuissé, je demande :

— Songez-vous à avoir un enfant ?

Le visage de Damien se ferme. Je sais que je l'ai irrité.

— Laisse-nous cette décision, maman. Pourquoi veux-tu toujours tout contrôler ?

La froideur que je perçois dans le ton de sa voix me fait mal. M'accuse-t-il d'avoir été une mère abusive ? Pendant toute la jeunesse de mon fils, je me suis reproché de ne pas assez m'occuper de lui. Mon travail, nos voyages, une vie sociale trépidante due aux postes de Laurent m'empêchaient trop souvent de partager ses jeux, ses promenades, de le questionner, de l'écouter. Que voudrait-il au juste, que je disparaisse tout à fait ?

— Je ne pense pas t'avoir assujetti, mon chéri. L'aurais-je voulu que je n'en aurais pas eu le loisir.

Depuis la porte d'Orléans, les feux rouges se succèdent. Je vois le profil de mon unique enfant. J'ai envie de caresser sa joue, de passer mes doigts dans ses cheveux. Mais les caresses d'une vieille mère ne sont pas les bienvenues.

— Voyons, maman, tu sais que tu as toujours aimé décider pour les autres. Papa acquiesçait à tout.

Laurent ? Il n'y avait pas d'homme plus obstiné, plus indépendant que lui. Quel univers d'ombres et de silences partageons-nous avec les autres, même les plus aimés d'entre eux ! Oui, je donnais volontiers mon opinion, je prenais des initiatives pour faire plaisir, offrir du bonheur. Est-ce cela l'autoritarisme ?

— Que t'ai-je imposé ?

Les feux caressent nos visages de rouge et de vert. Je pense à un film de science-fiction, à deux extraterrestres qui se côtoient dans des univers virtuels.

Damien soupire, il cherche à se détendre. Toute confrontation, je le sais, lui est insupportable. Nous resterons donc dans les non-dits, les non-lieux, les escamotages.

J'enchaîne aussitôt sur un ton gai :

— Une soirée délicieuse, merci à Amanda et à toi, mon chéri.

Il prend ma main, la serre dans la sienne. Je suis au bord des larmes.

— Je reviendrai de temps en temps à Paris. Nous aurons d'autres petits dîners ensemble.

Je ne le crois guère mais qu'il pense à me faire plaisir me touche jusqu'au fond du cœur.

Il est tard quand je regagne mon appartement. Aux Amaryllis, tout le monde dort mais je n'ai pas sommeil. Je veux comprendre ma peine, l'accepter, la digérer, l'évacuer. J'ouvre une bouteille de chinon, me tasse dans un coin du canapé. « Tu as toujours voulu décider pour les autres. » Les mots gardent leur pouvoir maléfique, celui d'humilier, d'angoisser. Je sais que Damien n'a pas voulu me blesser, qu'il a exprimé un désarroi d'enfant unique trop dépendant de ses parents mais, en dépit de ma volonté de le comprendre, d'un pardon déjà accordé, me torture la conviction d'une plus ou moins grande incommunicabilité entre les êtres. Mon Laurent n'est pas celui de Damien, mon Damien est différent de l'homme qu'aime Amanda. Pourquoi sommes-nous aussi malhabiles à nous atteindre ? Ne sommes-nous que des prismes qui captent des lumières mouvantes et se définissent par rapport à elles ? Sans les autres, nous ne serions rien, que de pauvres bêtes incapables de parler. Les mots « qui suis-je ? » ne nous tourmenteraient pas. Je suis donc la femme qu'a aimée Laurent, la mère que Damien juge, la maîtresse de maison louée par ses hôtes, l'amie compatissante et généreuse, l'égoïste, la pédante, la contestataire, l'enseignante amoureuse de son métier que certains ont jugée trop exigeante, un capharnaüm de brocanteur composé du meilleur et du pire.

Devant mon cahier, portes et fenêtres fermées au monde, ni vue ni connue, je suis libre. Le bonheur que j'éprouve ne m'est pas offert, il m'appartient depuis que je suis venue au monde.

Dans l'appartement voisin, celui de Maurice Dubreuil, j'entends soudain le son de la télévision. Il a dû se réveiller et ne peut retrouver le sommeil. Je pourrais toquer à sa porte, le prier de venir terminer chez moi la bouteille. Cette idée me fait enfin sourire. Je le vois tout effaré avec son pyjama à culotte courte, les lunettes posées sur le bout de son nez. L'absence de sa prothèse dentaire mincit ses lèvres, découvre un peu la langue. Sans doute croit-il que je l'ai fait venir pour qu'il me courtise, il est excité et intimidé et, pour se donner du courage, remplit à nouveau son verre, trinque avec moi. « À l'amour, ma belle amie, à l'amour ! »

Seule sur le canapé, je ris à perdre haleine. Suis-je encore assez folle à soixante-dix-huit ans pour me divertir de pareilles bêtises ! Je me revois à quatorze ans vautrée sur mon lit de jeune fille avec Christiane, ma meilleure amie d'alors. Nous imaginions une histoire d'amour entre monsieur Lange, notre rondouillard professeur de mathématiques à l'institution Sainte-Madeleine, et mademoiselle Velois, la directrice de division. À tour de rôle, nous inventions leurs déclarations enflammées, chacune de nous essayant de les épicer un peu plus. Enfin ne trouvant plus d'aveux à peu près décents, Christiane s'était écriée : « Marie-Yvonne j'ai envie de vous enc… » Jamais je n'avais entendu ce mot mais je comprenais qu'il était « salé ». Pendant plusieurs minutes, nous fûmes secouées par un rire incontrôlé, le souffle coupé, les larmes aux yeux. Cinq années plus tard, Christiane a épousé un Anglais et est partie vivre à Manchester. Nous nous sommes écrit souvent pendant quelques années, de plus en plus rarement ensuite, avant de cesser notre correspondance. L'année dernière, par une amie commune, j'ai appris qu'elle était morte à la suite « d'une longue maladie ».

Rire m'a fait du bien. Damien m'aime, j'en suis sûre et tant pis pour lui s'il ne comprend qu'après ma mort les liens étroits nous ayant unis.

Le vin de Chinon m'a étourdie et je renonce à m'asseoir devant mon cahier. Il est là devant moi sur la table, à la page 150. Alia est à Télouet. Je la vois avec clarté, mince, fine, son regard volontaire me défie. Serai-je apte à la comprendre, à la rejoindre là et quand elle a vécu ? À ne pas la juger ? Sa vie a été un permanent combat. L'a-t-elle gagné ou perdu à la fin ? Ce sera à moi de conclure.

Je pose ma main sur le cahier et murmure : « Sois en paix, Alia, tu es ma raison de vivre. »

Jour après jour, l'histoire d'Alia m'investit au point de me faire perdre le sens de la réalité. J'oublie les jours de la semaine et même, à deux reprises, je manque le déjeuner. J'écris, je laisse passer l'heure. Madame Attias est venue frapper à ma porte. Cette intrusion m'a contrariée. Ne peut-on me laisser tranquille ? Suis-je dans une colonie de vacances ?

Maintenant les pensionnaires me regardent avec commisération. Sans doute pensent-ils que je suis en train de perdre la tête. La maladie d'Alzheimer les terrorise. On dit qu'une personne sur cinq après quatre-vingt-cinq ans en est atteinte. Aux Amaryllis, on ne garde ni les grands malades, ni les infirmes, ni ceux qui sont tombés en enfance. Ils sont dirigés vers des centres médicalisés plus ou moins accueillants selon les moyens du patient. La règle est incontournable. S'appuyer sur des béquilles, avoir besoin d'un fauteuil roulant exclut de la salle à manger. On est ici pour jouir pleinement de son quatrième âge, pas pour imposer ses ulcères aux autres.

Écrire m'isole. Je n'ai plus grand-chose en commun avec Denise Attias et sa famille qui vole de succès en succès, Maurice Dubreuil et ses frustrations inavouées, madame Aubert barricadée dans des principes qui déterminent ce qui se fait et ce qui ne se fait pas, Raymond Sautier et sa guerre d'Indochine, sa haine des communistes, de tout ce qui proteste, sape l'autorité, agit dans l'ombre, les autres pensionnaires avec des souvenirs qui, comme les vieux meubles rassemblés dans leurs modestes appartements des Amaryllis sont tout ce qui leur reste au bout du chemin. Je ne vois plus mes compagnons de vieillesse, je ne les entends plus. Je n'ai pas d'âge, pas de passé. Imagination et liberté ne sont-ils pas synonymes ?

À travers Alia, je me découvre ambitieuse, batailleuse, j'ose m'avouer à moi-même que, oui, j'aurais aimé être une séductrice, une femme fatale que les hommes désirent pour souffrir. Un par un, les regrets, la nostalgie me quittent, j'ai la vie devant moi. Et même si le navire sombre, il subsistera toujours des épaves auxquelles m'accrocher. On ne lâche prise que lorsqu'on n'a plus envie de vivre.

Il a plu toute la nuit et il pleut ce matin. À Paris en hiver, le ciel reste gris durant des semaines. On ouvre ses rideaux au réveil, on écoute le bruit des gouttes qui battent les fenêtres, on observe les nuages qui obstruent la lumière.

Outre ma bougie, j'allume une lampe. Son abat-jour pêche diffuse une jolie lumière. Le cosy garde la théière au chaud. Je me suis acheté une tasse en porcelaine de Sèvres. Son prix n'a pas pu m'arrêter. Je la voulais, j'avais besoin d'elle. À cette heure de la matinée, les autres pensionnaires doivent faire le ménage, téléphoner à leurs amis, à leurs enfants. J'ai décroché le combiné. Je me réfugie dans le silence.

Tard dans la matinée, Nejma s'éveille. Alia prépare du thé, va chercher des fruits, des crêpes, des gâteaux à la pistache. Dehors, le soleil d'hiver rosit les murs, la brise fait crisser les palmes. Alia n'a guère dormi. Le récit de Nejma reste souvent opaque, ponctué de noms qu'elle ne parvient pas à retenir, de paysages impossibles à imaginer. Certains mots martèlent son esprit jusqu'à l'obsession, Bosphore, navire, mer, Chypre, Jérusalem. Un jour, elle saura leur signification, se débarrassera d'une ignorance qui la condamne à rester servante.

Jusqu'alors, elle n'avait pas compris comment Nejma avait pu tenir tête à Si Thami, lui reprocher ses amis roumis. Ce matin, elle sait.

Dans la cour, Alia se heurte à Malika. La favorite déchue porte un caftan violet, des mules à talons hauts. Sa tignasse rousse encadre un visage blafard. Ce matin, elle inspire la pitié.

— Je me réjouis de voir que tu te portes mieux,

prononce aimablement Alia. Veux-tu du thé et des gâteaux ?

Malika hausse les épaules.

— Ce ne sont pas tes visites ou celles de Nejma qui m'ont réconfortée pendant que j'étais alitée.

— Je devais servir lalla Nejma.

— Pourquoi l'appelles-tu lalla ? reproche Malika d'un ton glacial. Elle n'est rien du tout. Les concubines disgraciées sont moins bien loties que les bêtes. Ne comprends-tu pas qu'elle et moi allons moisir ici jusqu'à la fin de nos jours ? Seule lalla Saadia pourrait s'en tirer si elle le voulait ; il suffirait qu'elle se plaigne à son père. Mais cette vieille mule se moque d'être à Marrakech ou à Télouet, elle prie, elle fait la charité et se prépare pour son pèlerinage à La Mecque.

Alia reste clouée sur place. Lalla Saadia va donc aussi comprendre les mots « navire », « mer », et bien d'autres encore que personne n'a jamais prononcés devant elle !

— Passe-t-on par Istanbul et Jérusalem pour aller à La Mecque ?

Malika a un rire sarcastique.

— Comment veux-tu que je le sache. Je suis née à Youssoufia et je mourrai à Télouet.

Alia tente de la réconforter :

— Qui sait l'avenir, hormis Dieu.

Elle-même est sûre d'une chose : dût-elle fuir à pied dans le désert, elle ne restera pas ici.

La bouche de Malika a un rictus de dérision.

Déjà la pâle lumière de l'aube miroite sur l'eau de la fontaine, caresse les feuilles des philodendrons. Au loin des coqs chantent, des chiens aboient. La vie les entoure, rassurante, inaccessible. Au-delà des murs de la casbah, des enfants jouent, des femmes vont puiser de l'eau, des vieillards se réchauffent au soleil. Peu leur importe le sort des femmes qui vivent dans le palais. Sans doute savent-ils par des serviteurs qu'elles ont été mises à l'écart pour un péché grave. Infidélité, rébellion, maladie dont on n'ose prononcer le nom. Seule lalla Saadia est vénérée. Dans la petite ville, on prononce son nom avec respect, on attire sur elle la bénédiction de Dieu.

— Prenons le thé ensemble ce matin, propose Alia. Rien ne sert d'être triste ou d'éprouver de la rancune.

— Pourquoi veux-tu que je fréquente cette femme ! s'indigne Nejma. Ne connais-tu pas les bruits qui courent sur elle ?

Alia pose le plateau sur la margelle du bassin. Elle a apporté trois coussins, un narguilé.

— Je crois qu'elle est très malade.

— On dit que la cuisinière l'a fait avorter.

Le souffle coupé, Alia ne trouve rien à répondre. Comment peut-on devenir enceinte ici ?

Avec un petit sourire de pitié, Nejma observe son amie.

— Tout le monde sait que Malika est la maîtresse d'un de nos gardes, le grand qui a le crâne rasé, Ahmed. Il vient la rejoindre dans sa chambre quand il n'est pas de service.

Elle éclate de rire, un rire trop haut, trop clair.

— Parce qu'une concubine du pacha de Marrakech, ma chère, poursuit-elle, lui appartient jusqu'à sa mort, même s'il dédaigne de la toucher. L'approcher est un crime, la posséder mérite la mort. Rien n'est secret ici. Un accouchement serait aussitôt connu et rapporté à Si Thami. Malika et son amant seraient exécutés, l'enfant expédié dans une tribu du désert où une femme charitable le nourrirait au nom de Dieu le Miséricordieux. Crois-moi, vois cette femme le moins souvent possible.

Plus que la colère, c'est la pitié qui remplit le cœur d'Alia, une révolte aussi contre une autorité qui écrase. Veut-elle toujours séduire Si Thami qui aura sur elle un pouvoir de vie et de mort ? Mais le feu la mord déjà trop profondément pour qu'elle puisse s'en éloigner. Aucun destin n'est semblable. Les pièges dans lesquels sont tombées Malika et Nejma, elle saura les éviter.

Le soir venu, à côté d'un brasero, Nejma raconte la fin de son histoire : la désertion de Zarah, la joueuse de tambour, les troubles incessants causés par les sionistes, le départ de Khalil Rajeb et de sa famille pour Damas, les semaines durant lesquelles Laïla et elle, les dernières musiciennes, ont vivoté dans une maison abandonnée infestée de chats sauvages, la chance enfin se présentant sous les traits d'un homme d'affaires marocain. Avant de plier bagage, Khalil Rajeb lui avait parlé d'elles et il s'était décidé à les amener à Rabat. Un long voyage, un autre bateau avec des cabines étouffantes, le mal de mer, le bruit des machines, les odeurs de goudron, de charbon, de saumure, le café tiède, l'éclat du soleil sur la surface de la mer, le scintillement des vaguelettes, les voix des marins qui s'interpellaient.

En débarquant à Casablanca, Nejma s'était juré, dût-elle se résigner à épouser un vieillard édenté et acariâtre, de ne jamais repartir. Leur nouveau protecteur habitait dans une vieille maison qui avait été modernisée dans le goût des roumis. Il recevait beaucoup de Français avec lesquels il faisait des affaires. Ceux-là se conduisaient plutôt bien, soulevaient leur chapeau lorsqu'ils la croisaient dans le jardin, l'appelaient « mademoiselle ». Sa blondeur, la blancheur de sa peau étonnaient. On l'interrogeait parfois en français mais elle détournait la tête.

Un jour de novembre, on leur annonça qu'une grande fête allait être donnée pour le départ du Résident général, le maréchal Lyautey. Lui-même avait demandé d'entendre une dernière fois ce qu'il appelait « la voix des femmes du Maroc » qui l'avait si souvent charmé.

Elles seraient cinq, avec certaines elle n'avait jamais joué. Elles ne disposaient que de vingt-quatre heures pour s'accorder.

Le salon de réception était féerique : buissons de fleurs, tapis, tentures, lampes, coussins donnaient l'impression d'être dans la caverne d'un génie qui y aurait assemblé toute la beauté du monde. Le repas était servi à la marocaine sur de vastes plateaux de cuivre martelé entourés de divans. Des femmes vêtues de somptueux caftans allaient et venaient portant aux invités les mets les plus raffinés.

Au centre du salon se tenait le Résident général en uniforme, un vieil homme affable et digne. Le côtoyaient notre protecteur, poursuit Nejma, et un homme mince, brun de peau au regard de loup, Si

Thami el-Glaoui, pacha de Marrakech. Il était assis sur un coussin en peau de panthère qui accentuait la grâce féline de sa personne. Vêtu d'une djellaba immaculée, il portait le fez, une cravate rouge carmin sous le haut col amidonné de la chemise à l'européenne.

Dès qu'elles avaient commencé à jouer, son regard s'était porté sur elle. Il s'était penché vers son hôte, lui avait murmuré quelque chose à l'oreille. Elle ignorait que son sort venait d'être scellé.

13

Aujourd'hui le personnel des Amaryllis au grand complet s'affaire autour de l'arbre de Noël. Beaucoup de personnes étant absentes le 25 décembre, madame Moret a prévu de servir un punch la veille.

Même en éteignant les radiateurs, j'étouffe dans mon petit appartement. J'écris fenêtres entrouvertes, bien calfeutrée dans un long pull-over, une couverture sur mes genoux.

Lorsque j'arrive sans enthousiasme dans le hall, une vingtaine de personnes forment des groupes, leur gobelet à la main autour du sapin qui ruisselle de lumières. Mon premier Noël aux Amaryllis. J'espère que madame Moret ne va pas nous faire chanter des cantiques ou que les Leprince n'arriveront pas déguisés en père et mère Noël. Mais les résidents parlent à voix feutrée, tout est calme, normal. La tête me tourne un peu. Je suis encore avec Alia et Nejma à Télouet. Souvent, à peine franchi le seuil de ma porte d'entrée, je fais demi-tour pour m'asseoir encore un instant devant mon cahier, ajouter quelques phrases au texte.

Près du piano, je ne vois ni madame Aubert, ni Denise Attias, ni Maurice Dubreuil, mais un champ d'amandiers qui fleurissent au-delà des murs de Télouet, j'imagine un jardin autour d'un bassin, avec ses hibiscus roses, ses camélias bleus, des buissons de calathéas, de palmiers nains, de jacarandas. Ce qui se passe aux Amaryllis ne me concerne pas. Je vais, je viens, je mène un bout de conversation ici et là, je participe aux repas l'esprit ailleurs. Le monde extérieur, je le sens, a l'importance qu'on lui attache. Seul le moment présent compte, il n'est jamais trop tard. Les culs-de-sac, les terminus n'existent pas. J'aurais dû le comprendre plus tôt.

Cet immeuble entouré d'un jardin, construit dans une paisible banlieue abrite-t-il une rebelle ou une femme enfin devenue sage ? Là où existe une porte de sortie, il n'y a plus de prison. Nous trinquons et nous nous souhaitons un joyeux Noël. Madame Moret promet une surprise aux laissés-pour-compte. La cuisine se surpassera. En moi-même, je souris. « Quelle cuisine ? » Le brave homme qui officie aux fourneaux se contente la plupart du temps de réchauffer des mets surgelés qu'une camionnette livre une fois par semaine au petit matin. À cette époque de l'année, l'usine doit faire des prix d'appel sur la dinde aux marrons, le boudin blanc et l'oie aux pommes, sans oublier les magrets de canard et leur coulis de groseilles.

Mes compagnons grignotent des crackers. Dans un instant, nous passerons à table un peu pompettes.

— Nous n'avons pas vu les Leprince, s'inquiète Denise Attias.

Madame Moret semble embarrassée.

— Ils préparent leur déménagement.

Aucun de nous n'en croit ses oreilles. Les Leprince

quittent les Amaryllis ? Est-ce pour une raison financière ou à cause d'un problème de santé ?

Je connais la réponse. Les Leprince s'embêtent ici. Ils avaient espéré une sorte de Club Méditerranée et se sont retrouvés dans une maison de vieux.

Lorsque le couple surgit enfin dans la salle à manger, les questions fusent : « Comment ? » « Pourquoi ? » « Où ? »

— Nous retournons rue du Temple, lance monsieur Leprince d'un air satisfait. Notre fils aîné nous a déniché un joli petit appartement à deux pas du sien. Liberté sous surveillance. L'idéal, n'est-ce pas ?

Personne ne répond. Les pensionnaires des Amaryllis se sentent trahis.

À l'heure du café, la curiosité me pousse à rejoindre madame Leprince.

— On crève d'ennui ici, m'avoue-t-elle. Pourquoi la vieillesse devrait-elle être monotone et insipide ? Ce n'est pas notre point de vue. Roger et moi voulons avoir du bon temps, nous l'avons bien mérité.

Pour la première fois, Charlotte m'inspire de la sympathie.

— Vous avez raison, dis-je. Mais il y a de nombreuses façons de partir.

Elle semble ne pas comprendre. Je précise :

— L'important est la liberté. Elle ne doit pas avoir de limites.

Je me lève. Ma route ne croisera plus celle des Leprince. Mais je les estime désormais. Ils ont gardé le courage de contrôler leur vie.

« Oie aux pommes, bûche aux marrons glacés ! » annonce, joviale, madame Moret.

Nous ne sommes qu'une poignée pour le repas de Noël, une maigre cohorte de vieux abandonnés. Alors que j'achevais mon petit déjeuner, Damien m'a appelée pour me souhaiter un joyeux Noël. Joyeux, mon Noël ? Pourquoi d'ailleurs se sentirait-on plus heureux ce jour-là ? Il m'a donné des détails sur son installation. Déjà Amanda et lui se sont fait quelques amis et ils ont réveillonné dans un vieux mas à quelques kilomètres de la ville. Damien ne m'interroge pas sur mes activités. Il doit s'imaginer que bavarder avec les autres personnes âgées, jouer aux cartes, faire quelques courses suffit amplement à remplir mes journées. Comment peut-il avoir oublié combien j'étais active, curieuse d'esprit ? Croit-il que, comme les caméléons, les êtres humains se fondent dans les murs qui les entourent ?

Que ferait-il lui-même aux Amaryllis ? La question lui est-elle seulement venue à l'esprit ? Mais j'étais heureuse d'entendre sa voix, de me rendre compte qu'il allait bien, qu'il était intéressé par son travail. Je lui ai avoué combien j'avais hâte de le revoir et il m'a promis de venir à Paris au printemps.

En dépit du foie gras de canard, de l'oie aux pommes et de la bûche aux marrons glacés, l'ambiance n'y était pas. Les uns ressassaient leur solitude, les autres leurs ressentiments. Le dessert achevé, je me suis esquivée pour regagner mon appartement. Je n'éprouve ni angoisse ni tristesse, simplement du soulagement. Je me répète : « Je ne suis pas comme les autres », et ces mots me procurent une grande paix. Je me souviens d'une promenade en hiver avec Laurent sur la Côte sauvage quand nous étions descendus en Charente vendre la maison de mes parents. Longtemps nous avions marché sur la plage. Il faisait froid, il ventait ; au-dessus de nous les mouettes tournoyaient en poussant leur cri lugubre. Laurent avait passé son bras autour de mes épaules, il n'ignorait pas que la vente de cette maison était pour moi un grand chagrin et ne savait que faire pour me réconforter.

Transis, nous avions regagné la voiture et je m'étais blottie contre lui. Le ciel était gris comme la mer, sinistre. Laurent avait pris mon visage entre ses mains et m'avait embrassée. J'avais ressenti alors cette paix, ce sentiment de confiance si inattendus dans la situation que je traversais. Un cadeau que je retrouve intact en ce jour de Noël.

Aux nuits plus courtes, à l'odeur du vent, à la clarté des étoiles, Alia sait que le printemps arrive. À Télouet, elle ne se repère plus qu'aux saisons, mois, semaines sont difficiles à comptabiliser. Voilà presque deux années qu'elle a quitté Marrakech pour suivre Nejma. En dépit de l'amour qu'elle lui porte, elle ne restera plus très longtemps. Lorsqu'elles dorment dans les bras l'une de l'autre, qu'elle sent sur son visage le souffle de la jeune femme, elle sait que le départ sera difficile et douloureux. Quoique vierge, elle a tout appris de l'amour physique, de la gamme illimitée des caresses, de l'érotisme des mots.

Nejma n'évoque que rarement son ancien amant.

Sensuel, dominateur, charitable, il possède aussi un sentiment élevé de sa dignité. Si Thami est un conquérant qui aime assujettir les autres, ses femmes en particulier. Avare de mots tendres, il se montre envers elles d'une générosité démesurée.

Souvent Nejma ouvre une cassette où sont amoncelés pêle-mêle bracelets, colliers, pendants d'oreilles. Elle y plonge la main comme dans de l'eau, les laisse couler entre ses doigts. Parfois, elle pare le corps nu d'Alia, la transforme en pharaonne. L'huile qui imprègne sa peau embaume le bois de santal ; ses ongles de mains, de pieds sont vernis de pourpre, ses yeux passés au khôl, sa bouche au carmin. Tandis que les musiciennes jouent de l'oud, de la flûte, du tambour et chantent des mélopées du Sud, Alia danse pour Nejma.

La nuit, la jeune fille se lève pour fumer de l'eucalyptus dans le jardin. Le rêve qui occupe de plus en plus souvent son esprit se précise, se fait lancinant comme une blessure mal soignée qui s'infecte. Parfois, elle gagne les terrasses, écoute le crissement des sauterelles, le sifflement du vent sur les remparts. Elle aperçoit les tentes des nomades qui se dirigent vers Marrakech, des groupes de dromadaires entravés, le rougeoiement des feux de camp. Son cœur bat trop fort, il lui fait mal. Elle éprouve un désir presque sauvage de s'extirper de ce silence, d'exister.

Lorsque le soleil surgit, que la terre se teinte de rose, que les feuilles des amandiers, des figuiers frissonnent dans la brise du matin, Alia va quérir du thé, des galettes ou de la soupe pour Nejma.

Le printemps est déjà achevé lorsque la portière

leur apprend la fuite de Malika et de son amant. Ils sont partis vers l'ouest, vers la mer. L'intendant de la casbah a lancé sur leurs traces quelques cavaliers qui sont revenus bredouilles.

Dans la chambre de la favorite déchue, Nejma et Alia trouvent des caftans brodés, des babouches de velours et aussi des robes de chambre à l'occidentale en satin rose, des mules, de la lingerie de soie qui les fait s'exclamer.

Désormais, elles sont seules avec Saadia qui va partir pour La Mecque. Son escorte est déjà prête. Si Thami a envoyé une garde spéciale pour protéger et honorer la voyageuse.

Avec l'été, les insectes pullulent. Dès l'aube, les mouches apparaissent, petites, tenaces, venues de nulle part. La chaleur écrase, oblige à rester à l'ombre des chambres ou des salons jusqu'au coucher du soleil. Lorsque les nuits sont trop oppressantes, Nejma fait porter son matelas sur la terrasse. Enlacées, les deux jeunes femmes regardent les étoiles. Des chiens aboient derrière les murs, parfois un Bédouin joue de l'oud ou du tambourin. Le ciel est leur espace de liberté, un lieu ne présentant ni contrainte, ni danger, un appel vers l'éternité.

Jamais Alia n'a avoué à Nejma qu'elle allait la quitter pour conquérir Si Thami. Elle veut s'éclipser une nuit comme une ombre, ne pas crier, ne pas pleurer. Souffrir en silence.

— Faisons comme Malika, chuchote un soir Nejma. Partons. Je vendrai mes bijoux, nous pourrons prendre un bateau et nous rendre en Turquie.

Alia comprend qu'elle ne doit plus attendre très longtemps.

Sa lettre dictée à l'écrivain public, qui vient une fois par semaine à la casbah, est partie pour Marrakech. Alia implore Si Thami de la reprendre à son service : elle n'a commis aucune faute, sinon de vouloir adoucir l'exil de Nejma. Elle connaît la bonté du Pacha, sait qu'il apprécie la fidélité de ses servantes. À un maître qu'elle ne parvient pas à oublier, elle est prête à consacrer le reste de ses jours. Pour que cette missive ne tombe pas dans la corbeille à papier d'un secrétaire, Alia a longuement évoqué lalla Saadia, la beauté de son âme, l'attachement qu'elle témoigne à son époux. Alia sait qu'elle ne recevra d'autre réponse que la permission de se joindre à une caravane de marchands en route vers Marrakech.

Les deux femmes prennent le frais un soir au bord du bassin quand une des esclaves africaines de Malika surgit en larmes. Alors qu'elle essayait d'écouler des bijoux à Agadir, sa maîtresse a été arrêtée avec son séducteur. Hâtivement jugé, l'ancien garde a été décapité et Malika expédiée dans une tribu du Grand Sud où, réduite à l'état de servante, elle sera étroitement surveillée.

Tandis que parle la fillette, le visage de Nejma se durcit, ses mâchoires se contractent, ses yeux prennent une expression haineuse. Alia veut lui prendre la main mais elle la retire brutalement et siffle entre ses dents :

— La terre est peuplée d'êtres mauvais.

— Pas tous, Nejma !

— Si, lance-t-elle d'une voix métallique, tous, toi y comprise. Si tu crois que j'ignore tes manigances !

Les deux jeunes femmes ne partagent plus le même lit, ne se parlent qu'occasionnellement. Alia n'a rien nié et n'a pas cherché à se justifier. Parce qu'elle s'est mise à l'aimer, elle ne dira pas à Nejma qu'elle l'a suivie à Télouet pour devenir digne de Si Thami, apprendre à marcher, à se parer, à danser, à jouer de l'oud, à dispenser des caresses. Mais l'amour ne peut être sans espoir et Nejma, en dépit de sa jeunesse, de sa beauté n'est plus qu'un objet abandonné. À seize ans, Alia veut vivre, connaître le désir, le trouble, l'exaltation, s'éveiller à des matins triomphants. À tout jamais, elle veut laisser derrière elle la servante aux ordres des unes et des autres.

Maintenant, elle ne monte plus sur la terrasse. Attendre fait mal. Et si nul messager ne venait ?

Les premiers jours de chaleur pèsent sur la cité rouge. L'eau de la fontaine elle-même s'assoupit au grand soleil de midi, l'air tremble, perd de sa transparence. Les servantes dorment, on ne voit nul oiseau dans le ciel.

Alia n'en peut plus de rester des heures allongée chez elle ou assise au crépuscule sur la margelle du bassin. Souvent elle s'arrête devant la porte des appartements de lalla Saadia, hésite. Être en présence d'une épouse de Si Thami la rapprocherait de lui. Elle voudrait parler du Pacha pour casser son silence, son oubli, rompre le maléfice.

Lalla Saadia l'accueille avec bonté. Alia est surprise en voyant une femme encore jeune dont la beauté secrète se découvre dans l'ombre, le recueillement.

Assise sur un coussin de cuir, elle demande du thé, des pâtisseries, sourit à sa visiteuse.

— Tu ne resteras pas ici, dit-elle d'une voix douce. Ton destin est ailleurs.

Elle tend une tasse à la jeune fille, une assiette remplie de fruits confits. Jamais Alia n'en a vu de si beaux auparavant. Son cœur bat un peu plus fort. Cette femme la domine et la protège.

— Mon destin est entre les mains de Dieu, souffle-t-elle.

Lalla Saadia opine de la tête.

— Mais Dieu dans sa miséricorde se penche sur ses enfants et les écoute.

Son regard attentif découvre ce qu'Alia n'a jamais osé dire à personne.

— Tu ne ressembles pas à celles qui briguent la couche de Si Thami, que Dieu bénisse son nom, dit-elle de sa voix douce et profonde. Il y a en toi un orgueil, un désir d'être toi-même qui toucheront son cœur. Et tu es belle, pas comme les Turques ou les Éthiopiennes. Tu as la beauté et la fierté d'une Marocaine.

Dans le silence, Alia entend le bourdonnement des mouches, une voix de femme qui chante dans le lointain.

Sans hâte, lalla Saadia boit son thé. Elle ne regarde plus Alia, semble perdue dans ses pensées.

— Reste charitable, murmure-t-elle soudain. Sois pieuse, soumise à la volonté de Dieu. Que la grandeur et la richesse ne te possèdent jamais entièrement.

Avec peine, Alia avale sa salive. Lalla Saadia parle déjà comme si elle était la favorite de Si Thami. Mais il n'a pas fait répondre à sa lettre. Nul messager n'est venu.

— Tu donneras ce chapelet à mon époux, dit lalla Saadia. Je le tiens de mon père et il vous protégera tous les deux.

La jeune femme se lève, ouvre un coffret d'argent ciselé, en tire un chapelet aux grains d'ambre pur sertis dans du vermeil.

— Mon père, que son souvenir soit béni, l'a rapporté de La Mecque. Il lui a été offert par un saint ouléma. Si Thami le laissera plus tard à son fils aîné.

Alia serre dans sa main les grains de résine transparente qui donnent à la lumière des reflets d'or. Elle n'a plus peur maintenant.

— À la fin de ce mois, je ferai mon pèlerinage, dit encore Lalla Saadia. Alors, ma vie aura eu un sens.

D'un geste presque maternel, elle prend la main d'Alia, la serre dans la sienne.

— Ne t'alarme pas pour Nejma. Tu lui as donné trois ans de ta vie. Maintenant, elle doit trouver son propre chemin, sa vérité. Si elle en est incapable, nul ne peut le faire à sa place. Que l'on soit à l'intérieur ou à l'extérieur d'une cage, on est toujours prisonnier. La liberté n'est qu'en nous-mêmes. Souviens-t'en.

Après la prière, Alia gagne le jardin, le ciel devient rouge. Les murs, la margelle du bassin soufflent encore la chaleur du jour mais l'ombre rafraîchit. Au-dessus d'elle, la lune apparaît ronde et pâle, les étoiles dessinent leurs allégories dans le ciel. Elle regrette la présence d'une vieille femme qui puisse les lui expliquer, décrypter leurs messages.

Nejma n'est pas loin, la jeune fille le sait, devine sa respiration, le frôlement de son caftan sur les mosaïques. Mais elle ne se retourne pas. À quoi bon ? La prendre dans ses bras l'offrirait au malheur. Elle reste immobile, les yeux fixés sur la surface de l'eau. Maintenant Nejma s'éloigne, rentre chez elle. Le bruit de la porte qui se referme lui brise le cœur.

Le cavalier est venu. Il a parlé au gouverneur qui a fait venir la portière. Une caravane venue d'Ouarzazate va bientôt s'arrêter à Télouet. Alia se joindra aux marchands.

Les derniers jours n'en finissent pas. Jamais l'été n'a été aussi brûlant. On colporte que les puits s'assèchent, que les mouches polluent la nourriture, exaspèrent le bétail. Il n'y a pas de vent, l'horizon est rose, immatériel. En dépit de la chaleur, Alia monte tous les jours sur la terrasse. Elle attend la caravane. De loin, de très loin, elle verra la poussière, une opacité de l'air qui signale une présence. La nuit, elle écoute encore, elle guette.

C'est le bruit qui l'alerte un soir : bêlements, aboiements, blatèrements des dromadaires, ordres secs criés par les chameliers. Pour la première fois depuis des semaines, Alia dort douze heures d'affilée.

Le départ se fait à l'aube, deux jours plus tard. La jeune fille n'a pas voulu revoir lalla Saadia, ni surtout Nejma. Elle veut que ce voyage soit une renaissance.

Derrière elle, la forteresse se disloque dans la brume de chaleur. Elle voit les murailles d'argile ocre contre la montagne rouge, le haut de la casbah sur laquelle pèse un ciel de plomb.

Devant elle, des enfants courent pieds nus dans la poussière, des femmes marchent enveloppées dans leurs voiles, le visage caché pour ne pas respirer la poussière. Les hommes portent des burnous, sont coiffés de turbans. Personne ne parle. Nul ne se réjouit ni se plaint.

La route est bordée de buissons d'épines. Lorsque le soleil est haut, la caravane s'arrête dans une oasis. On monte des tentes en peaux de chèvre. On s'assoit enfin pour boire le thé brûlant, manger du pain tout juste cuit par les femmes, des dattes, des olives, du lait caillé. Alia reste seule dans un coin. Ses pieds la blessent, sa peau, ses lèvres sont brûlées par le vent, ses cheveux ressemblent à de l'herbe sèche mais elle s'en soucie peu. Dans le sac qu'elle garde à côté d'elle, il y a le chapelet de lalla Saadia qui porte le bon œil, la chance. Aussitôt arrivée, elle demandera audience à Si Thami pour le lui remettre. Alors, ils se reverront.

Le soir, les vieilles femmes disent des contes autour du feu où chauffe l'eau pour le thé. Le ciel est argenté d'étoiles. Leurs histoires sont toujours les mêmes, elles disent la peur des djinns et des sorcières, des revenants, des caravanes fantômes. Les yeux écarquillés, les enfants écoutent, rient et se cachent le visage dans leurs mains. Même les chiens sont silencieux, ils posent leur museau sur la poussière, dressent les oreilles. Les voix des conteuses deviennent graves ou aiguës, elles crient ou elles murmurent. Leurs visages expriment l'effroi, la colère, les douceurs de l'amour, les souffrances de la mort.

Dans les bouilloires d'aluminium cabossées, l'eau siffle. À la ronde, les jeunes filles vont servir le thé sucré puis chacun ira se coucher. Quelques heures de repos avant le départ à l'aube.

Marrakech n'est plus loin quand un cavalier venu du Sud les rattrape. Quel ordre l'a lancé à leur poursuite ? Le cœur d'Alia s'emballe.

Le chef de la caravane donne le signal d'arrêt, les ânes tentent d'arracher l'herbe sèche et dure qui pousse le long de la piste, les dromadaires secouent leurs mors. Il semble à Alia que le cavalier n'en finit pas de les rejoindre.

Lorsqu'il arrive à leur hauteur, il ne met pas pied à terre. Un instant, il parle au chef de la caravane avant de rebrousser chemin. Hommes et bêtes se remettent en marche. Mais de bouche en bouche, la nouvelle court parmi les voyageurs. Alia se penche vers une femme qui tient la bride d'un âne. Celle-ci hausse les épaules, rabat sur son visage un pan de son voile.

— On dit qu'une ancienne favorite de notre pacha s'est jetée du haut de la casbah de Télouet. Que Dieu lui pardonne !

Le soleil approche du zénith, tout est enseveli par la poussière, le silence. Alia a l'impression qu'une pierre lui écrase la poitrine. Elle sait qu'elle devra supporter cette souffrance durant sa vie entière.

14

Rien ne semble changé dans le palais du Glaoui et pourtant Alia le voit avec d'autres yeux. À l'accueil souriant de la portière du quartier des femmes, la jeune fille comprend que des ordres ont été donnés la concernant. Elle jouit d'une vaste chambre, deux esclaves sont à sa disposition.

Presque avec joie, elle apprend que Si Thami est en voyage et ne regagnera pas Marrakech avant deux semaines. Il lui faut un peu de répit pour surmonter sa détresse, se remettre d'un épuisement physique qui cerne ses yeux, plombe son teint. Chaque nuit, le même cauchemar la hante : elle imagine Nejma tombant du haut de la terrasse, son corps plane, semble pouvoir voler. Elle voit la tache jaune du caftan et celle, rouge, du sang comme de la peinture jetée sur un mur qui ruissellerait en longues traînées, en rivière de larmes.

Tout un après-midi, elle s'attarde au hammam dans la chaleur humide qui enveloppe, réconforte. Des esclaves la massent avec un gant de crin, de l'huile d'amandes douces, parfument sa chevelure d'eau de rose et de fleur d'oranger. Le soir, elle fait venir les musiciennes, joue parfois avec elles de l'oud ou du violon. Les jours passent.

Au remue-ménage ambiant, Alia devine que le retour de Si Thami est proche. Le palais va revivre. Le Glaoui aime recevoir, traite ses invités avec un faste inouï. Alia se souvient de dîners d'apparat, de danseuses, de musiciennes, de feux d'artifice, des jardins devenus féeriques sous la lumière des torches. Esclave, puis servante, elle s'émerveillait, posait mille questions. Pourquoi Si Thami servait-il du vin à ses hôtes européens ? Qu'avait ce breuvage de si particulier ?

Dans les jardins, les orangers, kumquats, mandariniers ploient sous les fruits. Les femmes font bouillir leurs écorces pour obtenir des lotions apaisantes ou en tirent une huile qui parfume leur linge. Thami el-Glaoui exige que ses djellabas et ses burnous soient imprégnés de santal et de fleur d'oranger. De leur odeur, Alia garde le souvenir.

Avec les jours, les heures, son attente se fait inquiète et fiévreuse. Durant son long exil à Télouet, peut-être une nouvelle favorite s'est-elle imposée ? On dit Si Thami sensible aux Turques blondes ou rousses, blanches de peau, et elle est brune, mate, avec de longues jambes, un corps de liane. Se serait-elle leurrée durant ces interminables années sur le regard qu'il lui a jeté lorsqu'elle se tenait aux côtés de Nejma ? Au palais, elle n'a plus d'amies. Lalla Zineb vit dans son propre pavillon avec deux fils et ne se montre qu'occasionnellement dans le quartier des femmes.

De la ville, derrière les murs, se glissent des odeurs d'épices, de suif, les notes aigrelettes des flûtes, des cris d'enfants. Alia sait qu'elle pourrait quitter le palais, suivre le lacis des ruelles qui sillonnent le souk. Peut-être parviendrait-elle dans le quartier de sa petite enfance ? Peut-être reconnaîtrait-elle une porte cloutée, un mur lézardé, un jasmin tapissant les tuiles vernissées d'un porche ? Mais pourquoi éveiller sa mémoire ?

Un matin, Alia est tirée de son sommeil par le tumulte d'une escorte qui pénètre dans le palais. Domestiques, gardes, dignitaires s'affairent. Soudain tout semble vivant, baigné de lumière et de senteurs. La jeune fille prend un tambourin et danse pour elle seule, virevolte, lève les bras, fait ployer son corps, légère comme un oiseau. Elle rit, jamais elle n'a été aussi heureuse.

Aussitôt le Pacha installé dans ses appartements, des automobiles, des calèches, des cavaliers franchissent l'imposant portail du palais, des dignitaires circulent entre les différents pavillons. Serviteurs et esclaves s'affairent. Déjà Alia a été voir la portière qui veille sur le quartier des femmes, elle désire se tenir à l'écart des concubines, ne pas s'attirer dès son arrivée de mortelles inimitiés. Le monde dans lequel elle doit s'intégrer n'autorise aucun faux pas.

L'arrivée d'une voiture automobile conduite par un chauffeur roumi rassemble les quelques enfants qui vivent au palais ainsi que les plus jeunes des esclaves. Chacun se bouscule pour mieux voir les uniformes blancs à boutons dorés, les képis brodés de feuilles d'or, la parfaite dignité du chauffeur, lui-même coiffé d'une casquette ceinte d'un galon doré.

Je suis libre mais mon jardin pleure en hiver et ceux qui en jouissent sont blafards, courbés par les ans. Bavards ou taciturnes, ils sont inquiets, hantés par le temps qui passe. Dans les boutiques, au marché, la dignité du mot « monsieur » ou « madame » leur est ôtée. Nous sommes tous devenus des « papis » et « mamies », ou pire encore « de petites grands-mères ». Dans cette substance à la fois douceâtre et impatiente, les plus récalcitrants finissent par se dissoudre. On ne peut rester jeune au milieu de personnes âgées. Mon combat solitaire est sans espoir. « Alors Eurydice avec mélancolie s'en retourna parmi les morts. »

Je ne sais plus ce que je dis à mes voisins de table, j'ignore ce que je mange. Mes compagnons s'en aperçoivent-ils ? Vont-ils revivre à travers moi le drame d'Aurore Husson et d'Adrienne Lefort ? « Je vous trouve mauvaise mine, me confie un soir madame Moret. Vous devriez prendre des vitamines. Nous avons ici l'adresse d'un bon homéopathe. Je peux vous la communiquer si vous le désirez. »

Je referme mon cahier. Alia devra attendre demain pour vivre le moment tant attendu, celui qui lui fera oublier Télouet et l'image de Nejma plongeant du haut de la terrasse dans son plus beau caftan brodé de fils d'or, linceul de princesse pour une femme fantôme.

Comme d'habitude, je suis la dernière installée et tout le monde savoure déjà la soupe aux pois cassés du mardi qui vaut au chef d'intarissables compliments.

— Permettez-moi, madame, de me présenter. Je suis Jean-René Penon, un petit nouveau, comme on disait à l'école. Vous avez manqué ma présentation officielle à la Cour.

Assis à sa table, j'aperçois Maurice Dubreuil. Il m'observe fixement et son regard est empreint de reproche. Serait-il jaloux ? Jean-René Penon ne ressemble pas aux autres pensionnaires. Grand, encore très droit, sa chevelure blanche encadre un visage aux traits réguliers. Il a dû être un bel homme.

En quelques mots, nous nous présentons. Jean-René m'apprend qu'il était dentiste à Paris. Très vite après avoir pris sa retraite, il a perdu sa femme et tenté de survivre seul dans leur grand appartement, avenue Mozart. Plusieurs gouvernantes s'étaient succédé auxquelles il n'avait pu s'habituer. Incapable d'assumer les tâches de la vie quotidienne, il avait décidé de s'installer dans une maison de retraite. Là, il pourrait sans souci se consacrer à la reliure, un hobby qui le passionne depuis sa jeunesse. Avec des éditions originales acquises chez des bouquinistes, il s'est constitué une belle bibliothèque qu'il continue de compléter. L'étonnement m'empêche d'attaquer le rôti de porc-purée. Je retrouve soudain un monde que je croyais disparu. Cette découverte m'embarrasse. Peu à peu, je me suis habituée à la solitude, mon existence est organisée entre mes trop distantes relations avec Damien et ma sœur, une routine quotidienne et mon allégresse de retrouver Alia chaque matin et chaque soir. Le reste, l'art de la conversation, la sympathie spontanée éprouvée pour un inconnu, fait partie d'un univers auquel j'ai renoncé depuis longtemps.

— Votre apparition me redonne du courage, prononce Jean-René en s'emparant de mon verre pour le remplir du vin de Bordeaux qu'il a commandé. J'étais en train de me demander si je n'avais pas fait une erreur.

J'aime être l'avocat du diable et j'ai depuis ma petite enfance un esprit de contradiction qui a irrité successivement mes parents, ma sœur et Laurent.

— Ne jugez pas trop vite. Bien que résignés, les gens qui vivent ici peuvent être intéressants. Comme des adolescents, ils s'aiment, se détestent, se querellent pour mieux se réconcilier. Comme des enfants, ils veulent être aimés, protégés, rassurés. Comme des bébés ils attendent la nourriture qui va leur procurer le seul plaisir sensuel désormais à leur portée. Les gens âgés n'attirent pas parce que la société les écarte.

Jean-René Penon boit une gorgée de vin, repose le verre, s'essuie les lèvres.

— Avez-vous été psychologue, pasteur ou infirmière ?

— Professeur d'histoire. Tout ce qui touche au passé m'intéresse.

Au moment de la tasse de tisane ou du café décaféiné, Maurice Dubreuil et Denise Attias nous rejoignent, manifestement attirés par le nouveau venu, l'un parce qu'il a capté mon attention, l'autre pour l'avoir identifié à un membre de sa caste. D'ordinaire, je rentre chez moi dès le dessert achevé mais, ce soir, je prends plaisir à m'attarder. Maurice Dubreuil et Denise Attias montrent envers Jean-René Penon une grande amabilité. La semaine précédente, nous avons accueilli parmi nous la veuve d'un artisan à laquelle ils ne se sont intéressés que brièvement, par politesse. Tout naturellement Marie-Berthe Pérol a rejoint son clan, celui des retraités qui n'ont qu'occasionnellement une bouteille de vin sur leur table et n'offrent jamais le café.

De retour, je vais droit à la salle de bains et m'observe dans la glace. C'est la première fois depuis mon arrivée aux Amaryllis que je m'interroge sur ce qu'il me reste de séduction. Ce que je découvre me laisse perplexe. Certes, mon visage résiste encore aux rides profondes, celles du front et des contours du nez, mais les commissures tombantes de mes lèvres, le menton amolli, le cou flétri marquent mon âge, dissocient la personne que je suis aujourd'hui de celle d'autrefois. Comment ne pas me persuader que l'âge de la séduction est désormais derrière moi ? Suis-je en train d'affabuler en regardant Jean-René Penon avec des yeux de femme ? Une liaison aux Amaryllis ? Je me souviens d'un ami médecin qui soignait les patients d'une maison de retraite. Il relatait des histoires d'amour touchantes mais aussi de brûlantes passions sexuelles. Autour de la table, nous éclations tous de rire. La sexualité des personnes âgées semble inacceptable et grotesque. Dentier dans le verre à dents, cheveux rares, ventre mou… à quelle norme nous référons-nous ? Qui peut être jugé sublime ou ridicule ?

Je dois écrire, il le faut. Les moments que je viens de vivre me troublent et m'attristent. Loin de me donner l'illusion d'une jeunesse retrouvée, ils accentuent mon désarroi, me confrontent à une image que je ne veux pas contempler. Je me sers un petit verre de chartreuse verte. La tête va me tourner sans dommages.

Alia devine que Si Thami la recevra le lendemain matin. Ce soir, il va rendre visite à son épouse, revoir ses fils. Peut-être passera-t-il la nuit chez lalla Zineb, à moins qu'il ne rejoigne lalla Kamar, sa seconde épouse, ou une favorite officielle comme lalla Zoubida. Sans en avoir l'air, Alia s'est renseignée sur les amours du Pacha. Il semble que nulle femme ne l'accapare exclusivement.

La nuit, la jeune fille ne parvient pas à dormir. Le froissement du vent dans les palmes, le bruissement du pas des servantes, le gazouillement des jets d'eau, les miaulements aigus des chats en liberté, le crissement des insectes la tiennent éveillée. Jamais elle ne s'est sentie à ce point partie intégrante du temps, de l'espace, de la vie autour d'elle. Elle n'est plus Alia, la petite fille volée dans le souk, l'esclave, la servante attentive avide d'apprendre, la compagne de Nejma, son amante et son bourreau, mais une entité harmonieuse, sereine, dont le destin doit s'accomplir.

La nuit est douce, parfumée, veloutée, une nuit de soie, une nuit de naissance ou de mort qui scelle une existence, qui délie.

15

Vêtus de djellabas blanches, chaussés de babouches en souple cuir de chevreau, Si Thami et son oncle se tiennent dans un des petits salons de réception de l'appartement du Pacha. La main droite d'Alia serre très fort le chapelet d'ambre, la gauche un pan du léger voile brodé qu'elle porte sur la tête.

— Approche, prononce Si Thami d'une voix douce. Tu es la bienvenue.

Enfin Alia lève la tête, son regard plonge dans celui du Pacha. Tout de suite, elle sent un malaise, l'avertissement d'un danger indéfini, inconnu. Si Thami pourtant lui sourit.

— N'aie pas peur, poursuit-il d'une voix bienveillante.

Un serviteur approche avec entre les mains un plateau d'argent sur lequel sont posées des tasses pleines d'un café très noir.

— Tu es porteuse d'un cadeau qui me touche infiniment. Que Dieu protège lalla Saadia et lui assure un voyage sans danger ni incommodités jusqu'à La Mecque. Sais-tu que j'ai moi-même accompli le pèlerinage ?

— Je le sais, Pacha, répond Alia.

Elle s'est reprise, sa voix est claire, son regard sans hardiesse ni timidité, son sourire charmeur. Elle tend à Si Thami le chapelet d'ambre. Dans le rayon de soleil qui pénètre par une fenêtre, chaque grain semble une coulée de miel pur. Les doigts du Glaoui frôlent les siens, elle baisse les yeux, sait qu'elle a rougi.

Le Pacha et son oncle ont pris une tasse. Si Thami fait un signe pour faire comprendre à la jeune fille que la troisième est pour elle. Ce geste de grande faveur fait battre son cœur plus vite. Certes, elle est prête mais la présence du vieil oncle l'embarrasse. Depuis qu'elle est entrée dans le salon, son regard ne l'a pas quittée. Cette insistance l'irrite. Elle voudrait être seule avec Si Thami, poser ses lèvres sur sa main, lui avouer qu'elle a attendu plus de trois années cette entrevue.

Le Glaoui a enroulé le chapelet autour de son poignet. L'ambre dore la manche de la djellaba, tranche sur la peau mate du seigneur de l'Atlas. Il savoure une gorgée de café, pose la tasse sur une table d'ébène marquetée d'argent. La jeune fille espère un mot, un geste et c'est la voix de Si Abdellah qui s'élève, une voix douce, sensuelle encore :

— On m'a parlé de toi, Alia, de ta beauté, de ton caractère entier. Au palais, on te dit ambitieuse, qu'attends-tu de la vie ?

— Tout ! s'écrie Alia.

Elle n'a pas réfléchi et se trouble. Comment a-t-elle eu l'audace de s'exprimer aussi brutalement ? Elle a même osé dévisager Si Thami et il lui a semblé capter de l'intérêt dans son regard, une sorte de défi, celui d'une personne jaugeant un possible adversaire.

Entre les entrelacs des feuilles émeraude et saphir

peintes sur les carreaux de faïence recouvrant une alcôve, la lumière se faufile et coule sur le velours des divans.

— J'aime ta réponse, murmure Si Abdellah. Si Dieu le veut, ce que tu souhaites peut t'être donné.

Alia attend du Glaoui une phrase qui ne vient pas. Il semble mal à son aise, le sourire s'est figé.

— Laisse-nous, dit-il soudain d'un ton bienveillant mais ferme.

Alia recule, pas après pas. Si Thami s'éloigne d'elle. Un instant, elle l'a cru à sa merci et maintenant il la congédie. Aucune pensée ne traverse son esprit, aucune émotion ne la trouble encore, elle atteint la porte qu'ouvre aussitôt un serviteur, s'incline, quitte le salon, se retrouve dans l'antichambre où l'attend l'esclave chargé de la raccompagner jusqu'au quartier des femmes. Dans une cage d'osier, un perroquet l'observe d'un œil menaçant. L'œil rond de l'oiseau, qui semble la narguer, se moquer d'elle, suffit à désarçonner la jeune fille. Et cependant elle sait qu'en sortant avec dignité, son regard dans celui du Pacha, elle ne s'est nullement abaissée ou déconsidérée. Une situation qui lui échappe entrave le cours des évènements. Mais l'expression des yeux de Si Thami ne l'a pas abusée. Alia sait qu'il la désire, qu'un jour ou l'autre, si Dieu le veut, il sera son amant.

Soudain elle pense à Nejma. Il fut un temps où, jeune musicienne turque, elle aussi se croyait aimée du seigneur de l'Atlas. Alia n'a pas d'illusions. Pour survivre, une femme n'a que le mariage, un puissant amant, ou l'envol, la tache d'un caftan sur le ciel bleu, un cri porté par le vent qui vient se poser sur les lèvres d'une petite fille nouveau-née.

Elle va réfléchir, tenter de comprendre pourquoi Si Thami ne l'a pas retenue.

La fumée du narguilé apaise, procure un éphémère bonheur. Couchée sur un divan, Alia pense qu'elle va être mise au service d'une des filles du Glaoui, d'une favorite ou d'une des nombreuses personnes de haute naissance que le Pacha fait éduquer dans son palais avant de les marier à des chefs de tribu qui lui sont soumis ou à des dignitaires royaux. Les liens féodaux et religieux qui l'attachent au roi sont forts encore en dépit de choix politiques différents. Pour le pacha de Marrakech, la présence française est une réalité dont les Marocains doivent s'accommoder et tirer le maximum de profits, pour la famille royale, elle est une inacceptable occupation. Alia ferme les yeux, aspire une longue bouffée de fumée. Elle écoute, questionne, rien ne doit la laisser muette, la faire paraître sotte. Depuis des années, elle sait que l'érotisme seul ne conserve pas le désir d'un homme, les grandes favorites sont aussi des confidentes, des partenaires, des amies que leur amant écoute et consulte.

Chaque bouffée brouille les images, atténue les sons. Elle oublie Si Thami qui s'éloigne, n'entend plus la voix qui l'invite à se retirer. Avec l'aide de Dieu, elle va reprendre en main son destin et en forcer le cours. S'il le faut, elle supportera son rôle de servante, le considérera comme un pas en avant et non comme un échec. Auprès d'une concubine ou d'une fille du Pacha, elle restera dans l'ombre mais présente.

Alia sursaute, lâche l'embout du narguilé. Une des

portières du quartier des femmes se tient debout à côté d'elle.

— Si Abdellah vous demande, dit-elle simplement. Suivez-moi.

Dans la rue piétonne, je croise Denise Attias. À l'heure du déjeuner, face à sa cadette, elle avait la bouche pincée, les sourcils froncés et j'ai soupçonné un différend, une querelle même entre cette mère si fière de ses enfants modèles et sa fille vêtue avec une élégance décontractée et coûteuse. Contrevenant aux normes habituelles, la jeune femme parlait et Denise écoutait. Plus le monologue se prolongeait, plus ma voisine de table semblait décontenancée et malheureuse.

Je m'arrête.

— Un souci ?

— Un cataclysme, me répond-elle.

Je la sens perturbée et sais que je ne peux la planter là pour rentrer chez moi.

— Nous pourrions prendre un thé ensemble ?

Elle me suit dans la brasserie où se rassemblent les jeunes du quartier. À cette heure de l'après-midi, ils sont encore au lycée et la salle est vide. Ce n'est pas à Denise et à sa fille que je pense mais à Alia traversant les jardins du Glaoui derrière la servante, à son anxiété, à son trouble. Elle porte un caftan vert d'eau, une ceinture ornée de perles de verre, ses cheveux sont cachés sous un turban blanc nacré. Elle va vers Si Abdellah la gorge nouée, elle m'attend et moi je dois écouter les lamentations de Denise Attias.

Ma compagne commande un whisky *on the rocks.*

— J'ai besoin d'un remontant, m'explique-t-elle tout de go. Ma fille vient de m'annoncer qu'elle divorce.

Comme blessées par ce terrible mot, ses lèvres ont un rictus de souffrance.

— Mon fils s'est également séparé de sa femme, dis-je rassurée, et j'ai surmonté cette épreuve.

La réaction de Denise Attias ne se fait pas attendre.

— Pour moi, lance-t-elle d'un ton sec, cette décision est inacceptable. Pierre-Adrien et Marie-Olympe forment un couple parfaitement assorti, ils ont trois enfants, d'innombrables amis, une charmante maison à la campagne.

— Un chien, peut-être ?

L'ironie de mon ton échappe à Denise.

— Oui. Mais peu importe le chien, ce sont mes petits-enfants qui vont payer l'addition. Comment ma fille peut-elle envisager de détruire sa famille ?

— Son mari a peut-être une maîtresse ?

— C'est elle qui a un amant. « Plus drôle que Pierre-Adrien », a-t-elle eu le front de me préciser. Comme si la drôlerie constituait la base d'une union ! Est-ce que mon pauvre mari était drôle ? Nous avons pourtant vécu quarante-cinq années ensemble.

L'air narquois, le serveur apporte le whisky à cette dame mûre vêtue d'un tailleur de tweed marron d'où émerge le col roulé d'un pull de cachemire beige. Devant moi, il pose la tasse de thé, deux rondelles de citron.

Comment faire accepter à cette femme qui ne remet en question aucun des principes ayant régi son existence, que les plus proches d'entre les siens puissent avoir d'autres règles de vie, des aspirations différentes ? Le divorce de Damien m'a procuré un grand chagrin mais je n'ai pas jugé mon fils et mon ex-belle-fille. Comment l'aurais-je pu ? L'intimité de leur foyer m'était étrangère.

— Trois enfants, tous doués pour les études, la musique, le sport, prononce Denise comme une psalmodie. Trois vies bouleversées, brisées peut-être.

Le moment est venu de me montrer ferme.

— Vos chers bambins ne vont pas mourir, Denise. Certes, ils vont devoir affronter quelques perturbations, un grain comme disent les marins, mais ils survivront.

— Comme pouvez-vous parler ainsi ! s'insurge Denise. Votre fils n'avait pas d'enfants et vous ne pouvez comprendre le cataclysme que représentent pour des petits un divorce, une vie chahutée parce que leur père n'est pas drôle.

Avec effort, je m'interdis de sourire.

— Marie-Olympe est amoureuse d'un autre homme, voilà tout ! Elle veut vivre à ses côtés, fonder peut-être une nouvelle famille.

Je crois que Denise Attias va s'étrangler dans son whisky.

— Ce que vous dites, ma pauvre amie, est absurde et révoltant. Que faites-vous de la sainteté du mariage, de deux promesses échangées devant Dieu !

Soudain cette femme que je plaignais m'irrite. Elle a ses raisons, mais ce ton péremptoire qu'elle emploie pour condamner l'homosexualité, les mariages interraciaux, la drogue et l'ivrognerie me porte sur les nerfs. Le monde va-t-il s'arrêter parce que Marie-Olympe, née Attias, a envie de pimenter sa vie sexuelle ?

Comme venant d'un lointain imprécis, j'entends la

voix de Denise, quelques-uns des mots qu'elle prononce entre deux gorgées de whisky : écervelée… égoïste… irresponsable. Parle-t-elle de sa cadette dont elle clamait quelque temps plus tôt les qualités exquises ? La mère des trois charmants blondinets qui disaient poliment bonjour et au revoir, mais ricanaient en douce des petits travers des pensionnaires des Amaryllis sans en exclure leur chère bonne-maman ?

Quand nous quittons le café, des groupes d'adolescents nous croisent. Certains ont des tatouages, le nez, les sourcils, une lèvre percés. Cette génération comme toutes les autres tente de se distinguer des us et coutumes de ses aînés pour s'affirmer, les braver aussi, les choquer certainement. Née en 1929, j'ai eu vingt ans après la guerre à une époque où les fantaisies vestimentaires étaient fort restreintes. Mais mes amies et moi arborions avec joie nos socquettes blanches, des cardigans courts aux couleurs de bonbons anglais, des chaussures à semelles de crêpe super-épaisses. Relevés par des peignes, mes cheveux étaient frisés avec soin et ma sœur et moi imposions volontiers à nos parents des disques de jazz qu'ils écoutaient en fronçant les sourcils. Nous jouissions alors de fort peu d'argent de poche mais nous débrouillions pour acheter des bâtons de Rouge Baiser et de la poudre de riz aux senteurs d'iris que nous ôtions avec soin avant de rentrer à la maison. J'avais neuf ans quand maman m'amena voir *Blanche-Neige et les sept nains*. Je fus certainement aussi enthousiaste que mes petits-neveux devant le dernier Harry Potter.

Denise, qui a pris mon bras, le serre en signe de réprobation. Aucune de ses filles n'aurait osé se tatouer ou se percer le nez ! Mais elles ont dû prendre la pilule en cachette et partager des caresses que leur honnête maman n'a jamais pu imaginer.

Le crachin mêle le gris du trottoir à celui des immeubles, ruisselle des branches des platanes dépouillés de leurs feuilles. J'ai soif de m'en aller. Si peu me retient ici désormais. Damien est heureux à Aix, sa vie professionnelle lui apporte beaucoup de satisfaction, Amanda apprend l'italien à l'université et travaille à mi-temps dans une galerie d'art. S'ils n'ont pas d'enfants dans les deux années à venir, ils songent à l'adoption. Le mot grand-mère reste abstrait pour moi. À quatre-vingts ans, je serai trop âgée pour me consacrer à un petit.

Denise Attias et moi rentrons trempées aux Amaryllis. L'heure du dîner est proche et, déjà, quelques pensionnaires patientent dans le hall avant l'ouverture de la porte de la salle à manger. Madame Moret a fait changer le gros bouquet de fleurs artificielles qui décore le piano. Le nouvel arrangement se veut printanier, sans doute pour nous faire oublier l'interminable ciel gris hivernal.

En prenant l'ascenseur, je croise Jean-René Penon.

— À tout à l'heure, chère amie, me souffle-t-il.

Je suis troublée et, même assise devant mon cahier, ne parviens pas à me concentrer. Je m'en veux, j'en veux à Jean-René Penon. Pourquoi a-t-il fallu que cet homme s'installe aux Amaryllis ? Il est trop différent des autres et ne restera pas. « *Amen* », dis-je à mi-voix.

Je dois admettre, cependant, que la perspective de le retrouver à l'heure du dîner me fait plaisir. Je vais me recoiffer, me maquiller un peu, mettre un joli pantalon de flanelle grise, un petit pull-over rose pâle qui me donne de l'éclat.

Je ferme les yeux, vois Alia qui se dirige vers les appartements de Si Abdellah. Elle fronce les sourcils, elle a peur. Le soleil déjà haut inonde le jardin de lumière. La jeune fille aimerait faire demi-tour, fausser compagnie à la portière, trouver une cachette où elle pourrait rester des heures le front sur ses genoux jusqu'à ce que ce vieil homme l'oublie.

— Ce n'est pas moi dont tu espérais un signe, dit Si Abdellah. Mon neveu, que Dieu le protège, n'a pas été déçu par toi, sache-le. Quel homme pourrait ne pas te trouver belle ?

Il sourit, désigne à Alia le divan sur lequel lui-même s'installe. Posées sur la djellaba, elle remarque ses mains où saillent des veines bleutées, son visage émacié, des yeux noirs enfoncés dans les orbites. Mais il a gardé une bouche sensuelle, de belles dents.

— Je sais qu'un homme de mon âge ne peut prétendre être désiré mais je saurai te rendre heureuse. Avec moi, tu verras le monde.

Alia garde la tête baissée. Elle ne sait que répondre. Le désarroi, le désappointement, la peur lui nouent la gorge. Comment Si Thami a-t-il pu l'offrir à son oncle ? Elle aurait préféré être renvoyée à Télouet pour y finir ses jours.

Quand Si Abdellah pose sa main sur la sienne, elle ne peut maîtriser un mouvement de recul.

— Ne t'inquiète pas, murmure le vieil homme, je ne te forcerai pas. Avec moi, tu es libre. Tu es ma servante, mais je suis aussi ton serviteur parce que je te désire et veux voir le bonheur sur ton visage. Ne regrette pas ton sort, un homme de mon âge sait le prix d'un cadeau et en rend grâces à Dieu.

Ses deux mains entourent le visage de la jeune fille, avec intensité il la regarde.

— Ton étrange beauté rend bien banales les autres femmes. Tu n'es pas faite pour être une concubine mais une maîtresse, comme disent les Français.

Alia sait qu'elle doit surmonter sa déconvenue, sourire à cet homme puissant qui promet de l'aimer et de l'honorer. Elle n'a pas le choix. Au plus profond d'elle-même, elle va enfouir le désir qu'elle a du corps de Si Thami, de sa voix, de son souffle, de sa bouche. Jamais elle ne confiera son secret à quiconque.

— Je suis votre servante, murmure-t-elle.

Les lèvres de Si Abdellah effleurent les siennes sans s'attarder.

— Je te laisse, dit-il. On a préparé pour toi non un appartement, mais un pavillon. Un serviteur va t'y mener. Quand tu voudras me voir, envoie-moi une servante.

Incrédule, Alia ne cesse de faire le tour de sa nouvelle demeure. Elle jouit d'un pavillon cerné de fines arcades au milieu de l'orangeraie. Deux cyprès entourent la porte d'entrée en cèdre cloutée, un petit bassin orne le patio où poussent un figuier, des cédrats, des hibiscus. Elle a à son service trois fillettes africaines et une femme mûre qui les contrôle, surveille la maison. Mais l'émerveillement ne fait pas perdre conscience à la jeune fille de sa situation. L'immense déception qu'elle vient de subir doit être au plus vite surmontée. Là sera la preuve de son caractère, elle le sait. Dieu dans sa sagesse a voulu lui apprendre que les émotions entravaient la raison. Durant trois années, une idée fixe, une passion l'avait armée contre la solitude, l'ennui, la sensation de se désagréger. Rien n'est certain, elle le réalise aujourd'hui, rien n'est définitif. Désormais, sa vie affective a pour centre Si Abdellah. À dix-sept ans, elle sait tout ce que doit savoir une femme : qu'elle doit s'incliner pour mieux résister, parler avec douceur pour mieux ordonner, se soumettre pour dominer.

Elle ne pleurera pas, ne ressassera pas sa déception. Dans quelques jours, elle ira vers Si Abdellah sans plus regarder en arrière, l'esprit libre, la volonté tendue vers ce qu'elle a toujours désiré : vivre.

La nuit tombe, une pénombre bleue caresse le bassin, les massifs. Alia pense aux pauvres camps des nomades qu'elle a croisés lors de son voyage vers Marrakech, elle croit sentir l'odeur du feu autour duquel les enfants se pressent. Ils ont de trop grands yeux, des cheveux embroussaillés, des vêtements sales. Elle pourrait avoir le sort de leur mère, une nomade usée et lasse, au destin figé par la poussière et par le vent.

Les orangers embaument, Alia se dirige vers le bassin, observe sur la surface de l'eau son visage dont le crépuscule adoucit les contours. Est-elle aussi belle que l'affirme Si Abdellah ? Elle se cherche des yeux, s'observe. Mais quelle importance a son opinion ? Elle est devenue le regard de Si Abdellah.

16

Les matins de semaine, le parc de Versailles n'appartient qu'à lui-même. Les statues se mirent dans les pièces d'eau, les arbres entrelacent leurs branches dénudées.

Jean-René et moi avons dîné en tête à tête quelques jours plus tôt dans un bistrot du quartier et j'ai été agréablement impressionnée par son choix. Tout restaurant soi-disant romantique avec bougies et abat-jour m'aurait déplu. Nous avons passé un bon moment avec dans l'esprit et dans le cœur une multitude de questions auxquelles il n'était pas possible encore de donner réponse.

Nous marchons côte à côte sans nous toucher. Le temps est ensoleillé, froid et venteux. Autour de nous dansent les feuilles mortes racornies par le gel. Je suis émue, mon compagnon aussi. L'âge nous rend la timidité et les incertitudes de l'adolescence. J'ai peur que Jean-René me presse, me bouscule. Il doit craindre d'être rejeté ou incapable de m'aimer physiquement. Ces appréhensions nous ôtent de la spontanéité. Jean-René et moi avons le même âge. Soixante-dix-neuf ans depuis la fin de l'année précédente, signe Verseau, lui du 12 décembre, moi du 10 : caractère sérieux et tendre, sens du devoir mais aussi grande liberté intérieure, disent nos thèmes astraux. En ce qui me concerne, ils ont oublié les doutes, les lâchetés qui poussent à la fuite.

Alors que nous nous dirigeons vers le Petit Trianon, Jean-René mêle ses doigts aux miens. Je sursaute. Les gens âgés qui se prennent par la main m'ont toujours paru ridicules, ce qui est charmant à vingt ans est saugrenu à près de quatre-vingts. Mais nous sommes seuls, pourquoi donner à Jean-René l'impression que je fuis tout contact ? En vérité, j'ignore encore ce que je veux. Tout est arrivé trop vite, je suis émue, heureuse et mécontente tout à la fois. Suis-je pour mon compagnon celle qui va se tenir à ses côtés jusqu'à la fin de sa vie ? Vais-je lui procurer une nouvelle jeunesse ? En ce qui me concerne, il surgit à un mauvais moment. Je veux, je dois écrire et il perturbe cette urgence. Depuis deux jours, je n'ai pas ouvert mon cahier. Ce silence me fait mal.

— Vous êtes un miracle dans ma vie, me dit Jean-René. Depuis la mort de Gisèle, je n'espérais plus être amoureux.

— L'êtes-vous ?

Le ton de ma voix est trop froid. Devine-t-il que je ne vibre pas à son diapason ? Et pourtant, je ne peux le nier, je suis bien avec lui, ses attentions me touchent.

Il s'immobilise, me prend par les épaules, m'oblige à lui faire face.

— Je n'imagine plus mon avenir sans vous.

Ces mots m'effrayent. Toute ma vie, je me suis dévouée à ma famille, à mes élèves, aujourd'hui je n'ai plus envie d'appartenir à quiconque.

Ses yeux cherchent les miens avec une intensité qui me trouble. Je lui souris.

— Nous nous connaissons à peine. Ne confondez pas désir d'aimer et amour.

Ses mains retombent. J'ignore s'il est triste ou irrité.

— Ne vous dérobez pas, murmure-t-il enfin sans me regarder. Ne niez pas vos émotions. Je sais que nous sommes attirés l'un par l'autre.

Même s'il accumule les mots qui me contrarient, je suis décidée à ne pas fuir. Jean-René est séduisant. La veille, il m'a fait livrer un délicieux bouquet de roses blanches. Son geste m'a touchée. Je reprends la marche, mon bras sous le sien. Ce que je ressens est une excitation romanesque, pas vraiment du désir. S'il sait se montrer patient, je pourrai peut-être m'attacher à lui. Tout est en pointillé, dans le domaine du possible, pas encore du probable. Pour orienter la conversation vers d'autres centres d'intérêt, je lui demande de me parler de ses deux enfants, de ses quatre petits-enfants. Il les voit peu. Jamais il n'a dû être un très bon père, encore moins un grand-père attentif. Il ne m'interroge pas sur ma famille.

Nous contournons des bosquets, suivons une allée. Les graviers crissent sous nos pas. Pies, corneilles et moineaux s'écartent à peine lorsque nous passons. À la dérobée, j'observe Jean-René, il semble serein, heureux. Les mâles sont des organismes simples, ils désirent une femme qui semble ne point se dérober. Bientôt elle sera dans leur lit. Ils sont confiants, ravis.

Le vent froid m'oblige à me serrer contre mon compagnon. Nous avançons la tête un peu baissée en silence.

— Faisons demi-tour et allons déjeuner, propose soudain Jean-René. On gèle ici.

La salle est chaude, confortable. Comme il n'est que midi, nous sommes les premiers clients et on nous installe dans un coin tranquille. Je me sens bien.

— Que vont-ils penser aux Amaryllis ? dis-je d'un ton enjoué.

— Que nous déjeunons ensemble.

Nous rions. À travers la table, nos mains se rejoignent.

— J'ai l'impression de faire l'école buissonnière. Serons-nous punis pour cette escapade ?

— Enfermés dans le même cachot où nous ferons l'amour.

Je retire mes mains des siennes, prends la carte. Ce retour constant à la sexualité me contrarie. Dehors une pluie fine commence à tomber. Après le déjeuner, je désire rentrer chez moi, être seule, tenter d'écrire.

— Avez-vous eu beaucoup d'amants ? me demande soudain Jean-René ? Je suis jaloux, explique-t-il aussitôt pour effacer la contrariété perçue dans mon regard.

— Vous agissez en adolescent. Comment mon passé pourrait-il affecter cette… attirance qui nous rapproche ?

J'ai outrepassé ma pensée. Il me prend à nouveau les mains, les serre fort dans les siennes.

— Osez prononcer le mot désir. Je vous désire, vous me désirez. Pourquoi le dissimuler ?

La tarte aux pommes est délicieuse. Jean-René commande un deuxième café. Je me contente de croquer le biscuit posé sur sa soucoupe.

— Allons chez moi prendre un petit verre de chartreuse, me propose-t-il. Je sais que vous l'aimez.

Je m'oblige à ne pas sourire tant son exigence est banale. Il ressemble à Dominique, le conseiller culturel avec lequel j'avais partagé un déjeuner près de Dakar. Sans attendre, il m'avait soumise à la pression de son désir et m'avait définitivement perdue.

Je regarde Jean-René droit dans les yeux, ma voix est très calme :

— Je vais plutôt me reposer chez moi.

Un instant, j'ai failli lui avouer que j'écrivais, mais cette confidence lui donnerait une autorité que je ne veux pas lui octroyer. Très vite il désirerait prendre en main mon emploi du temps : ce qui lui revient et ce qu'il veut bien m'accorder pour mon violon d'Ingres.

Profitant d'un encombrement qui immobilise la voiture, il passe un bras autour de mes épaules et pose ses lèvres sur les miennes. Ce chaste baiser m'émeut.

— J'ai passé un bon moment avec vous, dis-je.

— Et moi avec toi.

Le tutoiement doit être la conséquence du baiser. Tout a un prix.

À la maison, je me prépare aussitôt une tasse de thé, mets en sourdine un CD de jazz, allume une bougie. J'ai besoin de retrouver mes marques, de me pelotonner dans l'obscurité, de réfléchir, de me reprendre. Soudain mes yeux tombent sur une photographie du Glaoui que j'ai fait encadrer. Il est jeune, assis sur un divan. Un coude appuyé sur un coussin, il tient ouvert un livre sur le Maroc mais regarde l'objectif. Il porte une fine moustache, une courte barbe. La photo a été prise en 1935 ; à cette époque, Alia est ailleurs, plus très loin cependant. Sur ce portrait, le regard du Glaoui est moins volontaire, il me semble y lire une vulnérabilité, une certaine solitude aussi, en dépit des courtisans qui l'entourent et ne cessent de le flatter, en dépit de l'amitié que lui porte la France. Il n'est pas beau mais de sa personne se dégage du charme, un grand pouvoir de séduction. Sans aucun doute, il m'aurait fascinée. D'Alia, je n'ai nul portrait, seulement la description faite par Jamila sur une des cassettes : Alia était une séductrice, Si Thami et elle étaient faits l'un pour l'autre. Combien de fois ont-ils dû se défier, s'affronter, se dompter ? Je pense à un lion et une lionne, à deux panthères. Yeux de leurs yeux, âme de leur âme.

Alia veut dormir, être belle le lendemain pour aller vers Si Abdellah. Le matin, elle se rendra au hammam. Elle veut embaumer le musc, un parfum lourd qui enivre, tourne la tête. Sur sa déception, elle a jeté un voile qui estompe ses formes trop aiguës, celles qui blessent. Elle ne la regardera jamais plus en face.

La vieille servante lui tend un verre d'eau parfumée à la fleur d'oranger dans laquelle elle a versé quelques gouttes de laudanum. Alia dort, elle rêve aux eaux d'un paisible bassin sur lequel glissent des cygnes. Le soleil monte, il est chaud, blanchit les colonnes, la surface du bassin. La jeune fille pleure dans son sommeil, elle voudrait revenir au moment où elle a remis le chapelet d'ambre au Pacha. Peut-être suffirait-il alors d'un instant pour tout changer.

Au hammam, l'eau ruisselle le long des corps, s'étale en flaques sur les mosaïques. Alia mange une orange. Sur ses lèvres, le jus se mêle à la vapeur d'eau. Elle veut garder les cheveux libres dans son dos, les pieds nus. Le caftan qu'elle choisit est en satin rosé, sans fioritures, elle ne portera pas de bijoux. Mais sa peau, son haleine embaument, ses ongles sont nacrés, ses lèvres rougies, ses yeux soulignés de khôl. On ne voit que son visage avec sa pureté qui intimide, sa sensualité qui donne le frisson.

Sous les arcades, les carreaux de faïence sont frais. Alia jouit de leur contact sur la plante de ses pieds. Instant après instant, c'est la règle de vie qu'elle se donne désormais. Finis les rêves, les divagations sentimentales. Le long de la galerie qui mène aux logements de la famille du Pacha, les colonnes se succèdent, toutes couvertes de mosaïques aux couleurs de pierres précieuses qui forment des rosaces, des losanges, des bandeaux de fleurs, des semis d'étoiles. L'ombre d'Alia s'étire de l'une à l'autre, disparaît. Elle est arrivée devant la porte de l'appartement de Si Abdellah. Il l'attend.

Le salon est sobre, les couleurs sourdes des divans se fondent dans le bois de cèdre sculpté des boiseries, au milieu des mosaïques où sont simplement calligraphiés des versets du Coran. Celui qui regarde entrer Alia est un homme mûr. Il n'y a dans son expression ni hauteur, ni concupiscence, ni humilité.

— Merci d'être venue, prononce-t-il d'une voix douce.

La domestique referme la porte. Alia entend le silence tout juste froissé par le bourdonnement d'une mouche. Elle n'est plus intimidée, elle n'a plus peur, n'est plus sur la défensive. Celui qui va devenir le maître de son destin ne l'attire pas physiquement mais il capte son intérêt, fait surgir en elle des émotions simples qui la tranquillisent. Avec cet homme de quarante ans son aîné, elle ne sera plus sur le qui-vive, pourra goûter le fil des jours et, surtout, s'instruire, connaître d'autres lieux, d'autres façons de vivre.

Elle va vers lui, s'incline, veut baiser le bas de sa djellaba mais il l'immobilise, la redresse.

— Pas de soumission entre nous, murmure-t-il, jamais. J'ai assez vécu pour connaître les jeux de l'amour et celui, si douloureux, de la domination et de la sujétion. Oublions-les tout de suite. Je te souhaite libre en face de moi, dans tes paroles, dans tes actes, dans ton désir. Après, plus tard, tu pourras aller rejoindre notre Pacha, que Dieu le bénisse. Alors tu seras pour lui une bonne compagne.

Alia ne sait quoi répondre. Dans la lumière qui pénètre à flots dans le jardin, sa chevelure prend des reflets cuivrés, sa peau semble veloutée.

— Tu es belle, dit Abdellah. Beaucoup d'hommes auraient pu abuser de toi. Le sais-tu ?

Alia prend la main de son interlocuteur et y pose ses lèvres. Elle est émue.

— Tu seras heureuse avec moi, poursuit Si Abdellah. Je ne te prendrai pas contre ta volonté. J'ai passé l'âge de ce genre de plaisir égoïste.

— Je suis à vous, balbutie Alia.

Un reste d'appréhension lui fait craindre que Si

Abdellah ne la renvoie, l'oublie. De toutes ses forces, elle veut s'attacher désormais à cet homme bon qui lui parle plus en ami qu'en maître. Jamais elle n'a connu, imaginé même des relations empreintes d'amitié entre un homme et une femme. Un chat et une souris, l'un guette, l'autre s'offre, s'esquive, ou joue au don et à la fuite. Des rapports ambigus, sensuels, parfois cruels, ou la recherche éperdue d'une sécurité nouent des liens qui, même dissimulés, entravent et avilissent. Les femmes existent par l'érotisme ou le mariage et la maternité.

— Je suis à vous, répète Alia.

Elle redresse la tête, plonge son regard dans celui de Si Abdellah.

— Vous avez ma confiance et mon respect.

Avec des gestes lents, très doux, il caresse les contours du mince visage. Son doigt s'attarde sur les lèvres.

— Ne me mens pas, ne fais jamais semblant. Si tu ne veux plus de moi, sois assez courageuse pour me le dire. Et maintenant, viens, nous allons partager le déjeuner. J'ai fait préparer un plat français que jamais tu n'as goûté.

Le ciel est sans nuages. Alia a le cœur qui bat vite. Elle n'a plus envie de revenir sur ses pas.

La chambre est éclairée de lanternes aux verres teintés de rouge carmin. Alia a dénoué ses cheveux. Vêtue d'une simple chemise de toile, elle attend que Si Abdellah la rejoigne. Elle est prête. Une page de sa vie va se refermer, une autre s'ouvrir. Elle acceptera alors son statut d'enfant volée, d'esclave, de servante, elle supportera le souvenir de l'amie qu'elle a trahie. Tout est entre les mains de Dieu.

Longtemps elle a cru que Si Thami la ferait femme, aujourd'hui elle comprend la futilité, la puérilité de tels rêves. Elle était une petite fille. La vie est une rivière qui va où bon lui semble.

La lumière des lanternes joue sur les murs, étend des ombres ondulantes comme des corps de sirènes, semble brûler les paroles sacrées écrites sur les carreaux de faïence. Le vent de la nuit est doux, il sent la poussière et la fleur d'oranger. Alia sait que les moments à venir vont tout laver, la faire renaître.

Si Abdellah porte, lui aussi, une longue chemise. Il est pieds nus, tête nue. La chambre est silencieuse.

— Dis oui, et en échange du bonheur que tu me donneras, je t'offrirai le monde.

— Oui, balbutie Alia.

Elle s'approche de Si Abdellah, ne l'enlace pas mais pose sa joue sur son épaule. Un moment, ils restent ainsi, immobiles l'un contre l'autre. Alia ferme les yeux. Puis Si Abdellah prend la main d'Alia, la tient avec fermeté, l'amène jusqu'au lit.

— La plupart des hommes, murmure-t-il, éprouvent un grand bonheur à déflorer une vierge. Pas moi.

Il sourit.

— S'il nous faut quelques jours, nous prendrons le temps, mais ce moment important dans la vie d'une femme doit laisser un souvenir heureux.

Alia dort longtemps. Si elle est encore vierge, c'est que son amant l'a voulu ainsi. La nuit fut toute de gaîté, de complicité, de gourmandise.

Quand elle s'éveille, Si Abdellah n'est plus à son côté mais il a laissé un peu de son parfum, du citron vert mêlé à de la bergamote sur les coussins. Sur la pointe des pieds, une servante entre. Elle porte un plateau sur lequel sont posés un bol de soupe, de petites crêpes au miel, des fruits, pommes, oranges, grenades, épluchés et coupés en quartiers. Intimidée, la servante baisse les yeux. Alia comprend qu'elle est désormais la maîtresse, celle à qui l'on obéit.

Derrière la servante se tient une femme d'un certain âge dont l'attitude est empreinte de dignité.

— Je suis là, dit-elle d'une voix décidée, pour prendre les mesures de vos poignets, de vos doigts, de votre cou. Un ordre de Si Abdellah, que Dieu le bénisse !

17

Quand Jean-René pose la main sur ma cuisse, je sursaute. Sans la désirer avec ardeur, je sais cependant que nous allons vers une relation physique. « Après avoir repoussé toutes les autres, une dernière occasion se présente », me dis-je. Mon écriture souffre de ce chambardement. Faire l'amour à soixante-dix-neuf ans n'est pas une mince affaire et il faudra que mon compagnon m'offre beaucoup de tendresse, possède infiniment de délicatesse pour me conquérir. Je suis sur le fil du rasoir, un instant heureuse, confiante, l'instant suivant angoissée, stupéfaite de m'être laissé embarquer dans une telle histoire. Veuve depuis plusieurs années, j'ai pris goût à la liberté et suis certaine de ne pouvoir m'adapter à une cohabitation. Je veux pouvoir dormir seule, travailler seule, disposer des moments que je désire passer sans autre compagnie que moi-même. Ces restrictions sont-elles de mauvais augure ?

Jean-René m'embrasse avec la science d'un homme mûr. Je ne parviens pas à m'envoler, mais ce contact physique m'a émue. Désormais, il m'est impossible de reculer sans passer pour une idiote. Je n'ai plus l'âge de la coquetterie.

— Allons dans ta chambre, souffle-t-il.

Je suis déçue. À nos âges, un week-end dans une confortable auberge m'aurait davantage fait plaisir qu'un saut dans le lit voisin. Timidement, je suggère :

— Et si nous attendions un moment propice ?

Il rit.

— Il est là, ma chérie, ne le laissons pas passer.

Dans la chambre, il me laisse me déshabiller seule et passe dans la salle de bains. Je vois le magnolia avec ses feuilles vernissées, le ciel gris et bleu, la commode où sont posés les portraits de Laurent, de mes parents, de Damien. J'ai la gorge nouée.

Lorsque Jean-René surgit en caleçon, il semble moins sûr de lui. Du fond du lit où je me suis glissée pour qu'il n'ait pas le spectacle de mon corps nu, je devine même un peu d'angoisse dans son regard.

Il s'allonge auprès de moi, me prend dans ses bras.

— J'espère que je pourrai, souffle-t-il, il y a si longtemps que je n'ai pas fait l'amour.

Ce doute me mine. Dans quelle galère nous embarquons-nous ?

Il n'a pas pu. J'ai dit les mots que prononcent toutes les femmes : « Aucune importance pourvu que nous soyons bien ensemble… je suis flattée de ton émotion, elle est le plus beau cadeau que tu puisses me faire. » Il m'écoute, l'air malheureux.

— La prochaine fois, décide-t-il, je prendrai du Viagra.

Ce mot me glace. Où en sommes-nous arrivés ? Il veut dormir auprès de moi. Aurai-je le courage de refuser ? Après cet échec, il prendrait cette rebuffade pour du ressentiment. Je me tais. Je suis en colère contre moi-même.

Avec effroi, je découvre que Jean-René est radin. Et, cependant, il a de la fortune, une retraite plus que confortable. Tout doucement il me pousse vers une routine peu coûteuse mais sans charme, faire l'amour l'après-midi après avoir pris un thé ou un whisky.

J'ai enfin exprimé mon besoin d'indépendance et il m'a laissée seule après le dîner. Mais il m'en veut, me trouve distante et ne manque pas une occasion de me le reprocher. Il voudrait de la passion, des déclarations voluptueuses. Je lui offre ma tendresse, une écoute amicale.

Nous faisons désormais l'amour presque normalement mais mon corps reste sage. J'aime le contact de la peau de Jean-René, son odeur, mais je n'éprouve pas le moindre plaisir. S'en aperçoit-il ? Je lui déclare être heureuse et il semble s'en contenter.

Depuis une semaine, je n'ai pas écrit, je ne peux pas. J'ai l'esprit ailleurs, dans un ailleurs qui me ligote et me dévore.

Dans son délicat pavillon au milieu des orangers, Alia m'attend. Elle veut retrouver Si Abdellah, passer avec lui des nuits de tendresse et de gaîté. Elle n'est pas amoureuse mais apprécie sa compagnie. Il est intelligent, tendre, généreux. Est-ce cet homme mort depuis longtemps que j'espérais ? Pourquoi Jean-René ne comprend-il pas que faire l'amour l'après-midi aux Amaryllis est d'un terne à périr ! Pourquoi ne propose-t-il pas un week-end, un voyage, un dîner dans un bon restaurant parisien, une soirée à l'Opéra ? Il se contente avec bonheur d'une routine qui me hérisse.

J'apprends à m'exprimer et mes mots le blessent, le rendent malheureux. Je le domine. Il veut que je le désire, le chérisse, que je recherche sa présence. Banales utopies de l'amour.

— Amène-moi ailleurs pour un moment, ai-je enfin le courage d'exiger. Faire l'amour dans une maison de retraite est un peu déprimant.

Jean-René semble étonné. Quand deux êtres sont heureux ensemble, le cadre a-t-il de l'importance ?

Il bruine lorsque je m'installe dans sa voiture. Il m'amène à Trouville dans un petit hôtel dont il connaît la bonne réputation.

J'aime la côte normande en hiver. L'air salin, le vent, les couleurs sourdes m'apaisent.

L'auberge est confortable mais Jean-René a retenu une chambre qui n'offre qu'un lit assez étroit. Pour ne pas me montrer grincheuse, je décide de ne faire aucune remarque et d'accepter deux mauvaises nuits. Demain, j'irai dans une pharmacie m'acheter de légers somnifères.

Bras dessus, bras dessous, nous faisons une promenade le long de la mer. Je me détends.

— Nous créons une révolution aux Amaryllis, dis-je en riant. Deux vieux en goguette ! Madame Moret doit froncer les sourcils !

Il serre mon bras contre lui.

— Tous les hommes là-bas sont amoureux de toi.

— Qui donc ? Maurice Dubreuil ? Raymond Sautier qui va fêter ses quatre-vingt-dix printemps ? Tu m'offres une cour bien séduisante en effet.

Quelques rayons de soleil jouent sur la mer, creusent des lignes verdâtres ou argentées. Des vaguelettes moussent au bord de la plage. Je dois reconnaître que je me sens bien.

Nous prenons le thé dans une brasserie, bien au chaud au fond de la salle. La serveuse nous propose des crêpes que Jean-René accepte. Il porte un gros chandail bleu marine, un pantalon de velours côtelé, un blouson. Pour un homme de son âge, il est certes séduisant. « Il a de la classe », aurait dit maman. Pourquoi ma réserve ? À cause de l'absence de plaisir physique ? Pas seulement. J'ai tout simplement passé l'âge de nouer des liens étroits, d'accepter le lit commun et les petits malaises partagés. Si Jean-René me laisse libre, notre relation pourra durer, sinon à court ou long terme, elle est condamnée.

Je l'interroge sur son passé. Même s'il s'est autorisé quelques liaisons, il a beaucoup aimé sa femme. Il évoque deux maîtresses qui l'ont retenu quelque temps. Quand je devrais éprouver un zeste de jalousie, j'ai du mal à concentrer mon attention sur ses propos. En réalité, je m'en fiche. Seuls ses souvenirs de voyage m'intéressent. Il a parcouru le monde et s'estime maintenant blasé. L'avion le fatigue, les hôtels internationaux l'ennuient. Nous resterons donc aux Amaryllis, où peu à peu les pensionnaires se sont habitués à nous considérer comme un couple. Maurice Dubreuil fait contre mauvaise fortune bon cœur et m'adresse à nouveau la parole avec amitié.

Sans nous hâter, nous regagnons l'hôtel qui donne sur le port de Trouville. Une belle soirée nous accompagne avec un coucher de soleil qui jette sur la surface de la mer des rubans de moire. Le vent embaume le varech, pique les joues, les mains.

Dans la chambre aux murs couverts d'un papier peint vert et beige, il fait bon. Jean-René m'aide à ôter mon manteau. Sa bouche cherche la mienne.

— L'iode a sur moi un effet érotique, souffle-t-il. Ce soir, pas de Viagra.

Le dîner est délicieux. Dans la salle de restaurant, quelques amis se sont regroupés autour d'une longue table sur laquelle les bouteilles de muscadet abondent. Ils parlent fort, rient. J'ignore ce qui me pousse à remarquer :

— Les vieux sont des solitaires.

Tout de suite, je m'en veux. Trop souvent désormais, je joue avec le mot « vieux » comme avec le feu. À un moment ou à un autre, il me consumera.

— Les amoureux sont des solitaires, corrige Jean-René.

Notre bouteille de pouilly-fuissé est presque achevée. Quand le serveur pose devant nous les tartes fines flambées au calvados, j'ai la tête qui tourne. Ce que je vis me semble de la fiction. C'est à Marrakech que je suis chez moi, loin des maisons de retraite, des compagnons décrépits, loin de ce monstre prêt à me dévorer : l'impression d'être une vieille femme. Oui, j'aimerais m'attabler avec les joyeux amis qui festoient à côté de nous, parler politique, cinéma, bouquins, voyages, plaisanter, m'enthousiasmer. Les femmes ont la quarantaine, leurs visages lisses ont la séduction d'un début de maturité, leurs enfants entrent dans l'adolescence, leur carrière est lancée, elles semblent sûres d'elles. Sans doute aiment-elles faire l'amour, sans doute ressentent-elles du plaisir. Leurs hommes ne prennent pas de Viagra.

Puisque je suis sûre de mal dormir, je me paye le luxe d'un expresso.

Dans la chambre, j'ouvre grand la fenêtre. L'air humide et froid me fait du bien. Dès lundi, je me remettrai à écrire. Jean-René devra le comprendre et l'accepter.

En ce moment, vêtu d'un pyjama de flanelle grise, il est en train de se brosser les dents et m'attendrit.

Nous passons quelques heures très tendres et, à ma grande surprise, je dors à peu près bien. « Tu compliques toujours tout, maman », me reprochait Damien lorsque ses projets ne coïncidaient pas avec les miens. L'habitude sans doute de ne rien laisser à l'imprévu, aussi bien dans mon rôle de professeur que de femme de diplomate. Enfant, adolescente, j'étais plus fantaisiste.

Nous nous faisons apporter le petit-déjeuner dans la chambre, le lit est douillet. Derrière les carreaux, une brume légère fond le ciel à la mer.

— Pourquoi ne vivons-nous pas tout à fait ensemble ? me demande Jean-René en achevant son café. Payer deux loyers est absurde. Il suffit de rajouter un lit dans ta chambre et le tour est joué.

Il sourit, me prend par les épaules, me serre contre lui, manifestement au comble du bonheur. Mon bien-être à moi s'est évaporé.

— J'ai déjà un mal infini à accepter la vie communautaire des Amaryllis. Il ne faut pas m'en demander davantage.

J'ai dû être trop abrupte, maladroite, car Jean-René retire son bras de mes épaules.

— Merci, ma chérie, tes preuves d'amour me vont droit au cœur.

Sans me hâter, avec tendresse, je lui explique que partager salle de bains et kitchenette à nos âges est un inconvénient majeur. Une cohabitation serait envisageable dans un grand appartement, pas aux Amaryllis. En outre, même si je n'en parle pas, j'ai une activité qui nécessite solitude et silence. J'écris. Non, je ne prétends pas devenir un auteur à succès, n'espère pas même être publiée, mais l'histoire que je raconte me procure de grandes satisfactions.

L'œil allumé, Jean-René m'interrompt :

— C'est un roman ?

— Un peu, pas tout à fait. C'est une histoire.

— Je peux la lire ?

— Non.

Mon refus a fusé avec trop de spontanéité et de force. Mais, à ce stade, livrer Alia à un étranger est impensable.

Jean-René rejette les couvertures, se lève, arpente la chambre. Je n'arrive pas à deviner s'il est malheureux ou furieux, mais son expression me fait un peu peur. Je l'ai blessé.

— J'ai l'impression d'être seul dans notre relation,

lance-t-il enfin. Ne pourrais-tu m'aimer un peu plus fort, un peu mieux ? Il me semble parfois que tu me fais l'aumône de ta présence.

Ce qu'il dit est vrai, trop vrai. Je ne trouve pas de mots pour protester, je n'ai pas envie de me jeter à son cou. Je reste immobile, muette, le cœur serré. Jean-René et moi sommes sur des chemins différents. Il voit en moi une compagne prête à partager chaque instant de sa vie, j'espère de lui une amitié tendre, intelligente, tolérante et discrète. En désespoir de cause, je propose :

— Habillons-nous, allons nous balader à Honfleur.

Mais Jean-René continue à arpenter la chambre sans me regarder. Pourquoi ne pas faire mon sac et prendre le premier train pour Paris ? Je serai dans l'après-midi aux Amaryllis. Je me ferai du thé, allumerai ma bougie, ouvrirai mon cahier. Où ai-je laissé Alia ? Les mots reviendront-ils avec aisance ?

Enfin mon compagnon s'immobilise, me fait face. Je vois de la tendresse à nouveau dans son regard et je suis désespérée d'admettre que ce changement me démonte. Je ne suis pas habituée aux relations en dents de scie. Laurent et moi avons eu de l'amour, puis une grande amitié l'un pour l'autre, de la complicité, du respect. Nous haussions rarement le ton et ne jouions jamais à « je t'aime, je ne t'aime plus ». Nous partagions souvenirs, projets, famille, intérêts. À Jean-René, rien ne me lie vraiment sinon une maison de retraite.

— Je t'aime, me dit-il. Soyons heureux, ne laissons pas passer cette chance.

Je suis restée et nous nous sommes baladés, avons partagé un déjeuner de crevettes et de fromages normands. Mais je n'arrive pas à chasser complètement un certain malaise. On rêve de mettre un peu de piquant dans sa vie et on se retrouve troussée comme une volaille. Les exigences de Jean-René me prouvent qu'il n'est pas fait pour moi. Je ne veux pas mettre mes pantoufles à côté des siennes, je refuse de voir nos brosses à dents dans le même gobelet. Je ne rêve que d'évasion.

De retour aux Amaryllis, je lui fais comprendre que je désire être seule jusqu'au dîner. Ma voix est douce, je souris, je fais des efforts pour ne pas le blesser. S'il insiste, je sens que je me mettrai en colère ou fondrai en larmes. Je suis perturbée, fatiguée.

Jean-René m'accompagne en silence jusqu'à ma porte et là, soudain, il me prend par les épaules, me serre contre lui.

— Aime-moi, désire-moi, demande-t-il d'une voix suppliante.

Les mots reviennent tout de suite. Mon appartement sent bon, me protège. Si je n'y suis pas attachée sentimentalement, il est une écorce dont il faut que je me contente. Avec le temps, je m'y suis adaptée. Ce qui me touche ici vient de moi, meubles, tableaux, souvenirs. Ils font partie de ma mémoire et tous ensemble nous survivons.

Pour mieux savourer la joie d'être seule, je n'irai pas dîner. J'appellerai Jean-René au dernier moment pour lui dire que je me couche de bonne heure. J'ai passé mon pyjama, des pantoufles, jeté sur mes épaules un châle. Je suis bien.

18

Le soir, en se rendant chez Si Abdellah, Alia croise le Pacha qui marche avec quelques compagnons dans le jardin. Leurs regards se rencontrent, ont du mal à se quitter. Enfin Si Thami poursuit sa route sans se retourner.

Alia reste figée. Elle sait qu'elle serait folle de lui laisser son cœur. De toutes ses forces, elle doit s'attacher à Si Abdellah, là est la chance de sa vie. Les cartes sont distribuées, elle doit jouer au mieux de ses intérêts. Les humbles qui vivent dans le sillage des princes n'ont aucun droit.

Cette nuit la fera femme, elle le sait, elle le veut. Son empire sur Si Abdellah doit commencer à ce moment-là. Nejma lui a appris que même éperdu d'amour, l'homme reste un adversaire dont il ne faut pas sous-estimer le pouvoir. Dominer ou se soumettre est un jeu difficile et changeant dont les règles imposent la vigilance, l'art de mentir, de flatter ou de blâmer, d'être modeste ou exigeant, de rester sur le qui-vive, de ne jamais brûler ses vaisseaux. Et cependant, Nejma, si savante dans l'art de l'amour, a tout perdu.

Ce soir, le quartier des femmes célèbre une naissance. Yasmina, la seconde épouse d'un cousin du Pacha, a mis au monde un fils, son premier enfant. Alia a fait porter un cadeau, une boîte de vermeil où est gravé un verset du Coran. Si Abdellah ne lui refuse rien, argent, bijoux, elle peut tout demander mais elle se veut discrète, désintéressée. Plus tard, elle pourra se permettre d'être exigeante, pas maintenant.

Cette naissance l'oblige à réfléchir sur sa propre fertilité. À aucun prix, elle ne veut tomber enceinte. La venue d'un enfant toucherait sans doute Abdellah mais la rejetterait d'emblée dans le lot des mères, des concubines engrossées, lourdes, respectées et mises au rancart. Sur le conseil d'une de ses servantes, elle a fait venir en secret de la ville une femme capable de la rendre inféconde. Elle attendait une vieille sorcière et a été étonnée de voir se présenter une femme entre deux âges, rondelette et amène. Très cher, elle lui a vendu des éponges, onguents et herbes qu'Alia a enfermés à clef dans un coffret.

Sans bouder son plaisir, Alia danse et chante avec ses compagnes, joue du tambourin, de l'oud. Le respect qu'on lui témoigne la remplit de fierté. Enfant volée, esclave, elle a grimpé tous les échelons.

La mère de l'enfant trône sur un fauteuil doré recouvert de velours rubis. Elle exhibe ses bijoux, porte un caftan de soie brodé de fils d'or. Ce jour marque son apothéose.

Deux figuiers entourent le pavillon où se déroule la fête. Devant, derrière, on ne voit que des buissons d'hibiscus, des touffes de chèvrefeuille, des colonnades de cyprès. Jour après jour, une armée de jardiniers peine à entretenir les féeriques jardins du palais.

Esclaves et servantes garnissent une table de pâtisseries, de fruits confits, de pâtes d'amandes, disposent des pichets de limonade, surveillent les bouilloires, jettent thé et feuilles de menthe dans les théières de cuivre.

À la tombée du jour, les femmes se reposent et mangent. Chants et danses reprendront la nuit, à la lumière des flambeaux. Le miel ruisselle sur les mentons, les fruits confits poissent les mains tatouées au henné. Sans cesse les servantes passent avec des bassines d'eau tiède, de fines serviettes de lin.

Sur la pièce d'eau, la lueur jaune des torches frissonne, une multitude d'insectes dansent. Assise à côté de la jeune mère, Alia savoure ces moments où elle laisse s'exprimer sa jeunesse, son exubérance. Si Abdellah déteste le bruit, la foule. Autour de lui, tout est paisible, mais il sait évoquer des souvenirs qui frappent l'esprit de la jeune femme.

La lune qui se lève ressemble à une orange sanguine, entre l'or et le pourpre. Les fleurs nocturnes embaument. Quelques semaines encore et ce sera le long été qui brûle, pèse, pousse à la paresse, à la douceur de l'oisiveté.

Une servante chante d'une voix rauque de vieilles complaintes berbères. Les bracelets d'argent qu'elle porte aux poignets cliquettent au moindre geste. Elle a la peau foncée, une tignasse frisée, des yeux noirs comme de l'encre de Chine. La musique accompagne la voix rauque, fait battre les pieds nus sur les carreaux de céramique vernissée. Une à une les torches s'éteignent. La fête s'achève.

— Je vais t'envoyer un tailleur, une couturière, annonce Si Abdellah. À la fin de ce mois, nous nous rendrons à Paris.

Alia reste muette. Paris, la France ? Une joie extrême et une terrible frayeur lui serrent le ventre. Qu'attendra-t-on d'elle dans ces lieux étrangers ? Comment devra-t-elle se comporter ?

Un sourire aux lèvres, l'oncle du Pacha l'observe. Il sait ce qu'elle ressent et s'amuse de son désarroi.

— J'y dispose d'un appartement dans un hôtel réputé. Tu y seras chez toi. Quant à la vie parisienne, tu la découvriras avec moi. Tu n'es pas le genre de femme à rester enfermée durant son existence entière à Marrakech. Je veux te faire découvrir le monde. Tu n'en seras que plus fière d'être marocaine.

De retour chez elle, Alia se ressaisit. Elle doit sortir victorieuse de cette épreuve, apprendre à éviter tout faux pas, des comportements jugés ridicules chez les roumis. À Paris, elle ne sera pas grand-chose, la jolie maîtresse d'un homme riche, une fille sans éducation ni manières raffinées.

Elle doit apprendre à utiliser les couverts, boire, se tenir à table à la façon des Français, connaître quelques mots de leur langue. Mais où trouver une Française éduquée qui accepte de venir au palais lui enseigner ces choses ? Les épouses des dignitaires qui vivent à Marrakech n'accepteront jamais et peu d'entre elles, par ailleurs, s'intéressent assez au Maroc pour acquérir la connaissance de l'arabe.

Le tailleur est venu prendre ses mesures pour lui confectionner un manteau, une robe qui découvriront ses chevilles, un long paletot de cachemire. En mars, il fait frais à Paris, affirme-t-il. Alia pense aux nuits d'hiver à Télouet quand soufflait le vent du nord. Toutes deux drapées dans le même châle, Nejma et elle se serraient l'une contre l'autre. Dans le ciel, les étoiles formaient un tapis de lumière. « Envolons-nous, proposait Nejma en riant, filons loin d'ici, toi et moi. Nous trouverons bien un endroit où nous serons heureuses. »

Alia gronde le tailleur qui l'a blessée avec une épingle. Elle hausse la voix pour ne pas pleurer.

La couturière chargée de confectionner combinaisons et blouses de soie est française. Petite, brune, mince, elle a servi chez une aristocrate angevine avant de la suivre au Maroc où son mari venait d'être nommé. Très appréciée, heureuse, elle y est restée.

Aux mille questions d'Alia, elle répond avec franchise. Même compagne officielle de Si Abdellah, elle ne sera pas reçue chez les Français mais elle pourra connaître la vie parisienne, l'Opéra, assister à des spectacles, découvrir les meilleurs restaurants. Le Grand Hôtel où elle va descendre lui plaira, elle y jouira du même confort que dans les appartements du palais destinés aux hôtes européens ou américains : salle de bains, profonds fauteuils, lits moelleux, meubles raffinés, œuvres d'art moderne. Mais elle devra s'habituer à y voir représenté le corps humain, même dans sa nudité.

Les yeux écarquillés, Alia écoute mademoiselle Bonot. Vêtue à l'européenne, pourra-t-elle se promener dans les rues ? Les hommes ne vont-ils pas l'importuner ?

Marie-Jeanne sourit.

— Si un homme se comportait mal, madame, la police interviendrait.

— Et si je suis en caftan ?

— Le soir, en compagnie de Si Abdellah, vous pourrez l'être. Dans la journée, mieux vaudra vous vêtir d'un simple tailleur. Vous sortirez avec chapeau et gants et serez accompagnée d'une femme de chambre française qui vous évitera tout écueil.

— Venez avec moi, supplie Alia. Sans vous, je serai perdue.

La promesse d'un généreux salaire décide mademoiselle Bonot. Elle escortera Alia à Paris, lui servira de couturière, de dame de compagnie, d'initiatrice. Au fond d'elle-même, elle sait que la jeune maîtresse de Si Abdellah sera déçue par l'accueil des Français. Elle admire pourtant cette femme qui, en dépit d'un caractère affirmé et d'une volonté de fer, a gardé une grâce encore enfantine. Il y a plus de noblesse en elle qu'en bien des femmes du monde à Paris et son admiration pour les Marocaines ne fait que croître avec les années passées dans leur pays. Qu'elles vivent dans des maisonnettes ou dans des palais, recluses la plupart du temps, accablées d'enfants, de tâches ménagères ou agricoles pour les plus pauvres, elles gardent une grande dignité, une intarissable générosité.

Vite Alia oublie angoisse et sentiment d'infériorité pour se laisser aller tout entière à la joie. Elle va connaître les bateaux, la mer, évoquée par Nejma, découvrir les restaurants et night-clubs où dansent et chantent des artistes de talent. Parfois, comme une risée qui passe sans s'attarder, elle a l'impression que sa compagne est là toute proche, qu'elle lui souffle : « Va, va, vis à ma place, tout a un sens. »

Les malles se remplissent. Si Abdellah est heureux comme un jeune homme de donner Paris en cadeau à Alia. Il lui offre un livre de photographies où la jeune femme découvre des monuments, le spectacle des rues, des marchés. Avec étonnement, elle voit des hommes et des femmes se donner le bras, de minuscules chiens frisés parés de rubans, des boutiques qui ressemblent à des palais. Seuls les enfants sont un point de repère. Comme au Maroc, ils courent libres et joyeux, mangent des gâteaux, s'amusent avec des ballons et des cerfs-volants.

Bombardé de questions par Alia, Si Abdellah prend le parti de rire. Oui, il l'amènera au restaurant, dans un cabaret. Il le nomme : le Lido. Alia répète ce nom encore et encore, il sonne comme une incantation magique susceptible d'ouvrir la porte d'un lieu inconnu et paradisiaque.

En réalité, Si Abdellah est préoccupé. Son voyage à Paris lui fera rencontrer des personnalités françaises susceptibles d'intervenir dans l'éventuelle succession du sultan Moulay Youssef qui est malade. Celui-ci a plusieurs fils, tous soutenus par une coterie. Vers lequel se tourneront les Français ? Leur influence jouera sur les oulémas chargés de la nomination. Le

Glaoui doit officiellement se montrer neutre mais ne peut l'être vraiment. Son oncle est chargé de faire valoir la manière dont il considère la succession.

Dans les coffres qui encombrent le pavillon, Alia fait entasser caftans, babouches, ceintures, voiles de gaze légers comme des nuages. Avec une moue dubitative, mademoiselle Bonot observe les servantes. La jeune femme ne portera pas le dixième de ce qu'elle emporte. À l'hôtel, elle vivra en négligé avec les deux servantes qui l'accompagnent. Dans la rue, au restaurant, Si Abdellah tiendra à la voir vêtue à la française. Elle a confectionné pour la jeune femme de jolies blouses de soie aux sages décolletés mais tombant bas sur les hanches comme l'exige la mode, des combinaisons de crêpe de Chine. Le tailleur marocain a achevé un manteau à large col de renard argenté, une robe de soirée en mousseline coupée comme un caftan européanisé, un tailleur en lainage bleu dont la jupe tombe aux chevilles, en dépit de la mode à la garçonne qui les raccourcit. Les chapeaux cloches portent des voilettes qui sauvent les traditions, donneront à la beauté de la jeune femme une touche mystérieuse.

Pour sa part, mademoiselle Bonot doit reconnaître qu'elle est heureuse de passer quelques jours à Paris. Elle en profitera pour faire la tournée des couturiers, prendre des croquis, moderniser son catalogue afin de satisfaire les Français établis au Maroc. Peut-être embauchera-t-elle une petite main. Son rêve est d'ouvrir une boutique de mode à Rabat, une autre plus tard à Marrakech.

Le voyage en automobile jusqu'à Tanger, le bateau, l'arrivée à Marseille jettent Alia dans un état d'euphorie, d'étonnement, de brusque révolte parfois. Respectée jusqu'à Tanger, elle n'a pas rencontré sur le bateau la même attitude déférente de la part du personnel de bord. À Marseille, il lui semble que Si Abdellah passe inaperçu. Une voiture les attend pourtant sur le quai conduite par un chauffeur vêtu de sombre comme ceux des roumis qui viennent visiter le Glaoui. Elle va s'y installer quand son amant l'arrête. Il va voyager avec son secrétaire et son conseiller, elle fera route avec mademoiselle Bonot et une des servantes. Ses deux valets et la dernière domestique suivront dans une troisième voiture. « Les convenances, explique-t-il. Nous devons nous comporter selon nos coutumes. Mais ne t'inquiète pas, nous nous retrouverons aux étapes. »

Le nez collé à une des vitres de la longue berline noire, Alia écarquille les yeux. Ce qu'elle découvre la stupéfie bien davantage que l'album de photographies feuilleté à Marrakech. La route longée d'arbres majestueux traverse des villages, franchit des ponts. Elle voit des vaches grasses, de forts chevaux, des oies et des canards nageant dans des mares sur lesquelles se penchent des branches d'arbres inconnus. Quand elle s'étonne du nombre de femmes derrière les charrues, en train de couper du bois ou de faucher l'herbe, mademoiselle Bonot lui explique que la dernière guerre a tué tant d'hommes que les femmes doivent assumer la plupart des charges. Beaucoup d'entre elles ne trouveront pas de mari.

— Si les hommes prennent trois épouses, suggère Alia, chacune aura une famille et sera protégée.

Marie-Jeanne Bonot ne peut retenir un sourire.

— La polygamie est interdite en France.

Alia hausse les sourcils. Les mœurs européennes sont difficiles à comprendre. Combien de femmes sans beauté resteraient vieilles filles si un homme ne se chargeait d'elles ? Croupir sa vie durant entre de vieux parents est-il plus souhaitable que d'être une deuxième ou troisième épouse ?

À Lyon, elle retrouve Si Abdellah dans un hôtel cossu où un appartement leur a été réservé. Leurs chambres sont communicantes. Ils jouissent d'un salon et de deux salles de bains.

Depuis qu'ils sont en France, Alia constate un changement de comportement dans l'attitude de son amant. Elle croyait qu'éloigné de Marrakech, il se débarrasserait des contraintes pesant sur lui, que l'un et l'autre seraient plus libres, plus proches. Tout au contraire, il semble qu'un certain anonymat l'oblige à exercer un surcroît d'autorité.

Dans cette chambre inconnue, Alia se sent perdue. Elle aimerait que son amant la rejoigne, la prenne dans ses bras mais il dicte des télégrammes à son secrétaire, passe une multitude d'appels téléphoniques. Par la porte entrouverte, elle l'entend parler français. C'est un homme différent qui l'accompagne.

Enfin, mademoiselle Bonot frappe à sa porte. Elle propose un thé, une collation. Alia désire-t-elle descendre dans les salons de l'hôtel ou préfère-t-elle rester chez elle ? La vieille demoiselle comprend aussitôt le désarroi de la jeune femme. Elle va l'inciter à vivre quelque chose de neuf. « En Chine, affirme-t-elle, je tenterais de regarder autour de moi avec des yeux chinois. »

Enfin Alia se détend, accepte de faire monter du thé, des pâtisseries françaises. Pour rien au monde, elle ne veut se mêler à des étrangers.

Tard, Si Abdellah pousse la porte, s'écroule dans un fauteuil.

— On va nous servir à dîner, affirme-t-il. Sois patiente.

Alia s'interdit d'aller s'asseoir sur ses genoux, de l'entourer de ses bras. Elle ne doit ni maintenant, ni jamais s'imposer, sembler mendier attentions ou caresses.

Dans la matinée, le convoi reprend la route vers Paris. Alia a mal dormi, digère difficilement la cuisine lyonnaise. Peut-être a-t-elle abusé du filet d'agneau accompagné de pommes de terre sautées ou du diplomate aux fruits confits ? Avec surprise, elle a vu son compagnon boire un verre de vin. Elle-même s'est contentée d'eau par peur de pécher, mais aussi de l'inconnu, de l'euphorie que chacun s'accorde à ressentir après avoir goûté à ce breuvage interdit. Elle veut rester maîtresse d'elle-même, ne pas commettre, sous l'influence de l'alcool, une faute qui compromettrait à jamais son avenir. Si Abdellah n'a pas partagé sa couche, ne lui a pas fait l'amour. Il l'a embrassée tendrement et vers minuit s'est enfermé dans sa chambre.

Les voitures filent vers le nord, Alia somnole. Le ciel bleu devient gris, la route traverse pâtures et labours, longe des forêts épaisses dont l'ombre oppresse.

La nuit tombe lorsque le cortège pénètre dans la capitale. Alia découvre de hauts immeubles, des rues larges où circulent des voitures automobiles ou tirées par des chevaux. Une multitude de piétons vont et viennent. Les femmes portent des robes fluides qui épousent la ligne du corps, de petits chapeaux ronds, elles trottent comme si le temps leur était compté, portent des sacs, des paquets. Les hommes sont vêtus de sombre, ils sont coiffés de chapeaux mous, certains ont une fine moustache qu'ils doivent huiler tant elle semble parfaitement lustrée.

Soudain, mademoiselle Bonot tend un doigt. « La Seine, madame ! » dit-elle en français. Alia tourne la tête, voit un fleuve bordé de quais plantés d'arbres que longent des rues bâties d'immeubles de pierre. Çà et là, elle aperçoit le clocher d'une église.

— Notre-Dame ! s'écrie Marie-Jeanne.

Alia aperçoit la masse imposante de la cathédrale, ses deux flèches.

La voiture est déjà passée.

— Nous nous y rendrons, si vous le voulez, propose mademoiselle Bonot.

La voiture ralentit dans une large avenue. Tiré par quatre chevaux, un fourgon livre à un restaurant d'imposants pains de glace. La nuit tombe. L'un après l'autre, les réverbères sont allumés par un petit homme vêtu de gris.

Dans le hall du Grand Hôtel, une multitude de personnes vont et viennent. Chargés de leurs paquets, de jeunes garçons coiffés de calottes ressemblant à des fez aplatis suivent des clients.

Dans son caftan rose brodé d'or, Alia est désemparée. Elle se sent différente. On la regarde du coin de l'œil, non comme une jolie femme, mais comme un spécimen étrange. Un enfant, que sa mère gronde aussitôt, la montre du doigt.

Vite, mademoiselle Bonot la pousse dans l'escalier. Derrière elles, les deux femmes de chambre marocaines ressemblent à des poules affolées, seul le valet de Si Abdellah, qui est déjà venu à Paris, arbore une certaine distance, un sourire satisfait. Sous la djellaba blanche, Alia a noté qu'il portait des pantalons à l'européenne et qu'il s'était chaussé de souliers de cuir noir à lacets.

Derrière la porte que pousse un groom, la suite est confortable. Le salon meublé de canapés, fauteuils dorés, tapis épais, miroirs et tableaux, a trois fenêtres qui ouvrent sur la rue Scribe. Deux chambres l'encadrent, l'une prolongée d'un boudoir tapissé de soie grège et meublé à la dernière mode. Tandis que les domestiques sont conduits à leur étage, mademoiselle Bonot prend possession de sa propre chambre, en face de l'appartement de Si Abdellah.

Il fait nuit. Alia se penche par une fenêtre. Rien ne ressemble à ce qu'elle a vu au Maroc, bruits, odeurs, promeneurs, tout est déconcertant.

Autour de la jeune femme, les deux domestiques s'affairent à vider les malles que l'on vient de livrer, pendent caftans et robes européennes, plient châles, voiles, bas de soie, chemises de nuit de crêpe de Chine, posent sur la coiffeuse d'une des chambres les crèmes, huiles et parfums utilisés après les bains au hammam. À peine remises de leurs émotions, elles ont des gestes imprécis, ferment et ouvrent les tiroirs de la commode, les portes des placards, laissent choir robes et lingerie.

— Laissez-moi faire, ordonne soudain Marie-Jeanne

Bonot, et filez dans vos chambres. Je vous ferai monter un repas. Ne sortez sous aucun prétexte. Il y a dans les rues de Paris des bandits qui assassinent les étrangères.

À peine la porte refermée, elle et Alia éclatent de rire. Alia a envie de se vêtir à l'européenne et de faire quelques pas dans la rue. Faut-il attendre Si Abdellah ?

— Assurément, décrète la Française.

Pour rien au monde, elle n'est prête à prendre la responsabilité de sortir avec la jeune femme sans autorisation. Elle connaît assez les mœurs marocaines pour ne pas risquer un renvoi immédiat.

Alia ne proteste pas. Elle va attendre, montrer un visage joyeux, accepter sans mot dire les projets que Si Abdellah a formés pour la soirée. Peut-être l'emmènera-t-il au restaurant, peut-être la laissera-t-il seule à l'hôtel ? Son rôle est de faire désirer sa présence. Elle est disposée à tout pour arriver à cette fin.

19

La sonnerie du téléphone me fait poser la plume. Au bout du fil, j'entends la voix joyeuse de Damien. Amanda et lui ont déniché une jolie maison pas trop éloignée du centre de la ville. On peut même avec un peu de courage s'y rendre à pied. Il y a deux chambres d'amis. Il m'invite à passer une semaine avec eux autour de Pâques. Sentant mon émotion, il prononce d'une voix taquine : « Vois-tu, maman, on ne t'oublie pas ! Arrête de te faire des idées noires. »

Voilà que mon fils me gronde. Il a raison, les personnes d'un certain âge ont trop tendance à se plaindre.

Pour deux raisons, je me réjouis de cette escapade. Je vais revoir mes enfants et prendre un peu de distance avec Jean-René. La place qu'il croit occuper dans ma vie est chimérique. Alia a pris possession de tout ce qu'il y avait de vacant en moi. Mais le temps de l'absolue franchise est sans doute passé. Si je lui ai laissé toutes ses illusions, tant pis pour moi. La chirurgie étant trop douloureuse, reste l'homéopathie. Je suis décidée à en faire usage et cette absence m'aidera à administrer la première dose.

Damien me décrit leur acquisition. Je m'extasie. L'affection maternelle est source de jeunesse. Damien m'a fait découvrir Tolkien, Gibran, Xenakis, Kontchalovski, Oshima… Un monde éclectique qui nourrissait ses enthousiasmes. Laurent se montrait plus hermétique que moi à ces artistes dont il ignorait les œuvres et retenait difficilement les noms. Il avait abandonné *Le Seigneur des anneaux* après en avoir parcouru quelques pages et s'était endormi lors de la projection de *Furyo*. Il restait indéfectiblement attaché à Proust, Chostakovitch, Jean Renoir et Nietzsche.

Cette courte conversation avec mon fils est source de sérénité. Dans un sort qui, quelque part, m'échappait et contre lequel je me rebellais, je suis parvenue cahin-caha à reconstruire une existence où la curiosité, l'enthousiasme, l'émotion ont gardé leur place. Quant aux amourettes, je réalise chaque jour un peu mieux leurs limites et leur égotisme. Jean-René s'ennuyait, découvrait sans doute la grisaille de son avenir aux Amaryllis. S'attacher à moi, tisser sa toile autour d'un rêve qui le nourrit l'a ressuscité. À partir de celui-ci, il construit toutes sortes d'affabulations qui lui font croire à une jeunesse retrouvée.

J'ai, quant à moi, cédé au besoin d'être aimée, admirée, écoutée. Une vanité qui, comme les autres, procure un bonheur artificiel. Aujourd'hui, je sais que la solitude peut être une grâce si on la choisit. Mon aventure avec Jean-René m'a donné cette certitude. Un beau cadeau, finalement.

La soirée est douce, j'ouvre ma fenêtre et me verse un verre de chablis. Penser à l'avenir proposé par mon compagnon me fait sourire, me remplit d'un dérisoire attendrissement : des croisières en Méditerranée, de courtes vacances dans de jolis coins de France qui, hors saison, sont agréables, des excursions en autocar aux châteaux de la Loire, un week-end par-ci par-là à Londres, à Prague, à Madrid. De l'agitation, de l'étourdissement, du vent.

S'il avait acheté une maison au milieu d'un jardin où j'aurais pu écrire, écouter de la musique, lire, recevoir mon fils quelques jours, peut-être l'aurais-je suivi. Il n'a pas su écouter mes silences.

Lors du dîner, lorsque nous nous retrouvons face à face, je fais part à Jean-René de l'invitation de Damien.

— Serai-je de la fête ? s'exclame-t-il.

— Mon fils ne connaît pas ton existence. J'aime être discrète.

Jean-René pose sa fourchette, repousse l'assiette remplie de hachis Parmentier.

— Voilà donc la place que j'occupe dans ta vie, ma chérie ! Mes deux enfants savent que je suis amoureux et s'en réjouissent. Ils ont hâte de te connaître.

Mon calme m'étonne. Pas plus que l'opinion de ses enfants sur moi, les reproches de Jean-René ne me touchent.

— Peut-être est-il encore trop tôt pour des réunions de famille.

Le regard qu'il pose sur moi est presque méchant. Je le lui vois pour la première fois. Je pense « un vieux lion blessé peut encore attaquer » et je souris.

— Cela t'amuse ? Tant mieux. Quant à moi, je suis triste et déçu.

Quelques têtes se tournent vers nous. Maurice Dubreuil me fait un petit signe de tête complice : les scènes, il doit connaître. Quant à Denise Attias, elle n'attend qu'une occasion pour me cuisiner avec ce qu'elle pensera être du tact et de l'habileté. Le divorce de sa fille a abattu sa superbe et elle se délecte maintenant des ennuis des autres. Une consolation, sûrement. Mais le choc l'a vieillie. Souvent elle porte deux jours de suite le même tailleur, son chignon est parfois en désordre, ses escarpins mal cirés. Et elle se voûte imperceptiblement. Marie-Berthe Pérol, par contre, s'épanouit. Elle devient coquette, ose participer aux conversations à l'heure du café. Notre dernière pensionnaire semble avoir trouvé le bonheur aux Amaryllis. Du coin de l'œil, je l'observe qui pérore avec Raymond Sautier. Une nouvelle histoire tendre dans notre chère maison de retraite ?

— Je ne vois pas pourquoi tu te désoles, dis-je d'un ton doux.

— Je t'aime, tu le sais, profère Jean-René. Le moment est peut-être venu de vivre ensemble ouvertement. Nous avons passé l'âge des cachotteries.

— M'as-tu demandé si je voulais partager mon existence avec toi ?

— Tu m'aimes, martèle Jean-René. Pourquoi refuses-tu de te l'avouer ? Nous sommes bien ensemble, tu éprouves du plaisir à faire l'amour avec moi. Que te faut-il de plus ?

Pas une seconde Jean-René ne m'a fait jouir. Mon sourire se fige, je suis triste. Dans l'incompréhension se trouve la véritable solitude.

— Ma liberté. Je ne peux plus partager la vie d'un homme, aussi cher me soit-il. Je veux dormir seule, me laver les dents seule, prendre seule mon petit déjeuner, ouvrir mon cahier et écrire.

Ma voix enfle avec les mots que j'égrène. Je dois faire un effort pour ne pas crier, garder le contrôle de moi-même.

Gêné, Jean-René regarde de gauche et de droite, croise les regards de Maurice Dubreuil, de Denise Attias, de Marie-Berthe Pérol.

— Tu ne penses pas un mot de ce que tu dis, bougonne-t-il. Calme-toi.

Grâce à Dieu, Sélim pose sur notre table un gâteau de riz aux raisins secs. Un court instant, j'ai cru voir Jamila. J'ai envie de pleurer.

Jean-René refuse de me laisser seule ce soir. Le désir de rejoindre Alia me hante cependant, pourquoi ai-je accepté ces contraintes, ce fardeau ? De guerre lasse, je le laisse entrer chez moi. Vite, il me prend dans ses bras, cherche ma bouche tandis que sa main remonte le long de ma cuisse. Jamais je ne me suis sentie aussi spoliée.

À l'aube, j'entends Jean-René ronfler paisiblement à côté de moi. À pas de loup, je quitte le lit étroit où je n'ai pu dormir qu'une heure ou deux, tassée contre cet homme que je voulais envoyer au diable. Ma lâcheté est-elle un système de défense ou une fausse conception du devoir, celui d'une femme imprudente qui doit payer son erreur ?

Je me fais un café fort que je déguste à petites

gorgées devant la fenêtre du salon, à côté de mon cahier ouvert. Le soleil qui se lève rosit les tuiles de l'immeuble voisin, jette des lueurs nacrées dans notre jardin, luit sur les feuilles du magnolia. La fatigue, le café trop corsé me donnent un peu mal au cœur, mais le silence me berce, me réconforte. À cette époque de l'année, il doit faire déjà doux à Marrakech. J'imagine les remparts à la lumière du point du jour, les minarets, le souk, le palais du Glaoui, vide, silencieux, les jardins déserts. Si peu doit demeurer des fastes d'antan ! Des ombres, un rêve pour ceux qui se souviennent encore, une poignée de survivants. Je vois Alia devant son pavillon, une image vivante, presque transparente comme un mirage né du désert.

Un instant, j'ai l'impression de planer au-dessus de ce lieu magique enseveli sous la poussière du temps.

Ma tasse à la main, je m'installe devant ma table de travail, relis les quelques pages écrites la veille.

Si Abdellah ayant donné son autorisation, Alia se laisse vêtir d'une robe, du beau manteau à col de renard. Marie-Jeanne Bonot ne prévoit pas d'aller plus loin que l'église de la Madeleine. La jeune femme doit s'habituer aux souliers à petits talons, à une robe qui entrave un peu sa marche. Mais Alia ne montre aucune hésitation. Cette détermination sans défaillance de la part d'une si jeune femme épate toujours la couturière. Aucune situation ne semble déconcerter cette petite personne qui n'a quitté le palais de Marrakech que pour la casbah de Télouet. Alia ignore tout du monde mais en affronte les dangers sans crainte. À son âge, élevée en province, elle-même était timorée. À peine ses parents, petits commerçants respectés, l'autorisaient-ils à se rendre seule à l'église.

Dès l'instant où Alia traverse le hall de l'hôtel, des hommes se retournent sur son passage. Grande, mince, elle porte admirablement la toilette et, derrière la voilette, ses yeux noirs en amande prennent un éclat irrésistible. Alia comprend aussitôt l'admiration qu'elle suscite, le rose lui monte aux joues. Si on la trouve belle à Paris, alors elle ne peut plus douter d'elle-même, de son pouvoir de séduction.

Dans la rue, tout l'intéresse et, à de nombreuses occasions, mademoiselle Bonot doit l'empêcher de courir d'un trottoir à l'autre. Une jeune femme bien éduquée, explique-t-elle, doit avancer posément le regard droit devant elle. Mais cette escapade, la première de sa vie, enfièvre Alia. Sans pudeur, elle s'arrête pour regarder un homme bien vêtu qui embrasse une femme dans le cou. Celle-ci rit, repousse son galant sans conviction. Elle porte une robe courte « à la garçonne » qui montre ses jambes gainées de bas opaques. Son chapeau cloche n'a pas de voilette et Alia admire les boucles blondes qui s'en échappent, ses traits de poupée maquillée. Des automobiles passent, certaines rutilantes conduites par des chauffeurs en livrée. Mademoiselle Bonot les nomme : Bugatti, Panhard, Hotchkiss. Elles s'impatientent derrière les voitures à chevaux, klaxonnent. Un jeune garçon crie les titres des journaux qu'il tend aux passants : « Condamnation à mort des militants anarchistes Sacco et Vanzetti ! » Un vitrier lourdement chargé propose à tue-tête ses services.

Les phares des voitures éblouissent. Tout est si proche et si lointain à la fois.

— Voilà l'église de la Madeleine, annonce la vieille demoiselle en lui désignant un imposant édifice longé de colonnades, elle fait face à la Chambre des députés, de l'autre côté de la Seine. Vous découvrirez la perspective dans un instant.

Il commence à faire froid et Alia se pelotonne dans son manteau. La fourrure caresse son menton, ses lèvres. Elle voudrait relever sa voilette pour mieux voir mais n'ose pas.

— Là-bas à droite, ces lumières indiquent le restaurant Maxim's, un endroit très à la mode. Peut-être Si Abdellah vous y amènera-t-il.

— Y emploient-ils des musiciennes ?

— Non, madame. En France, les orchestres sont composés d'hommes. Ils jouent dans des salles de concerts. Au Lido, au Casino de Paris, vous assisterez à un spectacle tout en dînant. Là, des femmes dansent et chantent, certaines un peu dévêtues…

Alia écoute à peine, elle s'amuse à mettre les pieds dans les flaques jaunes que forme la lumière des réverbères, exige de marcher jusqu'à la Seine pour passer devant le fameux restaurant.

— Il est sept heures et demie, avertit mademoiselle Bonot. Rentrons, Si Abdellah m'a fait promettre de vous ramener avant vingt heures.

Alia a une moue de dépit, elle n'a pas vu la place de la Concorde.

— Demain, promet Marie-Jeanne.

La jeune femme observe un chien minuscule tiré par une femme élégante. Il a de grandes oreilles, des pattes grêles et porte un petit manteau de laine angora rose. Un peu plus loin, un homme tient en laisse un animal au poil ras, au nez aplati.

— Vous voulez le caresser, mademoiselle ? Il s'appelle Amédée et est très affectueux.

L'inconnu au chien la dévisage en souriant. Alia ne comprend pas la question et la bête au poil fauve lui fait peur.

— Madame est étrangère, lance Marie-Jeanne Bonot d'un ton sec, inutile de vouloir lier la conversation.

— Dites-lui qu'elle est bien jolie, insiste le passant.

Il touche son chapeau et s'éloigne.

— J'ai compris, s'amuse Alia dans un éclat de rire. Il a dit « jolie », cela veut dire *« c'zalla »* n'est-ce pas ?

— Nous irons demain soir au Lido, annonce Si Abdellah, et je veux que tu sois la plus belle. Un bijoutier viendra dans la matinée te montrer quelques colliers et pendants d'oreilles que j'ai sélectionnés. Tu choisiras ceux qui te plaisent.

Alia est à Paris depuis trois jours. À l'excitation a fait place l'épuisement. Le rythme de vie ici n'a rien à voir avec celui de Marrakech. Promenades, courses, déjeuners, dîners se succèdent. Et la nuit, Si Abdellah la veut auprès de lui. Profitant de la voiture mise à leur disposition, mademoiselle Bonot lui a fait visiter les Champs-Élysées, les Tuileries, le jardin du Luxembourg et, bien sûr, la tour Eiffel. Les chaussures à talons blessent les pieds de la jeune femme, les bas de soie la gênent mais en aucun cas elle ne veut renoncer à une promenade.

Le soir, de retour à l'hôtel, elle passe des babouches, revêt une fine djellaba. Elle respire, elle se sent à nouveau elle-même.

— Prends tout ce qui te fera plaisir, insiste Si Abdellah. Je veux que tu sois heureuse.

L'admiration que suscite la beauté d'Alia dans les lieux publics où il l'a amenée le flatte. On la convoite et il a envie d'exprimer la fierté qu'il éprouve de la posséder.

Alia s'assied à ses pieds, pose sa tête sur ses genoux. Douce et possessive, capricieuse et ardente, elle le séduit chaque jour un peu plus. Aujourd'hui, il ne pourrait plus se passer d'elle. Et son intelligence, sa curiosité d'esprit l'étonnent toujours. Avec elle, il peut aborder des sujets graves, partager ses soucis. Peu à peu, il l'a informée de son activité diplomatique. Après le décès de Moulay Youssef, ce sera son plus jeune frère, Mouley Hamada, qui deviendra sultan. Les Français approuvent ce choix qui ne déplaît pas au Pacha.

Le nom de Si Thami fait toujours tressaillir le cœur d'Alia. Elle revoit la peau mate sous le capuchon blanc de la djellaba, le regard impérieux, la bouche sensuelle, le sourire charmeur. Il n'est pas d'une beauté classique mais tout en lui est séduction.

Le souvenir du Pacha la rend plus câline encore, elle ne veut pas que Si Abdellah devine cet attachement. Son désir est son secret, un bien très précieux. Nul ne peut le lui arracher. La veille, chez Maxim's, elle l'a imaginé un court instant assis en face d'elle. Il l'observait, gardait le silence. « Je ne le connais pas, avait-elle pensé, je ne le connaîtrai jamais. »

Avec distraction, elle a écouté les propos d'un riche

Libanais prêt à ouvrir une succursale de sa banque à Casablanca et que Si Abdellah tentait d'intéresser à Marrakech.

Son attention se porte vers les dîneurs, les femmes en particulier. D'où leur vient cette faculté de regarder les hommes droit dans les yeux, de poser une main sur leur bras, de rire d'une façon un peu provocante sans vulgarité ? Beaucoup ont les cheveux courts séparés par une longue raie. Sur le côté de leurs petits chapeaux est plantée une plume d'oie, une broche ou un pompon. Les robes aux couleurs fondantes moulent le corps, découvrent largement le dos. Alia veut se souvenir de chaque détail. Les sourires, les battements de cils, les rires moqueurs, les regards qui interpellent, sollicitent ou refusent.

Le banquier libanais l'a invitée à danser mais, sûre de se ridiculiser, elle a refusé. Ces danses occidentales, qu'elles soient échevelées comme le charleston ou langoureuses comme le tango, ne lui conviennent pas. Sa place, elle le sait, est dans le mystère, la suggestion, un appel secret, codé, qui fait vibrer les hommes.

Ce soir au Lido, elle portera une robe longue en soie semée de fleurs. Le modeste décolleté en V met en valeur le drapé de la jupe qui, sur le devant, découvre les chevilles. Avec Marie-Jeanne Bonot, elle a fait l'emplette d'un petit bonnet de mousseline entouré de sequins argentés qui encadrent son front, tombent sur les oreilles. Il lui va bien, met en valeur sa peau mate, ses yeux sombres, ses pommettes hautes bien structurées. « Une pharaonne ! » s'est exclamée mademoiselle Bonot.

Avec tendresse, Si Abdellah caresse les cheveux de

cette superbe jeune femme assise à ses pieds. Il ne se fait pas d'illusions. Alia ne l'aime pas d'amour mais elle lui est attachée et il ne supporterait pas de la perdre. À soixante-douze ans, il sait qu'il n'a plus que quelques années heureuses. Lorsqu'il sera trop vieux, impotent ou désagréable à regarder, il lui redonnera sa liberté. Peut-être ira-t-elle alors vers son neveu. Il préfère ne pas y penser.

Habillé de noir et accompagné d'une jeune femme vêtue avec une élégante sobriété, le bijoutier ouvre ses écrins. Alia découvre des parures de diamants, de rubis, d'émeraudes. Il y a des colliers, de longs sautoirs de perles, de larges bracelets, des bagues aux montures modernes qui mettent en valeur des pierres admirables. La mode n'est plus aux bijoux ostentatoires. Leur splendeur n'en est que plus impressionnante.

Pendant longtemps Alia essaie les bijoux, les caresse, les contemple.

— Les perles sont très à la mode, madame, souffle mademoiselle Bonot.

Alia s'empare d'un bracelet à triple rangs, le tend à la vieille demoiselle.

— Je vous le donne.

Elle est heureuse. Si tout est un rêve, qu'elle en profite avant de s'éveiller vieillie, défraîchie, rejetée. D'instinct, elle sait que les rubis mettent en valeur sa beauté sombre. Elle essaie une parure, se regarde longuement dans un miroir.

— Celle-là, décide-t-elle.

C'est la plus belle, la plus chère sans doute.

Si un désastre surgit, elle lui permettra de survivre quelque temps.

— Mais pour ce soir, décrète-t-elle, je voudrais des perles, seulement des perles. Pouvez-vous m'en prêter ?

Mademoiselle Bonot traduit au bijoutier qui affiche un regard complice.

— Le prince El-Mezouari veut que vous choisissiez ce qui vous fait plaisir. Ces perles sont à vous.

Marie-Jeanne Bonot retient un sourire. À Paris, tous les Orientaux ou magnats venus d'Afrique du Nord sont princes. Si Abdellah méprise ce clinquant. Son nom lui suffit.

Il est midi lorsque le bijoutier et son assistante se retirent.

— Allons déjeuner ! s'écrie Alia. Je meurs de faim.

Elle a les joues rosies par le plaisir, les yeux brillants. C'est elle qui mérite le titre de princesse, pense mademoiselle Bonot, elle vient de rien, ne commet aucune faute, surpasse en élégance naturelle et en distinction bon nombre de jeunes femmes bien nées. Dans une existence fastueuse mais difficile et précaire, elle ne montre aucune inquiétude, ne doute de rien. Pour elle, pas de bonheur possible sans courage. Et elle en possède à revendre.

20

Poser la plume est pour moi un arrachement, presque une blessure. La vie me reprend, mais sans m'accaparer. Une partie de mon âme, de mon cœur, reste avec Alia.

En m'habillant pour le déjeuner, je pense à elle découvrant Paris au milieu des Années folles. Certes, elle n'était pas femme à se laisser déconcerter, mais quand même !

Jeune, ignorante des coutumes étrangères à son pays, sa religion, comment jugeait-elle les femmes aux cheveux courts, aux robes découvrant les genoux, aux longs fume-cigarette, les hommes aux regards indiscrets, aux fines moustaches gominées portant de stricts habits noirs le soir, de sombres costumes dans la journée sur des chemises de shantung ? Et les chants, les danses, la nudité affichée par des artistes comme Joséphine Baker, ce désir exacerbé de vivre qui hantait Montparnasse. Ce qu'elle a découvert de Paris, Maxim's, le Lido, l'Opéra-Comique l'ont sans aucun doute marquée à jamais. Alia a plu à Coco Chanel, à Van Dongen qui voulut la peindre, elle, la petite esclave venue des souks de Marrakech.

J'enfile un gros cardigan en laine irlandaise, un pantalon de velours côtelé noisette. Depuis ma liaison avec Jean-René, je fais des efforts d'élégance et me suis même lancée dans une série d'achats qui ont écorné mon budget. Comme il est hors de question que je me passe de livres, de musique, de bons vins, de thé de qualité et de bougies parfumées, je décide d'en rester là. Jean-René se montre cependant sensible à mes efforts, il me trouve belle et chic. Ses compliments qui me touchaient m'indiffèrent aujourd'hui. Je suis ce que je suis et finalement regrette les dessous en soie, les deux pulls de cachemire, les mocassins italiens que je me suis offerts. Quand j'ouvre mon placard, je les regarde en étrangers, presque en ennemis. Il est hors de question que je consacre mon énergie à me contempler le nombril. Je n'ai plus le temps.

Jean-René fait les cent pas dans le hall en regardant sa montre. Oui, je suis une fois encore en retard. Quelle importance ! Le sourire qu'il affiche en me voyant surgir de l'ascenseur m'agace. Lui, si organisé, si ponctuel, je sais bien qu'il est énervé.

— Ton roman avance ? me demande-t-il gentiment.

Il ne me prend guère au sérieux. En fait, il souhaiterait me voir renoncer à l'écriture pour me consacrer à lui. Cette histoire de concubine dans le Maroc de l'entre-deux-guerres lui semble dépourvue d'intérêt. Dans un livre, il ne cherche que la qualité de l'intrigue, la gravité des personnages.

Denise Attias a mauvaise mine. Elle lâche prise. J'ai l'habitude de bavarder un moment avec elle à l'heure du café. Encore un espace volé à l'écriture mais je ne peux me dérober. Jean-René n'a pas ma patience. Il piétine, avale deux ou trois expressos et, finalement, intervient dans la conversation : « Nous devons partir, une course à faire, des amis à voir, une séance de cinéma… » Pour trouver des prétextes, il a une imagination débordante.

La voix pointue de madame Moret nous rappelle qu'en fin d'après-midi aura lieu le récital annoncé depuis plusieurs semaines. Un pianiste et un chanteur renommés viendront nous honorer de leur présence. Elle compte sur une assistance nombreuse et, pour convaincre les plus récalcitrants d'entre nous, précise qu'un verre de porto et des biscuits seront servis après le récital. « Nous serons tous là », clame Marie-Berthe Pérol.

J'ai promis à mon compagnon d'aller avec lui après le déjeuner voir *La Vie des autres*, un film que j'ai particulièrement apprécié qui se joue dans le cinéma du centre-ville. Ensuite, je prendrai une heure de liberté pour écrire avant le fameux récital où je me traînerai avec des semelles de plomb.

Il fait beau et nous flânons sur le chemin du retour. Je n'écoute guère ce que me dit mon compagnon, je pense à Alia, à son retour au Maroc. Elle est différente. Je dois la cerner, la comprendre. Je suis son miroir et son âme.

Jean-René discute le film, évoque l'occupation soviétique à Berlin puis, phrase après phrase, nous voici en URSS. Il hait le communisme et quand je me fais l'avocat du diable, se met en colère : « Comment peux-tu prononcer ne serait-ce qu'un seul mot pour défendre la plus formidable machine à broyer les hommes de l'humanité ! » Pourtant, voir les faibles écrabouillés par les forts n'est pas nouveau sous le soleil. Même illusoire, le communisme a distillé un espoir. Peut-on oublier l'héroïsme des Russes lors de la dernière guerre, leur formidable réussite dans le monde de la technique, de la conquête de l'espace ? « Bâtie sur la souffrance, la terreur », réplique-t-il d'un ton glacé. Quelle civilisation n'est-elle pas bâtie sur l'oppression et les larmes ? Songe-t-il aux esclaves trimant dans les colonies aux XVIIᵉ et XVIIIᵉ siècles, à la déportation massive des Indiens d'Amérique dans des « réserves », aux paysans français écrasés d'impôts par des rois pour lesquels, par ailleurs, je nourris une romantique affection ?

Je plante Jean-René dans le hall de la pension en lui promettant d'être à l'heure pour la séance musicale.

Quitter Paris ne désole pas Alia, elle se réjouit même de retrouver son pavillon, ses jardins, d'aller rejoindre son amant dans des appartements dont chaque détail lui est familier. Là, il l'accueille en djellaba, elle lui baise la main… Ce rite est une complicité, un partage. En habit, en costume de ville, elle l'a trouvé différent, moins éblouissant. Les couleurs sombres le vieillissent.

Ils regagnent le Maroc aussi vite que possible. Une sorte de fuite. À Lyon, la pluie fait place à un soleil timide qui resplendit à Marseille. La mer est douce et, à Tanger, Si Abdellah décide de se reposer dans le palais qu'il possède, en réalité une villa cossue entourée d'un beau jardin. Nulle autorité n'est prévenue de leur visite et durant ce séjour, le temps n'appartient qu'à eux. Pour se promener le long de la mer, Alia porte la robe que Coco Chanel a créée pour elle. Le corps long et mince de la jeune femme a inspiré la couturière et cette tenue fluide, beige et blanc met sa grâce en valeur. Alia devine que son amant est fier de marcher à ses côtés. Même si s'effleurer en public est interdit, ils savent combien ils sont unis.

De Paris, Alia est revenue avec des sacs, des foulards, des parfums, des montres, la parure offerte pour la soirée au Lido, des rangées de perles, un manteau de martre. Mademoiselle Bonot s'est contentée de sourire en les faisant empaqueter. Comment une femme quasiment recluse pourrait-elle profiter de ces merveilles ? Mais aussi marocaine que soit devenue la vieille demoiselle, elle ne peut comprendre la signification profonde du cadeau, son symbole, sa poésie.

Après quelques jours passés à Tanger, Alia se sent plus forte, plus sûre d'elle-même. Ce voyage en France lui a beaucoup appris. Elle va disposer de sa vie dans le cadre que Dieu a choisi pour elle.

À Marrakech, le personnel du palais les accueille avec des manifestations de respect et de joie. Alia retrouve sa maison, ses servantes, ses esclaves encore adolescentes avec leurs longues robes de toile aux couleurs de dragées. Elle hume les odeurs familières, caresse ses chats persans, endosse avec joie un caftan, chausse des babouches de velours, se fait servir un thé à la menthe, des pâtisseries. À Paris, même admirée, fêtée, elle n'était personne. Ici, elle est honorée. Elle habite chez Si Thami, elle est son hôte, il ne peut l'oublier tout à fait.

Dans le ciel très bleu, de petits nuages passent, chassés par le vent du sud. Les jardiniers taillent les orangers, les citronniers, les cédratiers. Derrière les maisonnettes où logent des servantes, on entend des chants de femmes, un peu de fumée traîne au-dessus des tuiles. C'est le jour de la lessive. Alia se souvient.

Le froissement doux des jets d'eau fait naître un sentiment de paix, évoque l'éternité. La jeune femme se laisse bercer par les odeurs, la tiédeur du soleil, la douceur du vent. La place de l'Opéra, le boulevard de la Madeleine, la rue Royale font partie d'un autre monde. Son cœur ne s'y est pas attaché.

Une fois de plus, j'ai pris du retard. Le récital commence dans cinq minutes et je sais que Jean-René est déjà installé.

Je renonce à me changer. Vite, un coup de peigne, un peu de rouge à lèvres. Où sont mes clés ? Comme toujours après avoir écrit, je suis encore hors de moi-même, dans un léger état d'ivresse. La réalité me brutalise, me désoriente. Ses joies sont bien moindres que celles trouvées dans mon imagination. Seule, elle me rend la vie supportable. Sans Alia, je sombrerais.

Le pianiste est jeune, beau, avec des cheveux coupés en brosse dont quelques mèches près du front ont été décolorées. Le chanteur, son compagnon sans doute, a quelques années de plus, un peu de ventre mais une expression joyeuse de boute-en-train. Avant le spectacle, il a échangé quelques mots avec des pensionnaires ravis et a baisé la main d'une madame Moret jubilante.

Quelques notes et il attaque *Domino* puis *Mademoiselle de Paris*. Je hausse les sourcils. Va-t-il me falloir encore subir une évocation des années 1930 ? Dieu merci, il semble que nous échapperons au *Temps des cerises* et à *Poussez l'escarpolette*.

Soudain il entame *Que reste-t-il de nos amours ?*, une chanson que j'ai toujours aimée. J'avais acheté autrefois le disque de Charles Trenet qui a été, comme mes autres 33 tours, bazardé lors de mon déménagement de la rue de Sèvres.

Sans doute consternée par l'évocation de la tragique fuite des amours de jeunesse, l'audience fait grise mine. Accablé, Maurice Dubreuil baisse la tête, Marie-Berthe Pérol se mouche.

La chanson achevée, le chanteur fait un petit signe au pianiste et lorsqu'il commence *Les fleurs sont des mots d'amour*, il extirpe d'un sac de toile une brassée de roses rouges. Chaque femme de l'assistance a droit à la sienne et il achève le refrain sous un tonnerre d'applaudissements.

Ma rose à la main, je suis abattue. Jean-René sourit comme s'il trouvait attendrissante cette pitrerie.

J'ai tort, je le sais, mais je me lève et balbutie :

— Je ne me sens pas très bien, excuse-moi.

Jean-René veut me suivre, je l'arrête d'un geste.

— Laisse-moi filer incognito.

Sur la chaise, j'ai abandonné la rose.

Pour la Grande Fête, le Glaoui fait porter des roses à ses épouses et à celles des membres de sa famille. Radieuse, inquiète, Alia est stupéfaite de recevoir cette brassée de fleurs veinées de pourpre. Le Pacha jouet-il avec ses sentiments ? Elle lui a obéi, a pris ses distances, s'est attachée à son oncle, a réussi à ne plus le considérer comme un possible amant mais en maître, en allié. Qu'il redonne vie à des illusions désagrégées et il lui volera son bonheur. La vue des fleurs, symbole européen du dévouement et de la courtoisie d'un homme envers une femme, la comble et l'effraye. Elle fait poser le vase à côté du plateau de fruits confits, de pâtes d'amandes, de pots de gelée de rose que Si Abdellah lui a offerts. Ainsi elle ne peut penser à l'un sans manquer à l'autre.

Jour après jour, Alia se forge des amitiés, des complicités. Elle ne peut ni ne veut être seule et, même si les deux épouses de Si Abdellah font front contre elle, elle est reçue par les épouses du Pacha, ses cousines, quelques-unes de ses tantes. Elle est en bons termes avec les jeunes filles nobles élevées au palais qui, elle le sait, l'admirent et tentent de copier sa façon de nouer ses écharpes de mousseline, un détail de sa coiffure, les bourses brodées qu'elle attache à sa ceinture. Parfois, lorsqu'elle porte une montre achetée à Paris, un carré de soie, une robe acquise chez un grand couturier, elles écarquillent les yeux.

L'été est chaud. Si Abdellah doit restreindre ses activités et reste de longues heures avec Alia dans ses appartements. Il évoque l'histoire du Maroc, l'occupation romaine, la conquête arabe à la fin du XIIe siècle, la fondation de l'identité marocaine sous la dynastie des Idrissides. Il parle de Fez, de la splendeur des palais occupés par leurs successeurs, les Almoravides qui conquirent l'Andalousie.

Le menton entre les mains, Alia ne perd pas un mot, inscrit dans sa mémoire le nom des souverains, de leurs villes et palais, Marrakech et Rabat mais aussi Séville, Grenade, Cordoue.

Quand Si Abdellah s'interrompt, il observe la jeune femme dont le désir d'apprendre est immense. Pourquoi ne pas lui faire enseigner la lecture, l'écriture ? Lui échapperait-elle alors ? Il hésite, pense que s'imposera la volonté de Dieu. « N'oublie rien, se contente-t-il de dire, sois fière d'être marocaine. »

Plus tard, il lui parlera de la situation politique présente, du mandat, de l'alliance de la famille du Glaoui avec les Français pour contrecarrer les appétits allemands et pacifier définitivement le pays. Dieu seul les jugera.

De retour chez elle, Alia repense à ces conversations. Elle aimerait mieux comprendre les liens qui attachent la France et le Maroc l'un à l'autre, saisir leur intérêts, leurs ambitions réciproques. Du palais, elle est encline à considérer les visiteurs français comme des étrangers et n'envie pas leurs femmes. Actives, instruites, énergiques, il lui semble que beaucoup d'entre elles ont perdu de leur pouvoir. Elles obéissent aux diktats de la société, se veulent à la dernière mode jusqu'au ridicule, se pressent autour des hommes riches ou influents, non pour se laisser séduire, mais pour être conviées aux fêtes qu'ils donnent, passer les fins de semaine dans leurs châteaux. Cette agitation permanente semble superficielle à la jeune femme. Croient-elles vraiment jouir de la vie mieux que les Marocaines ? Ici les femmes ne dansent pas le charleston, ne réclament pas du vin de Champagne, n'embrassent pas les hommes sur la bouche en public, ne jouent pas au golf ou au tennis mais la réserve, presque le secret, donne aux relations entre hommes et femmes un érotisme qui ne peut s'épanouir que dans la discrétion et le silence. Entre elles, les femmes organisent des fêtes avec autant d'ardeur, font assaut de raffinement, de coquetterie, ont une liberté d'expression plus grande peut-être que leurs sœurs françaises méfiantes des médisances et des indiscrétions. À Paris, plaisirs, douceurs, souffrances s'écoulent comme de l'eau entre les doigts, à Marrakech, ils imprègnent le cœur, y créent des traces profondes.

Parfois, Alia passe une robe de crêpe, coiffe un chapeau, se pare de ses bijoux français, chausse des escarpins à brides et hauts talons. Elle se regarde dans un miroir, se trouve belle mais différente. Une étrangère dans le palais du Glaoui. Une inconnue à elle-même.

21

Enfin, à quelques mois d'un second voyage à Paris pour assister à l'inauguration de l'Exposition coloniale que prépare le maréchal Lyautey, Si Abdellah a consenti à donner une lectrice à Alia. Jeune lettrée, capable de satisfaire une curiosité de plus en plus insatiable, Sonia est de père marocain, de mère française. Elle a reçu une bonne éducation, parle couramment l'arabe et le français, est discrète, bien élevée, possède un heureux caractère.

À près de vingt et un ans, Alia n'est plus la jeune fille naïve que tout émerveillait, elle est devenue une femme qui refuse de voir le monde en enfant. Câline, savante dans les jeux de l'amour, elle exige aussi d'exister en dehors de la chambre à coucher et, à plusieurs reprises, a donné à Si Abdellah des conseils avisés. Aujourd'hui, son amant est sûr qu'elle mérite de découvrir le monde qui les entoure, les relations politiques du Maroc avec la France, de la France avec le reste de l'Europe. Depuis leur dernier voyage, beaucoup d'événements importants ont eu lieu : le krach boursier de New York dont les vagues ont déferlé sur Londres, Paris, Berlin, les violents affrontements à Jérusalem entre Arabes et groupes de Juifs qui exigent le respect des minorités, le combat des républicains en Espagne pour renverser la monarchie. Cette conjoncture internationale ne laisse pas indifférent le Maroc. À l'Exposition coloniale, Si Abdellah s'en entretiendra sans nul doute avec le président Doumergue.

À soixante-treize ans, l'oncle du Glaoui voit sa santé décliner. D'un jour à l'autre, selon la volonté de Dieu, il peut disparaître. Que deviendra Alia ? Il s'en préoccupe, songe à la marier à un homme intelligent, droit, qui saura la respecter, la comprendre. Tendre, attentive, Alia peut montrer un orgueil exigeant, de l'impétuosité, une vive sensibilité. Il ne peut abandonner une femme de cette trempe dans une société traditionnelle qui la rabaissera et la brisera. Mais autour de lui, hormis son neveu, il ne voit personne. Et Thami a deux épouses, une poignée de concubines qui intriguent et luttent pour devenir favorites. Certes, il convoite Alia, mais dans quel but ? La mettre pour quelques semaines dans son lit ?

D'emblée, Alia et Sonia sympathisent. Elles ont le même âge, beaucoup de goûts communs. La jeune lectrice s'installe dans une chambre dont Alia a supervisé elle-même l'aménagement. Le mobilier est moitié français, moitié marocain. Une vraie salle de bains a été créée avec baignoire et lavabo. Elle-même, dès son retour de Paris, a voulu ces commodités, sans pour autant se priver des joies du hammam où elle se rend deux fois par semaine. Ses amies l'y rejoignent pour de longs moments de confidences et de rires. Elle recherche en particulier la compagnie d'une concubine du Glaoui, l'interroge, cherche à connaître des secrets qui lui font mal. Alors elle s'étourdit, fait venir des musiciennes, danse pour exprimer sa souffrance en dehors des mots.

Autour des fenêtres du salon, entouré de divans, s'entrelacent rosiers, grenadiers, lauriers-roses. Mais la volupté du cadre n'entame pas la détermination de Sonia. Elle a promis à Si Abdellah d'être une lectrice, seulement une lectrice. « Être instruite, a-t-il affirmé, précipiterait ta maîtresse dans le malheur. Jamais elle n'épousera un homme de haute condition, jamais elle ne pourra travailler. Dans notre société, les femmes lettrées ne jouissent pas de la liberté à laquelle elles pourraient prétendre. Alia est curieuse, elle voudra tout lire, sera désorientée par des croyances, des mentalités différentes des nôtres et ne trouvera personne à qui se confier. Le péché est souvent l'enfant du savoir. Je ne veux pas offrir à ta maîtresse la solitude et l'amertume. »

— Quelles lecture Si Abdellah a-t-il autorisées ? interroge Alia d'un ton détaché.

La décision de la laisser illettrée l'a, en réalité, peinée et courroucée.

— La presse marocaine, *Le Figaro*, *La Revue des Deux Mondes*, *Le Petit Écho de la mode*. Pas de romans.

Sonia tient à jouer franc jeu. Cette place offerte par l'oncle du Pacha est inespérée et elle désespérerait ses parents en la perdant. Elle lui obéira en tout, même si Alia l'impressionne. Elle attendait une personne potelée, indolente et découvre une longue jeune femme mince, à la beauté déroutante, à la volonté de fer. Entre Si Abdellah et Alia, elle devra se montrer circonspecte.

Alia apprécie sa compagne. Bien plus jeune que mademoiselle Bonot, elle est capable de la suivre dans ses extravagances. Sans protester, la couturière a cédé sa place à Sonia pour le voyage à Paris. Elle-même, sur le point d'ouvrir sa maison de couture à Casablanca, n'a plus guère de temps disponible.

— Que danse-t-on à Paris ? demande abruptement Alia, alors que Sonia vient d'achever de lui lire un article du *Figaro* consacré à l'élection de Mustafa Kemal Pacha à la présidence de la République turque. Le nom de ce pays suffit à évoquer Nejma, son village natal, les troupeaux de chèvres, le ciel rouge à la tombée du soir.

Sonia réfléchit. Sa mère évoque de temps à autre la vie parisienne. Fille de petits commerçants, elle n'y participait pas mais lisait avidement les rubriques mondaines des journaux. Ses souvenirs sont vieux de vingt ans déjà.

— Le tango, hasarde-t-elle, le fox-trot, le cake-walk.

Elle a lu ces noms dans le magazine *Ève* que sa mère reçoit de France.

— Nous devons les apprendre. Achète un pick-up et des disques.

— En avons-nous l'autorisation ?

Alia éclate de rire. Elle se fait fort de convaincre son amant. Il lui refuse si peu de choses !

— Tâche d'apprendre les pas de base, insiste Alia. Pour le tango, j'ai déjà une idée.

Une gaîté vive, exubérante, de longs accès de fou rire marquent désormais les après-midi d'Alia et de Sonia. Sans cesse, le pick-up joue des airs de danses langoureuses ou échevelées et, à bout de souffle, les deux jeunes femmes se laissent tomber sur les divans en s'esclaffant. Avec envie ou réprobation, les servantes les observent. Comment Si Abdellah peut-il tolérer de pareils débordements ? Jamais elles n'ont vu une femme convenable se livrer à ces contorsions sauvages.

Après la sieste, il fait encore chaud. Au loin, la neige couronne les sommets de l'Atlas. Des tourbillons de poussière rouge échevellent les feuilles des palmiers.

Alia et Sonia barbotent en chemises dans le bassin, s'éclaboussent. L'air est plein de senteurs, les mouches vrombissent. Un peu troublées, les jeunes femmes se prennent la main et rient aux éclats. Alia demande des cigarettes anglaises dont le parfum sucré attire les abeilles. Elle fume en pensant à Paris, à l'avenue Montaigne, à lalla Saadia qui doit être revenue de La Mecque. Quand Nejma investit sa mémoire, elle jette sa cigarette, met un disque, s'étourdit.

Un après-midi, en dansant le tango, elle serre étroitement contre elle le corps de Sonia, sent ses rondeurs, sa douceur. Elle est à Télouet dans le lit de Nejma, elle la caresse, lui jure de l'aimer toujours.

— Va-t'en, crie-t-elle à Sonia. Je suis fatiguée, je veux être seule.

En me mettant au lit, je pense à Marie-Berthe Pérol qui est parisienne. À quatre-vingt-douze ans, peut-être a-t-elle des souvenirs de l'Exposition coloniale ? Je vais l'inviter à prendre un café. Ce que j'ai pu lire sur un événement qui fut un énorme succès populaire abonde en élans patriotiques ou sentiments de culpabilité. Un témoin oculaire me serait précieux.

J'ai posé la plume tard et Jean-René a ronchonné d'être, une fois de plus, évincé. Quand les reproches l'emportent sur les compliments, une liaison bat de l'aile et la nôtre ne se porte pas au mieux. Plus je prends de la distance, plus il s'accroche à moi, se déclare amoureux comme jamais il ne l'a été. Je sais qu'il affabule, de peur de se retrouver seul sans autre but que de relier les livres empilés dans son salon. Je suis sa dernière chance et il se débat pour que celle-ci ne lui glisse pas entre les doigts.

Marie-Berthe accepte d'emblée le café que je lui propose. Oui, elle a visité l'Exposition coloniale avec ses parents comme tant de Français. « Il va falloir que je fouille ma mémoire, a-t-elle remarqué. J'avoue n'avoir jamais repensé à cet après-midi de mai. Il ne faisait pas très beau, ça je peux vous le dire tout de suite. »

Je lui laisse vingt-quatre heures pour prendre quelques notes. Sans elles, la conversation va dévier sur son mariage avec Sébastien Pérol, leur chagrin de ne pas avoir eu d'enfant, leurs premières vacances à Étretat. Ces souvenirs-là, je les connais par cœur.

La vieille dame extrait de son sac un petit carnet.

— Voilà en vrac ce qui m'est revenu à l'esprit, me dit-elle en mordant dans une tranche du cake aux fruits confits que j'ai commandé pour accompagner le café.

Marie-Berthe évoque des pavillons, le temple d'Angkor reconstitué, un palais marocain, une pagode sur les berges du lac Daumesnil, un théâtre annamite avec ses danseuses vêtues de soies aux couleurs éclatantes. Elle parle ensuite des guerriers africains, des cavaliers arabes, de cannibales encagés. Les visiteurs étaient si fiers d'être français ! Raymond Lenoir, son père, avait offert à sa petite famille un thé à la menthe et des pâtisseries très sucrées dans un café maure. Alors qu'ils en sortaient un peu déroutés par ce qu'ils avaient bu et mangé, ils avaient assisté à un défilé de nobles mandarins. Tous portaient de longues robes brodées, une natte dans le dos, un petit chapeau noir. « Voilà des gars qui ont de la chance, ils sont plus riches que nous ! » avait plaisanté mon père. Nous avons fini la journée au zoo, épuisés. Je me suis souvenue de bêtes extraordinaires, les éléphants, les girafes, les lions… Depuis, j'y suis retournée souvent avec feu mon pauvre Sébastien. Nous aimions bien regarder les singes.

Il faut que j'intervienne pour la remettre dans le droit chemin. Je pose ma main sur la sienne.

— Vous m'avez parlé d'un palais marocain, l'avez-vous visité ?

Marie-Berthe ferme les yeux. En l'observant, je pense qu'elle a dû être mignonne autrefois avec son petit nez, ses pommettes bien dessinées.

— Oui, oui, nous l'avons visité, se remémore soudain la vieille dame. Je me souviens d'une colonnade entourant une cour centrale, un peu comme nos cloîtres. Il y avait de belles mosaïques, du bois que papa avait trouvé admirablement sculpté. Tout autour de cette cour s'ouvraient les chambres avec des meubles bas. « Pas très confortable, avait noté maman, je ne vivrais pas pour un empire dans ce palais-là. » Mais en jardinière amateur, elle avait admiré les bougainvilliers, les hibiscus, les jasmins étoilés.

— J'ai lu quelque part qu'un village avait été reconstitué.

Je parle d'une voix douce pour ne pas la brusquer.

— Un village africain.

— Des hommes et des femmes noirs forgeaient, tissaient, battaient du cuivre, confectionnaient des poteries et semblaient avoir très froid.

Marie-Berthe pose dans son assiette une deuxième tranche du cake et soupire :

— Je crois que c'est tout, ma chère amie.

— Avez-vous croisé des personnages importants qu'ils soient de France ou des colonies ?

Le chemin de Marie-Berthe a peut-être croisé celui d'Alia. Mon histoire pour la première fois pourrait se mêler à la sienne par l'intermédiaire d'une vieille femme à laquelle je n'ai jamais porté beaucoup de considération.

— Non, soupire mon interlocutrice, et pourtant j'aurais bien aimé rencontrer le maréchal Lyautey !

— Avez-vous vu les spahis, les cavaliers marocains ?

— De loin. Il y avait trop de monde pour leur fantasia. Maman a eu peur que mon frère et moi soyons étouffés ou piétinés.

Elle finit sa tasse de café, son gâteau.

— Ah si, je me souviens encore de la banderole qui

barrait l'entrée. Il y avait écrit : « À ses fils qui font aimer son nom au-delà des mers, la France reconnaissante. » Enfin quelque chose comme cela ! J'avais seize ans, mon frère quatorze. Deux ans plus tard, j'épousais Sébastien à Notre Dame-de-Lorette. J'avais mes cousines Renée et Nicolette comme demoiselles d'honneur…

Je n'ose l'interrompre et me résigne à l'écouter avec patience, prête à l'interrompre au moment de son installation rue Cadet. Je rentrerai ensuite chez moi pour noter ses souvenirs. En mai 1931, j'avais deux ans. Si mes parents étaient venus avec moi à Paris, j'aurais pu croiser Alia, moi dans ma poussette, elle au bras de Si Abdellah. Mais mes parents méprisaient ce genre d'apologie du colonialisme et étaient restés chez eux.

Jean-René m'attend dans le hall, il tient un livre à la main.

— Tiens, dit-il, j'ai trouvé l'édition originale de 1949 de l'*Histoire du Maroc* d'Henri Terrasse. Viens chez moi choisir une reliure.

Je suis touchée et m'en veux de ne pas lui rendre ses attentions, sa tendresse. Impossible de dire non à celui qui me fait un si joli cadeau. Je monterai chez lui et, sans nul doute, il me retiendra jusqu'à l'heure du dîner.

Il est près de vingt et une heures mais, bien que lasse, je vais écrire. Sans avoir retrouvé Alia, je ne parviendrai pas à m'endormir. Depuis le café partagé avec Marie-Berthe, elle ne m'a pas quittée, même lorsque Jean-René tentait de me prouver son désir. La jeune femme pouvait-elle se douter que l'Exposition coloniale bouleverserait sa vie ?

Alia ignore quand elle est née et Si Abdellah a pris le parti de célébrer en mai son anniversaire. À Paris, il pourra la gâter davantage encore, lui offrir le bracelet de diamants dont elle rêve, l'amener aux Folies-Bergère et chez Maxim's. Il sait que Sonia et elle ont appris à danser le fox-trot, le tango. Il est amusé par leur enthousiasme, comblé par le bonheur de sa très jeune compagne. Elle s'est préparée pour ce second voyage, s'est fait lire l'histoire de la conquête de l'Algérie puis des manœuvres coloniales de la France sur le Maroc, sa mainmise progressive sur les ports marocains, la création de la Banque d'État du Maroc, la signature du protectorat par le sultan Moulay Hafid à Fez, l'arrivée du général Lyautey comme résident, son amitié pour le frère aîné de Si Thami, alors pacha de Marrakech et seigneur du Sud. Avec franchise, il a répondu à toutes ses questions. Pourquoi cette entente ? Quels avantages pour les Marocains ? Mieux que personne, la jeune femme comprend qu'il faut être pragmatique, se servir des conjonctures, voir une situation telle qu'elle est et en tirer le meilleur parti. Comme il s'y attendait, Alia n'a pas protesté. « On ne fait pas l'amour ou de la politique pour moraliser, a-t-il conclu, mais par intérêt ou par utopie. »

La capitale française accueille Alia sous un ciel gris. Elle n'éprouve plus l'excitation du premier voyage, mais la présence de Sonia la divertit. Les deux jeunes femmes se sont promis d'aller prendre un thé à la

Coupole, de grimper les escaliers de la tour Eiffel, de faire des emplettes dans les grands magasins.

L'Exposition coloniale ne l'attire nullement mais Si Abdellah désire qu'elle l'accompagne. Seul, affirme-t-il, il s'y ennuiera à mourir. Après les discours officiels, ils tenteront de s'éclipser.

— Viens, propose-t-il alors qu'ils se sont installés dans leurs appartements au Grand Hôtel, je t'emmène au cinéma voir *Les Lumières de la ville*. On m'en a dit grand bien et le Pacha, que Dieu le garde, est un grand admirateur de Charlie Chaplin. Il s'est fait projeter tous ses films.

Alia ne peut pas lire les textes mais les images seules suffisent à l'enthousiasmer. Par leurs expressions, les acteurs font passer tous les messages, ce clochard qui se prétend riche afin de conquérir la petite fleuriste aveugle n'a pas besoin de converser pour communiquer son émotion. Les films parlants existent, elle le sait, mais quel progrès prétendent-ils apporter ?

Alia rentre songeuse à l'hôtel. Elle vient de vivre un grand moment de son existence, un de ceux que jamais on n'oublie.

Le soir, elle rejoint son amant dans son appartement, se blottit contre lui. Il la caresse, l'embrasse, lui demande de regagner son lit. « Demain, je dois être gaillard pour serrer la main du président Doumergue et l'accompagner dans ses pérégrinations », affirme-t-il.

Alia dort mal. Abdellah a mauvaise mine, les traits tirés. Pourront-ils s'escamoter tout de suite après la cérémonie d'ouverture de l'Exposition ? Elle tentera de l'en persuader. S'il venait à disparaître, que deviendrait-elle ?

En passant un tailleur que la couturière Madeleine Vionnet a confectionné d'après son mannequin, une jupe souple coupée en biais, une veste tombant des épaules en petits plis, Alia essaie de ne pas voir de mauvais présages dans le temps gris, la disparition d'un pendentif de turquoise finalement retrouvé dans une corbeille à papier, la vue d'un corbeau perché sur la rambarde du balcon. Elle garde pour elle ses idées noires. Sonia pourrait s'en alarmer. Elle a besoin de son sourire, de sa bonne humeur. À Paris, sa lectrice a retrouvé un oncle et une tante qui l'ont invitée à dîner. Elle-même doit souper chez Maxim's avec Si Abdellah et quelques amis. Elle espère bien avoir l'occasion d'exhiber ses talents au tango et au fox-trot.

Le chapeau cloche aux bords relevés sur le front comporte comme toujours une voilette qui la sécurise. Elle passe des gants, jette un châle de cachemire sur ses épaules, contrôle son allure dans la psyché qui orne sa chambre.

— Si Abdellah vous attend dans sa voiture, madame, annonce son valet.

Vêtu à la marocaine, celui-ci se moque des regards qu'on lui jette dans le hall de l'hôtel et dans les rues. Jamais il n'endossera un costume européen. Toutefois, revenu les pieds glacés d'une course place Vendôme, il accepte de porter des chaussures.

Avec étonnement Alia parcourt les stands de l'Exposition coloniale. Ces gens déguisés en bons indigènes abusent-ils les visiteurs français ? Dans le souk marocain reconstitué, il n'y a nulle odeur, pas un cri de conducteur d'ânes demandant de libérer le chemin, pas un enfant. Quelques ouvriers, trop bien vêtus, confectionnent des poteries, cisèlent des bijoux, cardent la laine. Les épiciers semblent regarder leur étal avec indifférence, le café maure propose des pâtisseries plutôt turques que marocaines. Elle est partagée entre l'envie de rire et celle de s'indigner à haute voix.

Plus loin, parvenue en Afrique de l'Ouest, elle découvre des hommes à moitié nus accroupis dans une cage. Quelque chose est inscrit en français sur une pancarte. À voix basse, elle en demande la traduction. « *Wakkal l'nadem,* chuchote Abdellah. Cannibales. » Alia éclate de rire, que signifie cette mascarade ?

— Tiens-toi bien, ordonne son compagnon. Ne me fais pas honte.

Elle reprend son sérieux, admire le temple d'Angkor, la pagode.

S'éclipser s'avère impossible. Un déjeuner est prévu qui sera suivi d'une fantasia. Les hommes dévisagent la jeune femme avec une visible admiration. Elle baisse les yeux. Ces désirs exprimés en public la déroutent. Accompagnées d'un homme, les femmes au Maroc ne sont pas importunées.

Dans le cortège officiel, un jeune attaché du Quai d'Orsay qui parle un peu l'arabe veut lier conversation. Il a une moustache blonde et soyeuse, un beau visage aux traits réguliers. Comme un éclair, l'étrange pensée qu'elle pourrait rester en France si un malheur survenait à son protecteur lui traverse l'esprit. En plaisantant, Madeleine Vionnet lui a dit : « Vous seriez la plus exotique de mes mannequins. » Vite, elle chasse cette absurde conjecture. Jamais elle ne pourrait vivre ailleurs qu'à Marrakech.

— Pourquoi les Français ne veulent-ils montrer qu'une image radieuse des pays qu'ils dominent ? demande-t-elle. Les gens semblent poser pour des cartes postales.

— Nous montrons le meilleur, madame. Pourquoi s'attarder sur le moins brillant ? Faites-vous visiter vos cuisines à des hôtes ?

Il sourit. Alia comprend qu'il ne se laisse pas duper par les gracieuses danseuses annamites, les chefs de tribus africains au crâne couronné de paille tressée, aux corps savamment peints d'ocre, de pourpre et de noir.

— La colonisation, chef-d'œuvre de la République, madame, dit-il en désignant la cage des cannibales.

Alia aimerait prolonger la conversation mais Si Abdellah l'appelle. Ils vont rejoindre la tente berbère dressée pour le déjeuner.

Mal à son aise dans son tailleur, la jeune femme mange du bout des lèvres les hors-d'œuvre, un couscous au poulet. Installé sur un divan avec le ministre des Colonies et une poignée de personnalités, Si Abdellah touche à peine aux plats. Alia l'observe à la dérobée. Elle se retient de ne pas appeler au chauffeur pour regagner l'hôtel. Sans doute la gronderait-il.

Pour assister à la fantasia, on les place l'un à côté de l'autre.

— Partons dès la dernière salve tirée, exige Alia.

Si Abdellah ne répond pas. L'a-t-il entendue ? Dans un nuage de poussière, les cavaliers poussent leur monture au grand galop sous un ciel lourd de nuages.

Tout semble faux. Alia ferme les yeux. Soudain, elle sent se plier à côté d'elle le corps de son amant. Sans un mot, il s'affaisse. Elle hurle. On les entoure. Alia entend le tonnerre des salves tirées par les cavaliers. Elle se penche sur Si Abdellah, l'appelle, le supplie. Son visage est blanc, impassible, lointain. L'air sent la poudre à fusil, la mort.

22

Jean-René m'accompagne à la gare de Lyon. Nous buvons ensemble un café crème avant le départ du train pour Aix où Damien viendra me chercher.

Sachant que cette séparation est la première étape d'une rupture définitive, je le quitte le cœur serré. Lui, semble ne se douter de rien et multiplie les mots gentils, les prévenances. Il veut m'acheter des journaux, sort de la poche de son manteau une boîte de chocolats. « Surtout, téléphone-moi dès ton arrivée », supplie-t-il. Sa voix sonne un peu faux. Je sais qu'il m'en veut de ne pas lui avoir demandé de m'accompagner pour le présenter à mes enfants. S'il savait combien cette éventualité est inenvisageable ! Ses illusions me culpabilisent et me peinent. Je dois avoir le courage d'y mettre fin.

La dernière cassette et le cahier sont dans mon sac à main, il est épais, cent pages pour sceller un destin.

— Tu devrais me parler de ton histoire, me reproche Jean-René en réglant les cafés. Je pourrais faire des suggestions, te donner des conseils.

Je retiens mon agressivité. À quoi bon le laisser humilié et malheureux sur le quai ? Ceux qui n'ont rien à gagner, rien à perdre peuvent se permettent d'être compatissants.

Devant mon wagon, il m'embrasse. J'imagine deux vieux, bouche contre bouche, et recule.

— À bientôt ! dis-je d'une voix joyeuse.

— Téléphone-moi dès ton arrivée !

— Bien sûr.

— Je t'aime.

Que répondre ? « Pas moi », ou bien : « Cesse donc de m'aimer. » Je prononce simplement :

— Tu es un ange.

Le pire des sentiments est la pitié. Mieux vaudrait que je haïsse Jean-René. La pitié humilie, tue à petit feu. Il ne mérite pas d'être ainsi traité.

Je vois sa silhouette qui s'éloigne, il agite la main. Bientôt il va prendre le métro, puis le RER et regagner les Amaryllis. Le premier jeudi du mois est celui des paupiettes de veau. Il va les déguster seul et son air pitoyable attendrira ces dames qui l'entoureront à l'heure du café. Je serai alors déjà au-delà de Lyon, le regard tourné vers le sud.

Damien et Amanda m'accueillent, s'emparent de mes valises.

— Je laisse Amanda t'installer, dit mon fils. Je dois être au palais à quinze heures.

Ils ont l'air heureux tous les deux, je les trouve rajeunis, en pleine forme.

La maison est charmante avec son minuscule jardin où sont disposés une table, un parasol, quatre chaises, de gros pots de gardénias, de roses et de géraniums.

Au rez-de-chaussée, ma chambre donne sur cet enclos parfumé. En laissant la fenêtre ouverte, je pourrais presque m'imaginer à Marrakech dans les jardins du Glaoui.

Je défais ma valise, pose le cahier, la cassette et le lecteur sur la table. Je suis heureuse et un peu étourdie. Comment réaliser que ce matin encore, j'étais aux Amaryllis ? Un autre monde.

À l'heure du thé, Amanda me confie qu'ils ont déposé à la DASS leur dossier de demande d'adoption. En même temps, ils ont contacté une œuvre de placement d'enfants russes. C'est la première fois que nous avons, elle et moi, une conversation un peu intime. L'amitié naît de la sympathie, de l'admiration. Nous nous connaissons si mal, elle et moi. Peut-être n'ai-je pas accepté qu'elle ait pris la place de Caroline, celle que je considérais comme ma fille. Alia m'a changée. Elle me fait croire en la fatalité, non pas comme une force surnaturelle à laquelle on ne peut échapper, mais comme une source de sagesse, d'harmonie dans des circonstances que l'on ne maîtrise pas. Sans jamais baisser les bras, Alia a accepté et a refusé. Elle est restée libre dans le cadre que la vie lui a imposé, celui-là irréfutable.

Soudain, je parle de Jean-René. Les mots me viennent spontanés, simples, et Amanda m'écoute sans m'interrompre. Enfin, elle remplit à nouveau ma tasse d'un thé parfumé au pamplemousse et me sourit.

— Êtes-vous sûre de ne pas l'aimer, mamie ?

— Absolument.

Ma belle-fille éclate de rire.

— Il vous a apporté un peu de bonheur, n'est-ce pas ? Je vous trouve très en beauté. Et ce petit pull gris, ces chaussures qui pourraient venir de chez Gucci. Ne me dites pas que vous les avez achetés sans penser à votre Jean-René !

— Jeunes ou vieux, les hommes ont besoin d'échapper aux contraintes du réel. Ils sont frères dans la foi, n'est-ce pas ? Au lieu d'assister chaque jour à la messe, j'ai tenté de vivre une histoire d'amour. J'ai eu tort. Ni Jean-René ni moi n'avons gagné quoi que ce soit. Lui est malheureux, et moi je me sens coupable.

Nous nous observons en silence. Amanda découvre que sa vieille belle-maman a une vie privée et un cœur, je fais la connaissance d'une personne à laquelle j'avais porté peu d'attention.

— Je vais être bientôt grand-mère, dis-je pour conclure. Voilà un rôle qui me convient, même si cet enfant a peu de chances de garder le moindre souvenir de moi.

J'arrête toute protestation en me levant.

— Je te libère. En attendant de te prêter main-forte pour le dîner, je vais faire un petit tour jusqu'au cours Mirabeau.

Jean-René m'appelle tous les jours sur mon portable. Tantôt je prends la communication, tantôt je l'ignore. J'ai si peu à lui dire.

Ici je travaille le matin, je me balade l'après-midi. Il fait beau, je suis heureuse comme peut l'être un malade en rémission. Allongée sur mon lit, le dos bien calé dans mes oreillers, je relis le chapitre écrit depuis mon arrivée à Aix. Hier, dimanche, Damien m'a baladée dans le Lubéron entre Gordes et Bonnieux. Je me doute qu'il a fait cette route de nombreuses fois mais cherche à me faire plaisir. Chaque mot gentil de mon fils me touche comme un cadeau. Je me fais légère, ne pose aucune question personnelle. Damien aime le jazz, la musique électronique, Le Clézio, Modiano et Norman Mailer, des thèmes qui nous permettent de discuter avec ce bonheur que nous éprouvions autrefois quand nous échangions des livres ou allions ensemble au cinéma le dimanche soir. Il n'a pas évoqué Jean-René ni les Amaryllis. Nous nous tenons sur la pointe des pieds. Tout va bien.

On enterre Si Abdellah dès l'arrivée de sa dépouille mortelle à Marrakech lors des prières de quatre heures de l'après-midi. Alia attend chez elle. Aucun ordre n'a été donné pour la faire déménager. Elle reste de longues heures assise par terre, les genoux repliés contre sa poitrine, la tête baissée, les yeux clos. Pour le moment, elle ne peut rien faire, rien imaginer. Avec ce chagrin qui pèse si lourd, il faut patienter. Si Abdellah l'a rendue heureuse, l'a traitée en partenaire, en confidente, pas en objet de plaisir. Il a fait d'elle une femme capable de se situer dans le monde, de se forger des opinions personnelles.

Impuissante, Sonia tente de la faire sortir de sa léthargie. Ne veut-elle pas contempler les achats faits à Paris ? Les bijoux, l'aérienne robe du soir en mousseline noire rebrodée d'or, les chapeaux ornés de rubans, de plumets ? Alia s'en moque. Ces accessoires appartiennent au passé. Sa force a toujours été de regarder aussi peu que possible en arrière. Les souvenirs sont une horloge arrêtée, inutile.

Par les fenêtres, elle aperçoit la cime des palmiers sur le ciel bleu, hume l'odeur des seringats et des jasmins, mais le crépuscule qui l'habite la coupe du monde. Elle dort, grignote, s'abîme dans l'immobilité et le silence. Au-delà du pavillon, il n'y a plus rien, seulement une souffrance aveugle, une anxiété qui lui broie le ventre.

Un jour, après le repas de la mi-journée que lui porte Sonia, elle entend une voix d'homme prononcer son nom, une voix qu'elle a entendue souvent dans ses rêves. Elle lève la tête, Si Thami est devant elle. Il dit simplement : « Je suis venu moi-même te chercher. »

Alia voit à son côté dormir le tout-puissant pacha de Marrakech, l'homme qu'elle désire depuis si longtemps. En dépit de ses cinquante-deux ans, la courte barbiche n'a pas un fil blanc. Aussitôt leurs corps se sont accordés, ont joui l'un de l'autre jusqu'à l'épuisement. Alia retient son souffle. Et si tout cela était un rêve ? Les premières lueurs du soleil jettent des reflets d'or sur les coussins pourpres, les mosaïques, le cèdre sculpté qui encadre le lit, mais son regard ne quitte pas le visage de son amant. Si tout ce qu'elle vient de vivre n'est que fantasme nocturne, au réveil, comme Nejma, elle s'envolera.

Le vent souffle du sud, la chaleur est écrasante. Alia est nue au hammam. Elle est fière de son corps qui plaît à Si Thami, elle le soigne, l'épile, le parfume pour les fêtes de l'amour. L'un et l'autre se donnent un temps avant de reprendre leur place, lui comme maître, elle comme favorite, comme compagne dont le rôle ne peut se borner au plaisir physique. Si Abdellah lui a offert une indépendance que nul ne lui arrachera, celle de la curiosité, de la réflexion, de l'estime d'elle-même. Son avenir au palais ne dépend que de sa volonté, de son intelligence, de son habileté à se mettre en harmonie avec les circonstances, à régner sans dominer, à rester à sa juste place pour ne pas heurter ou affronter celles qui se jugent supérieures à elle, à respecter le rapport des forces pour mieux les contrôler.

Avec les objets achetés en France, son pavillon au milieu de l'orangerie est devenu un havre d'un extrême raffinement. Sur les meubles marocains ou syriens sont posés des vases de Baccarat, des lampes signées Gallé. Des plantes vertes s'épanouissent dans des cache-pots anciens en porcelaine de Chine. Sur le sol sont jetés des tapis persans, des brûle-parfums diffusent une délicate fragrance de lilas. Le Pacha aime venir à l'improviste faire une sieste, lire un rapport, boire un thé ou un café. Elle est sa maîtresse et sa servante, s'ingénie à rendre chaque minute paisible ou voluptueuse, inattendue et épanouissante.

Lorsqu'il réunit ses deux épouses, ses concubines pour le petit déjeuner, elle s'efface, écoute, complimente. Jamais Si Thami n'entend de sa bouche un mot altier ou suffisant, jamais elle ne l'embarrasse. Sa décision de ne pas lui donner d'enfant est irrévocable. Les liens qui les attachent l'un à l'autre sont tout autres.

Les invités vont et viennent au palais, venant d'Angleterre, de France, des États-Unis, hommes politiques, acteurs, actrices, écrivains mais aussi mannequins, starlettes, toute une faune avide d'argent attirée comme des guêpes par la générosité du Pacha, son sens royal de l'hospitalité. Tout simplement, Alia prend sa place dans ce tourbillon. Comment les servantes pourraient-elles organiser le séjour de personnes frivoles et exigeantes ? Elle se fait lire par Sonia des livres sur la politesse, la tenue à table, l'ordonnance des réceptions dans les différents pays d'Europe, apprend à dresser un couvert, à commander aux fleuristes des compositions délicates ou exotiques et flamboyantes. Si Thami possède d'innombrables verres en cristal de Saint-Louis ou de Baccarat, des services en porcelaine de Limoges, de l'argenterie anglaise venant de chez Wright. Alia a appris à connaître l'usage de ces merveilles, commande les domestiques, décide des menus avec les cuisinières. Puis elle s'efface, regagne son pavillon, jouit de loin du succès des fêtes qu'elle a organisées.

Chacun a pris l'habitude dans le palais de voir sa haute silhouette habillée de caftans taillés dans des soies lyonnaises, des brocarts achetés à Paris. Elle parle peu, fuit les ragots et les médisances. Tout ce qu'elle avait si ardemment voulu est advenu. Elle possède l'homme qu'elle désirait, le gardera aussi longtemps qu'il vivra. Plus de voyages, elle ne veut pas attirer la jalousie de ses épouses, la haine des autres concubines. Son pays, son univers est désormais le palais de Marrakech.

Un soir, Sonia, qui circule librement en ville, revient le feu aux joues. Aussitôt, Alia devine qu'elle a quelque chose d'important à lui dire, quelque chose d'essentiel. L'été est passé, il fait plus doux, la neige tombe à nouveau sur l'Atlas, les hirondelles vont arriver du nord. Le soleil décline et l'ombre des orangers, des palmiers devient fraîche. Alia s'assied, elle regarde Sonia immobile qui retient ses mots, allume une cigarette. Sa main tremble un peu.

— Je reviens du quartier des ferblantiers, souffle Sonia.

Alia regarde une coupe en porcelaine chinoise pleine de raisins, de grenades et de dattes. Par bouffées arrivent des rires, des appels de servantes.

— Quelqu'un m'a parlé de vous, continue Sonia. Il m'a dit qu'il est votre frère, qu'on vous a volée très jeune dans le souk et que nul n'a pu vous retrouver.

Le cœur d'Alia est douloureux, comme s'il était devenu indépendant du reste de son corps et essayait de jaillir hors de sa poitrine. Blême, elle écrase la cigarette dans un cendrier de marbre, elle voudrait crier que cet homme ment, qu'elle n'a pas de famille.

Le soleil est bas et éclaire les tapis, les tables rondes en ébène incrustées de nacre, joue sur le cristal taillé des vases.

— Que veut-il ? demande-t-elle d'une voix métallique.

— Venir vous visiter avec ses deux sœurs. L'une est mariée à un artisan, l'autre célibataire.

— A-t-il parlé de ses parents ?

Alia ne se rappelle rien. Pourquoi Dieu souhaiterait-il que sa famille ressuscite du néant ?

— Son père, votre père est mort. Votre mère est toujours là, son fils et sa fille aînée lui donnent de quoi vivre.

— Elle veut obtenir de l'argent de moi ?

La voix agressive d'Alia choque Sonia. Elle pensait apporter une nouvelle heureuse et découvre de la peur, presque de la haine.

— Il n'a rien demandé.

— Qui, il ? jette Alia. Donne-moi un nom.

— Malek.

Alia croit entendre une voix de femme qui appelle : « Malek, Malek. » Une illusion.

— Malek el-Nakkah, fils d'Hassan, précise Sonia.

La jeune femme tressaille.

— Je ne connais pas ces gens, laisse-moi tranquille. Comment cet homme a-t-il osé t'aborder ?

— Tout le monde a entendu parler de toi à Marrakech. On sait que tu es une personne influente. Les servantes colportent ton histoire, ton passé. On dit que tu as été une petite esclave, une enfant volée voilà plus de vingt ans dans le souk. Les Nakkah ont entendu ces bavardages et veulent sans doute tirer profit de leur ancien malheur. Leur propre fille, Fatima, a disparu à la même époque, on ne l'a jamais retrouvée.

Les yeux clos, Alia répète : « Fatima, Fatima. » Soudain, elle ajoute : « Amina, Aïcha. »

— Va-t'en, s'il te plaît, ordonne-t-elle à Sonia.

Pourquoi ces noms sont-ils venus spontanément sur ses lèvres ? Elle veut savoir. Dès ce soir, elle va envoyer une de ses servantes dans le quartier des ferblantiers, elle veut savoir qui sont les Nakkah, s'ils ont des filles qui portent ces noms.

La lune monte à l'horizon, sa lumière nacrée caresse les jardins. Au loin hurlent les chiens errants.

Alia n'éprouve plus de colère, seulement une grande tristesse. Que pourrait-elle dire à sa famille retrouvée ? Ses membres sont pour elle des étrangers, elle n'a rien en commun avec eux. S'ils ont besoin d'argent, elle leur donnera quelques bijoux et leur demandera de ne plus revenir.

Les yeux clos, elle essaie de fouiller sa mémoire mais ne retrouve rien, seulement cette voix qui appelle et ces noms de femme qu'elle n'a jamais prononcés auparavant et qui la fouettent comme un coup de vent violent.

À Si Thami, Alia ne confie rien. Qu'aurait-il à faire de toute une famille qui surgit pour tendre la main, s'incruster peut-être ? Il l'aime libre comme une *djenna*, libre comme une fée. Ces êtres surnaturels, envoûtants ont-ils des frères qui travaillent le fer-blanc, des sœurs enceintes ou à marier ?

Après le dîner, le Pacha la fait venir. Il n'est pas très bien et a besoin de sa présence. Elle revêt un caftan confectionné dans un brocart à ramages d'argent commandé à Lyon, attache ses cheveux avec deux peignes d'écaille incrustés de perles, jette un voile de mousseline sur sa tête et ses épaules. De son inquiétude, de sa peur, elle s'efforce de ne rien montrer.

Avec des gestes souples, précis, sensuels, elle masse son amant. L'huile de lavande apaise, donne à la peau ambrée une douceur de soie.

— Nulle ne pourra jamais te remplacer, murmure Si Thami.

Alia s'allonge à côté du Pacha, son corps se love contre le sien. Elle aussi a besoin de lui. Répudiée, n'aurait-elle pour avenir que Télouet ou le quartier des ferblantiers ?

Leurs peaux se rejoignent avec délices, se reconnaissent, ils se chuchotent les mots qu'ils aiment prononcer et entendre. Ils s'attendent.

À l'aube, c'est le Pacha qui réveille Alia. Ses cheveux épars sur l'oreiller, elle dort profondément. Ses mains sentent l'huile de lavande, sa peau a la fragrance de l'amour.

— Prenons seuls le petit déjeuner, chuchote Si Thami. Ensuite il me faudra travailler.

Nu, il se dirige vers la salle de bains. Ali voit la silhouette droite, très mince, les jambes musclées mais fines. À plus de cinquante ans, le Glaoui est encore bel homme.

Assis sur un divan, épaule contre épaule, ils partagent une soupe, du pain chaud, un thé à la menthe très sucré. Pour ne pas revêtir le caftan de brocart, Alia a passé une djellaba appartenant à Si Thami. Pour rire, elle met le capuchon sur sa tête. À tout moment, lorsqu'ils sont seuls, leurs lèvres se rejoignent.

— Ouvre mon coffre, demande soudain le Pacha. Il y a là quelque chose pour toi.

Alia découvre de légers bracelets d'or incrustés de pierres précieuses, un antique collier berbère en argent et turquoises.

— Ils sont pour toi.

Elle rit.

— Ton prochain cadeau devra être un coffre pour mettre en lieu sûr tous les bijoux que tu m'offres !

— C'est ma joie et ta sécurité, dit-il simplement. Dieu, que son saint nom soit béni, peut me reprendre à tout moment et je serais coupable de te laisser dans le besoin.

Les jardins qu'Alia traverse pour regagner son pavillon sont inondés de lumière. Il est encore tôt mais déjà les jardiniers s'affairent à ratisser, couper les fleurs mortes, élaguer les buissons. À l'horizon, les pics de l'Atlas sont d'une blancheur éblouissante.

Alia s'arrête parfois un court instant pour écouter le bruit de l'eau qui court dans les canaux d'irrigation, cascade dans les fontaines. Le ciel est encore d'un bleu doux qui bientôt deviendra intense. L'odeur des ifs qui se dressent çà et là pour souligner une perspective est forte, un peu entêtante. Alia se serre dans son voile, elle est heureuse, elle a envie que cette matinée jamais ne s'écoule.

Sonia l'attend sur le pas de la porte.

— Vous avez deux visiteuses, annonce-t-elle. Je les ai fait asseoir dans le salon.

Alia ôte son voile, allume une cigarette. Elle aspire une longue bouffée, pénètre dans la grande pièce entourée de divans. Sur des tables octogonales s'épanouissent de gros bouquets de fleurs. Elle aime cet espace qu'elle a décoré avec des meubles anciens ou artisanaux, des objets achetés en France. Dans un coin, elle a même disposé une table à jeux de l'époque Louis XVI entourée de fauteuils médaillons recouverts de soie rose brodée de palmettes vert amande liées par des nœuds de ruban. Dans une alcôve recouverte de carreaux persans s'épanouit une forêt de plantes dans leurs cache-pots chinois.

Engoncées dans des caftans de coton, deux femmes sont assises l'une à côté de l'autre. Elles se lèvent aussitôt, s'inclinent.

Alia se mord les lèvres. Malgré la beauté du ciel bleu, l'harmonie des cascades dans les vasques, elle n'éprouve plus aucun bonheur.

— Qui êtes-vous ? demande-t-elle.

Elle connaît la réponse.

— Lalla Alia, prononce l'une, nous sommes venues à la demande d'une de tes servantes. Notre frère Malek pense que tu es notre sœur Fatima, disparue voici de nombreuses années.

Elle a parlé d'un trait comme si elle récitait une leçon apprise. L'autre garde le silence.

— Qui t'autorise à penser cela ?

Alia s'en veut de s'exprimer avec cette voix dure, accusatrice, mais elle ne peut maîtriser son angoisse.

— Personne, mais Malek est sûr de ce qu'il affirme.

L'autre femme lève enfin la tête et Alia croise son regard. Elles ont les mêmes yeux, le même front un peu haut, volontaire. Maintenant elle ne doute plus.

— Que voulez-vous ?

Les deux jeunes femmes la dévisagent avec étonnement.

— T'amener notre mère. Revoir sa fille perdue sera sa dernière joie avant de mourir. Elle est malade.

Alia a le cœur qui bat trop vite. De la sueur mouille la paume de ses mains. Elle est émue et cette réaction affective la désoriente. Un instant plus tôt, elle voulait offrir du thé à ses visiteuses, maintenant elle souhaite qu'elles déguerpissent au plus vite pour ne pas la voir pleurer.

— Qu'elle vienne, prononce-t-elle d'un ton froid. Maintenant, laissez-moi.

Un long moment la jeune femme reste prostrée sur son divan. Elle croit ne rien ressentir, mais sait qu'elle ne pourra s'abuser bien longtemps.

23

Sans réfléchir, je pousse la porte de l'agence immobilière. Derrière son bureau, la jeune femme me sourit. Elle m'écoute, se dirige vers son ordinateur. « Oui, dit-elle, nous aurions quelques produits à vous présenter. » C'est Alia qui me conduit, sa détermination m'habite, sa force me donne le courage de m'affirmer. Même lorsque j'aurai fini son histoire, nous ne nous quitterons plus et, si je reste aux Amaryllis, je comprends maintenant que je n'aurai plus le droit de me plaindre. Nul ne m'y contraint, hormis une pression sociale considérable à laquelle je peux avoir la force de résister. Damien n'est pas mon père et n'a pas à prendre de décision à ma place. Peut-être me suis-je plu à endosser un rôle de victime. On me dépouillait de mon appartement en m'expédiant dans une résidence pour retraités. Qui est ce « on » ? Moi-même ? J'ai été lâche pour me plaindre, pour qu'on me plaigne. Alia m'a ouvert les yeux.

— Voulez-vous visiter quelques appartements maintenant ? demande la jeune femme. Trois sont en location à deux pas d'ici.

Par crainte d'être déçue une fois encore, je précise mon budget, mes exigences.

— Je crois que l'un d'entre eux vous plaira. Il est plein de charme et serait parti en un instant si la propriétaire n'était pas aussi pointilleuse. Aucun de mes clients n'a pu la satisfaire.

J'ai le cœur qui bat comme avant un examen. Pauvre Jean-René, il va falloir que je lui écrive. Il peut se montrer dur, acerbe, user de paroles violentes. Je dois le préparer en douceur à cette inéluctable décision de rompre notre liaison.

Mon cornac m'entraîne dans une rue étroite bordée de maisons anciennes. D'une fontaine adossée à un mur s'écoule un filet d'eau qui clapote dans une vasque de pierre. Accroché à quelques fenêtres, du linge sèche. Le soleil est haut dans le ciel, des moucherons dansent au-dessus d'un bouquet d'herbes folles qui poussent au pied d'un petit immeuble.

— C'est là.

L'émotion me serre la gorge.

L'appartement est au rez-de-chaussée. Un salon avec une cheminée, deux chambres à l'arrière donnant sur un patio à l'italienne où se côtoient de gros pots de terre cuite plantés de lavande, de sauge, de basilic.

— C'est un peu sombre, convient la jeune femme, mais il n'y a pas d'étage à grimper. Et l'été, vous apprécierez de ne pas avoir trop de soleil.

À pas feutrés, comme pour ne pas rompre un charme, je parcours encore et encore les pièces. La cuisine est de taille modeste, l'évier en faïence blanche cerné d'un rideau de toile à carreaux bleus et blancs, partout des étagères, des petits meubles de bric et de broc, un coffre à pain, un gros couffin à légumes, des boîtes à ficelle, à épices, des paniers où se racornissent des pelures d'oignons. Dans le renfoncement de la fenêtre, quelques pots vides sur leurs soucoupes semblent attendre la branche de thym, la touffe d'estragon.

Tremblante, je regagne l'agence, je suis résolue à louer cet appartement. À Damien et Amanda, j'expliquerai avec calme et fermeté que je ne veux pour rien au monde envahir leur vie privée mais que la venue de mon premier petit-enfant a guidé mon choix. J'ai le droit de profiter de sa présence, de nouer avec elle ou avec lui durant la dizaine d'années qui me reste à vivre des liens certainement différents de ceux qui unissent une jeune grand-mère à sa descendance, mais qui lui laisseront de bons souvenirs. Nous ne pédalerons pas ensemble, je ne l'amènerai pas à la plage pour de longues baignades, mais nous aurons d'autres complicités. Que ferais-je aux Amaryllis loin de ceux que j'aime ? L'amour ne signifie pas dépendance, invasion de l'espace d'autrui, on ne le dompte pas par sagesse ou résignation, on ne le raisonne pas, chacun l'invente à sa façon.

— Je vais contacter la personne qui possède cet appartement, dit la jeune femme. Pourriez-vous me laisser un numéro de téléphone ?

J'étais sûre que l'émotion, l'anxiété m'empêcherait d'écrire. Mais je vais convenir à la propriétaire, de cela la jeune femme de l'agence semble convaincue. Je remplis tous les critères exigés : pas de jeunes enfants, pas d'animaux domestiques, pas d'activités professionnelles qui attireraient des étrangers dans l'immeuble. Une veuve de diplomate dont le fils est procureur au tribunal d'Aix est une impeccable carte de visite. Aussitôt le bail signé, je parlerai à Damien.

Depuis combien de temps n'ai-je pas éprouvé une telle joie ! Je me sens légère, jeune, je souris, je chantonne, je monte et descends le cours Mirabeau, m'attable dans un café, m'offre un soda, une glace à la pistache. La jeune femme de l'agence a promis de m'appeler sous les quarante-huit heures.

Le bail est signé, j'ai laissé un chèque qui épuise une partie de mes économies, mais le loyer est raisonnable. Quant aux charges et à la nourriture, je dépenserai beaucoup moins qu'aux Amaryllis.

Je célèbre l'événement en savourant seule une flûte de champagne à la terrasse des Deux-Garçons. Il fait doux, les passants flânent. Suis-je en train de rêver ? Il y a tant de choses que j'ai soudain envie d'entreprendre ou de recommencer. Pourquoi ai-je été comme paralysée aux Amaryllis ? Dans les maisons de retraite, tout est programmé pour que les gens âgés ne pensent plus qu'à eux-mêmes, à leur santé, à leur nourriture, à leurs distractions. Ainsi infantilisés, ils deviennent captifs et abandonnent peu à peu toute responsabilité. Un cœur mort est une prison que l'esprit ne peut ouvrir. Quelqu'un, un médecin, une assistante sociale, un enfant a suggéré à mots feutrés l'hôtel quatre étoiles, les vacances qui n'en finissent pas, le bonheur de se faire des amis, de disputer des parties de cartes, de Scrabble. Un paradis pour seniors, le gros lot enfin empoché. Bingo ! Mon ironie est venue d'une lucidité qui jamais ne m'a fait défaut. Pour moi, elle est une planche de salut.

L'appartement a besoin d'un coup de peinture, je veux aussi une douche. Mis à part ces modestes travaux, rien ne changera et dès le 1er juin, je compte m'installer chez moi. Ces mots « chez moi », je me les répète encore et encore. Je pense aux Amaryllis comme à un lieu noyé dans la brume du passé. Souvent, je remonte la rue, m'arrête devant « mon immeuble ». Les volets sont clos, la porte d'entrée bloquée par un code que l'on m'a communiqué. J'ai les clefs. Le souffle court, je pénètre dans l'appartement. L'air sent le moisi, des mouches et des coccinelles mortes gisent sur le plancher, des toiles d'araignée occupent l'angle des murs, une souris se dessèche dans la cheminée. Ceux qui se sont succédé dans ce modeste appartement ont dû y être heureux. Le bonheur comme le malheur se respire, se goûte, se caresse.

Longtemps je reste dans cet espace de soixante-dix mètres carrés comme une reine en son royaume.

Au marché en plein air, je déniche un tableau représentant une villa toute blanche bâtie sur une île qu'entoure un paisible lac. Je l'accroche dans ma chambre, en face de l'alcôve. Me voilà chez moi.

Dans deux jours, Damien me conduit au train. Le moment est venu d'annoncer que ma décision de demeurer à Aix est non seulement prise mais matérialisée. Quand Amanda nous sert après le repas du soir une tisane de fleurs de fenouil, je plonge.

Plus curieux qu'hostiles, mes enfants m'écoutent. Ils ont l'air surpris mais ne cherchent pas à m'interrompre pour protester, tenter de me faire changer d'avis.

— Depuis que je suis enfant, tu n'as cessé de me surprendre, soupire enfin Damien. Tu nous as toujours déconcertés, papa et moi.

— Tu plaisantes, n'est-ce pas ?

Il se redresse sur son fauteuil, pose sa tasse sur la table basse.

— Voyons, maman, tu le sais bien. Constamment tu as aimé prendre le contre-pied de tout ce qui te semblait trop raisonnable, conventionnel. Tu es royaliste et socialiste, tu milites avec les pacifistes et tu soutenais à la Jamaïque des révolutionnaires plus ou moins illuminés. Lorsqu'il voyait se pointer l'un d'eux à la grille de notre jardin à Kingstown, papa était catastrophé.

Je ris.

— De bien inoffensifs jeunes gens qui avaient besoin d'un idéal. Qui n'est pas révolutionnaire à vingt ans ?

— Moi, maman. À cet âge, je bossais mon droit et tu n'aurais pas toléré que je porte les cheveux longs ou que je joue de la guitare dans une station de métro. Tu admettais tout des autres, pas grand-chose de ton fils.

Le ton de sa voix n'est pas agressif, amusé plutôt.

— Donc tu restes à Aix rue Cardinal, poursuit-il en me regardant droit dans les yeux.

— Je reprends le cours de ma vie, c'est tout. Tu ne me verras ni plus ni moins que lorsque tu habitais rue de Sèvres et moi aux Amaryllis. Mais de temps à autre, je vous inviterai le dimanche dans un bon bistrot.

Amanda n'a encore rien dit. Détruira-t-elle l'état de grâce qui nous touche Damien et moi ?

— C'est une bonne décision, déclare-t-elle soudain d'une voix tranquille.

J'ai la larme à l'œil, je les embrasse.

— Maintenant, votre vieille maman va partir à la découverte d'elle-même. Il est grand temps. J'ai été une fille obéissante, l'épouse dévouée d'un diplomate, une mère, j'espère attentive, un prof d'histoire consciencieux, une pensionnaire pas très comme il faut aux Amaryllis. Je veux connaître un peu mieux l'autre face de ma personnalité. Ce versant-là, je ne l'ignore pas, descend inéluctablement vers l'océan.

Je vais pousser la porte de ma chambre quand ma belle-fille me rattrape.

— Et votre amoureux, mamie ?

Sa voix est pleine d'ironie, son regard complice. Je n'éprouve plus d'hostilité pour la femme qui m'a volé Caroline. Pourquoi m'étais-je tant attachée à cette première belle-fille qui, depuis son remariage, ne m'a jamais fait signe ? Les sentiments ont la mobilité et l'éphémère durée d'une vaguelette qu'une risée de vent pousse sur la plage.

— Jean-René ? La vague est passée, dis-je seulement. Il en reste un peu d'écume que la première brise emportera. Je lui souhaite d'être heureux.

— Pourquoi un amant qui rompt veut-il la plupart du temps se montrer gentil ? soupire Amanda.

— La mauvaise conscience rend lâche, ma petite, et l'hypocrisie, consciente ou non, est un moyen de défense.

Nous rions. Les femmes ont toujours été à moitié

victimes, à moitié bourreaux, et passent sans effort d'un état à l'autre.

Jean-René m'attend sur le quai. Il porte une veste de tweed, un polo bleu pâle. Un bel homme que bien des femmes de mon âge rêveraient de s'approprier. Mais je ne suis plus faite pour les pantoufles communes et les sommes devant la télévision. L'ai-je jamais été ?

— Tu as l'air radieux, me dit-il sur un ton mi-content, mi-critique. As-tu seulement pensé à moi ?

Dans le taxi, je prends sa main. Un peu de bonheur avant le coup fatal, la blessure mortelle.

Devant les Amaryllis, je crois rêver. J'ai l'impression de réintégrer une forteresse dont je vais bientôt m'échapper pour toujours. Et, cependant, je ne peux nier ressentir une certaine émotion en revoyant Maurice Dubreuil, Denise Attias, Marie-Berthe Pérol, tous ceux qui ont été mes uniques compagnons depuis presque deux ans. En les laissant derrière moi, j'ai l'impression de leur faire un mauvais coup.

— Savez-vous ce qui nous arrive ? s'exclame Denise à l'heure du café. Madame Moret nous quitte, elle est nommée à la direction générale. Nous sommes inquiets.

— A-t-elle annoncé qui allait la remplacer ?

À peine ai-je conscience des paroles que je prononce. Je suis déjà partie.

— Pas encore.

— Quelle importance ? osé-je suggérer. La directrice ou le directeur des Amaryllis n'est pas un maître d'école.

Sidérée, elle m'observe.

— L'ambiance de notre résidence dépend d'elle ou de lui.

— Elle dépend de vous tous, ma chère amie.

J'ai dit « vous », pas « nous ». J'ai déjà pris mes distances du petit troupeau bien gardé, bien nourri. Je redeviens un animal errant qui devra se battre pour survivre.

Justement, madame Moret passe parmi nous.

— On dit que vous quittez les Amaryllis ? Qui prendra votre succession ?

Je vois se pincer ses lèvres minces.

— Je ne sais pas encore. Une annonce vous sera faite en temps voulu.

Soudain le sourire revient, onctueux, rassurant.

— Ne vous inquiétez surtout pas. Ma remplaçante vous plaira beaucoup, j'en suis certaine.

Elle s'éclipse. Comme moi, cette chère madame Moret doit avoir hâte de décamper.

Lorsque Jean-René veut me suivre dans mon appartement, je l'arrête.

— J'ai besoin de me reposer. Dînons ensemble ce soir, veux-tu ? Nous parlerons plus tranquillement.

Il me regarde avec tendresse. Le pauvre.

J'ouvre mes stores, mon cahier. Il fait un temps radieux. Le magnolia va bientôt fleurir. Dans le jardin, une volée de passereaux s'abat sur la pelouse à la recherche d'insectes. J'ai encore un mois et demi à passer ici, six semaines durant lesquelles je ne quitterai plus Alia.

Allongée sur mon lit, j'écoute la dernière cassette, celle du crépuscule et celle de l'aube. J'aime la voix de Jamila, elle confie, elle offre. C'est une voix de messagère, une voix d'amoureuse.

La vieille femme qui se tient devant Alia l'interpelle, la bouleverse. Elle a les épaules voûtées, une peau parcheminée, un regard à l'expression humble. Elle est intimidée, presque apeurée.

— Fatima, murmure-t-elle.

Alia ferme à demi les yeux. Elle reconnaît l'odeur de cette femme, un parfum de rose bon marché mêlé à une pointe de santal. Alors, des siècles auparavant, cette senteur signifiait amour et protection, elle se mêlait à l'odeur sucrée du lait, aux relents âcres de la sueur.

— Suis-je votre fille ? interroge enfin Alia.

— Tu l'es. Voilà vingt-sept ans que je prie Dieu de te rendre à moi. Dans sa bonté, il m'a exaucée.

— Fatima n'existe plus.

Un long moment, les deux femmes se regardent jusqu'au fond du cœur. Aucun mot ne leur vient aux lèvres.

Enfin, la vieille dame murmure :

— Quand nos chemins se croiseront à nouveau, nous serons mortes toi et moi.

Alia se tait. Cette femme dit vrai : sur cette terre, rien ne les unit.

La visiteuse recule, cherche la porte. Un instant elle s'immobilise. *« Oummi »*, souffle Alia. Des larmes coulent sur ses joues. Elle se détourne.

Plus tard, la jeune femme fait revenir ses sœurs, leur offre des bijoux. Aïcha a deux enfants, un fils et une fille, Amina n'est pas encore mariée et se désole. Sans dot, à près de trente ans, qui l'épousera ? Alia ne peut se dérober. Elle demandera à Si Thami de lui trouver un époux convenable, serviteur, garde, petit fonctionnaire du palais. Elle aura une dot, un trousseau.

— Mère ne veut plus revenir, confie un jour Aïcha. Tu es trop élégante, trop distante. Elle te pardonne et prie pour toi.

— Elle n'a pas à pardonner ! lance Alia. Rien de ce que je possède aujourd'hui ne m'a été offert sur un plateau d'argent.

Aïcha montre des photos de son mari, de ses enfants, lui un commerçant souriant derrière son étal d'épices, eux de jolies frimousses avec de grands yeux, des cheveux ébouriffés : Ahmed et Nour. Ahmed a déjà huit ans, Nour six. Alia rend les photos à sa sœur. Elle refuse l'émotion, les regrets stériles.

— Viens les voir, suggère Aïcha. Nous ferons une belle fête en ton honneur.

Alia se contente de hocher la tête. Le Pacha n'autorise aucune de ses femmes, concubines ou protégées à quitter le palais. La règle est absolue. Que ferait-elle, par ailleurs, au milieu d'inconnus qui s'empresseraient autour d'elle pour lui plaire, d'enfants caressant son caftan du bout des doigts, de femmes l'observant avec convoitise ?

En mai, le Glaoui se rend en Europe pour deux semaines. Il veut visiter l'Exposition internationale à Paris. Alia sait qu'il désire s'entretenir avec Blum, le président du Conseil, dont on dit qu'il va présenter la démission de son cabinet. Ensuite, le Pacha gagnera Londres où il est invité au couronnement du roi George V.

La jeune femme ne reverra plus Paris, Si Thami voyage seul. Sans doute retrouve-t-il de jolies Françaises, starlettes ou mannequins. Elle n'est pas jalouse. Dans son monde, on ne peut survivre qu'en dominant ses émotions. Rarement elle a avoué à Si Abdellah son affection, sa reconnaissance, son respect. Elle s'est laissé aimer, gâter par lui et réalise qu'elle n'a pas vécu avec assez d'intensité un chapitre essentiel de son existence. Avec Abdellah ont disparu les voyages, les paquebots, la mer, les automobiles, Paris sous la pluie, le regard volontaire de mademoiselle Chanel, les abat-jour roses décorant les tables chez Maxim's, la terrasse du Dôme, les rues animées où elle marchait sans se presser au bras de mademoiselle Bonot ou de Sonia. Tout cela s'est évanoui comme des feux qui s'éteignent l'un après l'autre dans la nuit.

24

À vingt heures trente, le restaurant est déjà presque complet. Tout sourire, Jean-René m'installe à table, commande d'emblée deux coupes de champagne. Cette largesse dans de telles circonstances me gêne. À tout prix, je dois éviter les reproches, les mots qui humilient ou enragent. Un difficile enjeu. La sincérité est un pion que l'on ne peut pousser trop loin.

En étudiant la carte, nous dégustons notre champagne, parlons d'Aix, de mon fils et de ma belle-fille, de leur projet d'adopter un enfant. Dès la croustade aux champignons des bois, je saisirai ma lancette pour percer l'abcès. Cela fera mal. Pourquoi se sent-on coupable de ne plus aimer ?

Lorsque Jean-René veut prendre ma main à travers la table, j'éprouve soudain le besoin de réajuster ma coiffure.

— La ville d'Aix m'attire, dis-je soudain en le regardant droit dans les yeux comme un suicidaire fixe l'eau qui va l'engloutir.

— Moi aussi, renchérit aussitôt Jean-René. Si la vie y était moins chère, c'est une ville où nous pourrions résider.

Mon cœur s'emballe et, pourtant, je n'ai aucun doute, aucun remords. Je saisis la perche que, sans le savoir, il me tend.

Le garçon pose les croustades devant nous. Jean-René remplit mon verre de vin de bourgueil. D'une voix calme et décidée, j'annonce :

— Je vais m'installer là-bas dès le mois de juin.

Je devine de l'inquiétude dans le regard de mon compagnon.

— Et que fais-tu de moi ?

La bouchée que je viens d'avaler reste bloquée au fond de ma gorge.

— Nous allons nous séparer.

Je n'ai pas su, pas pu être moins brutale.

Jean-René repousse son assiette.

— Es-tu devenue folle ? Nous nous aimons, nous nous sommes engagés à nous tenir la main jusqu'à la fin de nos jours.

— Je n'ai rien promis de tel.

— Tu m'as donné ta parole d'honneur.

Il faut que je reprenne mon calme, que j'inspire, expire lentement.

— Jean-René, nous ne sommes pas à l'armée, nous n'avons pas signé d'engagement. Celui qui s'en va ne peut être considéré comme déserteur.

— Je te suivrai à Aix, lance-t-il soudain.

Le ton est buté, déjà vindicatif.

— Je n'y souhaite pas ta présence.

D'un geste rageur, il lance sa serviette sur la table.

— Tu es lâche, menteuse, tu me dégoûtes !

— Jean-René, je t'en prie !

Ma voix tremble, j'ai les larmes aux yeux. Toute violence physique ou verbale m'est insupportable.

Nos voisins de table nous observent, surpris. Des gens de nos âges se faisant une scène en public !

Impossible d'empêcher mes larmes de couler, je me tamponne les yeux avec un coin de ma serviette.

— Comment pourrais-tu être heureux avec une femme qui ne te rend pas ton amour ?

Mon baroud d'honneur ne peut sauver la situation. Je me lève.

— Reste, m'ordonne Jean-René d'un ton sans appel. N'ajoute pas la couardise à la bassesse.

Comment cet homme doux, tendre, peut-il se transformer aussi vite en agresseur, prêt à frapper, à faire mal ? Soudain, je songe à une phrase du *Tartuffe* : « On veut bien être méchant mais pas ridicule. » Jean-René défend son honneur de mâle, voilà tout.

L'air goguenard, le serveur ôte nos croustades à peine entamées et pose devant nous les côtelettes d'agneau au thym et au serpolet. Je dois faire un effort surhumain pour en avaler quelques bouchées.

— Tu changeras d'avis, prononce Jean-René après avoir bu d'un trait son verre de vin. Toi et moi sommes faits pour vivre ensemble.

Plus que sa brutalité, cette soudaine sentimentalité de vieil homme larmoyant me fait horreur. Va-t-il réussir à se faire détester ?

— Je t'aime, ajoute-t-il d'une voix tremblante. Tu es ma raison de vivre.

C'en est trop. Je ramasse mon sac et quitte le restaurant.

Dans le hall, Maurice Dubreuil m'arrête.

— Une grosse contrariété, gémit-il.

Je tâche de dompter mon impatience, de coller un sourire sur mon visage.

— Je sais, mon cher Maurice, madame Moret nous quitte !

— Ce n'est pas cela, se lamente le vieil homme. Notre pâtisserie-salon de thé ferme. On dit qu'une boutique de vêtements pour adolescents va s'installer à sa place. Tous ces bouleversements m'abattent au-delà du possible.

Je pose un baiser sur sa joue et me sauve. C'est la première fois que j'embrasse Maurice Dubreuil, mais aujourd'hui la terre entière, hormis Jean-René, me semble aimable. Moi, pas de cœur ?

En m'éveillant, je trouve une lettre glissée sous ma porte. Comme je ne parvenais pas à m'endormir, j'ai avalé un somnifère vers minuit. Ma bouche est sèche, j'éprouve de vagues nausées. J'ai besoin d'un grand bol de thé, d'un peu de musique douce. Pendant que je déguste à petites gorgées le liquide chaud, j'ouvre l'enveloppe à contrecœur, déplie un rectangle de papier.

Ma chérie,

Je te pardonne. Hier soir, tu n'étais pas dans ton assiette après un long voyage.

Il est impossible que tu penses vraiment ce que tu m'as dit avec tant d'agressivité. Je sais que tu m'aimes, que tu as besoin de moi comme j'ai besoin de toi. Seul un malentendu nous sépare. Dissipons-le et reprenons-nous la main. Si tu ne me veux pas à tes côtés, je louerai un appartement voisin du tien et nous nous verrons chaque jour. Ce sera une bonne vie, crois-moi.

Mes enfants savent que j'ai trouvé la femme idéale et s'en réjouissent. Ils veulent faire ta connaissance. Peut-être pourrons-nous organiser durant l'été une réunion de nos deux familles ?

J'attends ton appel. Dis-moi que tu m'aimes, dis-moi que tu me désires. J'ai besoin de mots tendres, d'affection. Le coup que tu m'as porté hier soir m'a rudement secoué. Notre rencontre n'a pas été fortuite, tout nous destine l'un à l'autre, nous sommes et resterons jusqu'à la fin de nos jours, inséparables.

Ton Jean-René

Je suis anéantie. Va-t-il falloir que je m'échappe en douce des Amaryllis ? Mais Jean-René est capable de me traquer à Aix. Dans un instant, je vais appeler Damien pour le supplier de ne donner mon adresse à personne. Un magistrat est facilement repérable ! J'ai l'impression de vivre un cauchemar.

Je suis à tel point bouleversée qu'il va m'être impossible d'écrire. Et, pourtant, fuir la réalité serait le meilleur remède que je puisse m'administrer.

À aucun prix, Jean-René et moi ne devons nous parler. La seule solution est une lettre, ferme et brutale. Doit-on toujours expier les moments heureux, les mots affectueux, le contact des corps ? Y a-t-il toujours une note à payer ? Finalement, le cœur battant, l'estomac noué, je m'installe devant mon ordinateur. Si je monte glisser une lettre sous sa porte, il est capable de me happer. Il me guette peut-être. Suis-je en train de perdre la tête ?

En m'y reprenant à maintes reprises, je frappe :

> Bien reçu ta lettre. Certaines illusions mises ensemble peuvent avoir l'apparence de la réalité. Tu m'as donné des moments heureux que je vais conserver intacts dans ma mémoire. Ne les ruine pas par l'obstination d'un enfant en colère. Nous pouvons rester proches, nous appeler de temps à autre lorsque tu le désireras. Es-tu prêt à être mon ami ? Accepte ma décision car je n'en changerai pas. Si tu le souhaites, je peux à partir d'aujourd'hui prendre mes repas dehors, tu ne me verras plus. Je ne veux ni te heurter ni t'inciter à prononcer des paroles qui me feraient du mal. Gardons au moins de l'estime l'un pour l'autre.

Le message est parti. Je suis en nage. La réponse ne tarde pas.

> Je vais déposer devant ta porte les cadeaux que tu m'as fais. Jette-les à la poubelle, là où tu m'as mis. J'ai été un imbécile de croire en ta parole, un naïf de t'aimer. Je plains tes futurs amants.

Voilà. La coupe est bue jusqu'à la lie. Je vais prévenir madame Moret que l'arrivée inopinée d'une nièce va m'obliger à déserter la salle à manger. Je lui donnerai en même temps mon congé. Le sort en est jeté. Cette rupture brutale me détache définitivement des Amaryllis. Je m'y sens désormais en terrain ennemi. Mais, isolée dans ma forteresse, je vais pouvoir écrire.

Dans le fracas et la douleur, une nouvelle phase de ma vie émerge. J'ai soixante-dix-neuf ans, encore de bonnes années devant moi.

Le temps d'ouvrir ma fenêtre, d'écouter chanter les oiseaux, d'admirer la première fleur qui vient d'éclore sur le magnolia, et je me sens mieux.

Sonia ne rit plus aux éclats, semble même ruminer un chagrin secret. Alia n'ose l'interroger. Sa lectrice serait-elle amoureuse ? Et de qui ?

Le matin est consacré à la lecture des journaux marocains et français. Avec l'entrée d'Hitler en Autriche, la situation en Europe est tendue. En Palestine, de nouveaux heurts sanglants opposent Arabes et Juifs. Dans le magasine *Marie Claire*, les deux jeunes femmes découvrent la mode du printemps : formes fluides, couleurs acidulées et toujours des coiffures roulées sur la nuque qui dégagent le front. Tous les trimestres, mademoiselle Bonot expédie de Rabat un catalogue où sont photographiés ou dessinés ses derniers modèles. Mais Alia ne commande plus rien. Son amant l'aime en caftan et elle en possède une douzaine plus somptueux les uns que les autres. Néanmoins, lorsque des Françaises sont invitées au palais, elle observe avec intérêt leurs tenues élégantes, leurs jolies chaussures, les mille colifichets qui les rendent irrésistibles.

Un soir où elle s'ennuie, Alia fait appeler Sonia pour fumer quelques cigarettes, tenter d'oublier que, depuis une semaine, son amant ne lui a pas ouvert son lit. Elle le voit chaque jour cependant, continue à tenir d'une main ferme l'ordonnance de sa maison. Elle a commandé à Limoges un nouveau service de table bleu de France fileté d'or, du linge chez Porthaud, des cristaux de Saint-Louis. Elle s'étourdit d'ordres donnés à des commerçants, parfumeurs, fleuristes, brodeuses, calligraphes, tanneurs.

— Sonia est introuvable, déplore Naïma dépêchée à sa recherche.

La petite Soudanaise a grandi. Placée à son service à l'âge de six ans, elle en a douze maintenant, est déjà femme. Bientôt il faudra la marier.

Alia se fige, elle devine, elle sait où est Sonia, comprend la raison de ses absences inexpliquées, de son embarras, la distance qu'a pris le Pacha. Elle va l'attraper par les cheveux et la jeter à la rue comme une chienne.

Pour le moment, la jeune femme se sait impuissante. Le scandale d'un esclandre public la perdrait en même temps que Sonia. Écrasée par sa solitude, elle pense à Nejma, à Télouet.

Toute la nuit, elle attend Sonia derrière la porte. À l'aube, quand celle-ci apparaît, elle siffle :

— Va-t'en, ne reviens jamais !

Sonia pleure, tombe à genoux.

Soudain Alia la relève, la serre contre elle.

— Ayons pitié l'une de l'autre, murmure-t-elle.

Elle recule jusqu'à sa chambre. Le regard des deux femmes se croisent une dernière fois.

— Ne m'envie pas, dit soudain Alia. De nous deux, je suis certainement la plus à plaindre.

L'été s'est écoulé. En compagnie des femmes du palais, Alia s'est grisée de fêtes, de danses, de chants, de jeux. Jamais elle n'a été aussi gaie, aussi séduisante. Toute faveur que l'on veut obtenir doit passer par la favorite et chacun se presse autour d'elle.

Un matin de septembre, au coin d'un bosquet, elle tombe nez à nez avec une femme dont le visage lui est vaguement familier, une simplette qui n'arrête pas de sourire, de battre des mains comme une enfant. Soudain elle la reconnaît, c'est Touria, une des servantes de lalla Saadia à Télouet. Interrogée, celle-ci peine à répondre.

— Lalla Saadia n'est plus, gémit-elle, que Dieu l'ait en son paradis !

Elle est revenue avec sa fille se mettre sous la protection du Pacha. Comme Alia veut en savoir davantage, Touria se met soudain à rire.

— Oui, j'ai un bébé, un bel enfant, un cadeau de Dieu.

— Es-tu mariée ?

Touria garde le silence. Alia comprend. Elle va recueillir cette pauvre créature et son bébé. Elle élèvera l'enfant, s'attachera à lui.

— Comment s'appelle ta petite ? demande-t-elle.

— Jamila, lalla Alia. Que Dieu la protège.

Très émue, j'interromps mon écriture. Jamila est le premier être de chair et de sang qui rentre dans mon histoire. Chaque jour, elle me parle sur les cassettes avec son ton de voix un peu rauque, ses inflexions vibrantes, elle, la fille de Touria. Il me semble aujourd'hui que si je tendais la main, je pourrais saisir celle d'Alia, refermer la chaîne. J'essaie de l'imaginer : une très vieille dame dans un petit appartement de la périphérie de Rabat. Même parcheminé, son visage est encore beau, son allure distinguée. Que fait-elle de ses journées avec pour seuls biens des souvenirs d'un temps révolu ? Le palais du Glaoui appartient aujourd'hui à l'État. On y a installé des bureaux, divers cabinets officiels. Les jardins s'étiolent année après année.

Moi aussi, je tourne le dos au passé. Mes malles sont prêtes, le déménageur sera là en fin de semaine. Pour le lendemain, j'ai invité tous les pensionnaires des Amaryllis à boire avec moi une coupe de champagne. Même Jean-René. Nous échangeons désormais quelques paroles banales. Il est malheureux, je le suis aussi. Déjà Denise Attias lui fait les yeux doux.

Je vais fermer mon cahier, le glisser dans mon sac qui jamais ne me quitte. C'est à Aix, rue Cardinal, chez moi, que j'achèverai mon récit. Je veux pouvoir dire à Alia : « J'ai osé, moi aussi. Maintenant tu peux t'endormir, je vais prendre le relais, juste de l'autre côté de la Méditerranée, là où poussent, comme à Rabat, des hibiscus, des bougainvilliers et des lauriers-roses, là où le jasmin embaume la nuit. Je suis ta sœur et ta fille, je suis toi. »

Tout le monde m'embrasse, Maurice Dubreuil quatre fois. « Comme chez moi dans le Gers », plaisante-t-il. La peine que j'éprouve m'étonne. Aussi chamboulé, malheureux soit-il, l'être humain parvient cahin-caha à s'adapter à toutes sortes de situations déroutantes ou même hostiles. Jean-René s'est absenté et je comprends sa décision. Un jour proche ou lointain, il décidera de m'écrire et nous deviendrons des amis.

— Nous nous sommes cotisés pour vous offrir un petit cadeau, annonce soudain madame Moret de sa voix de cheftaine.

Elle file dans son bureau et revient avec une plante enveloppée de papier vert amande.

— Une amaryllis, précise-t-elle. Un souvenir. Elle partira avec votre déménagement, le fleuriste m'a affirmé qu'elle supporterait très bien le voyage.

Le choix n'est peut-être pas très opportun, mais je remercie chaleureusement, j'ai même la larme à l'œil. Le cauchemar obsédant de mon cercueil passant la porte de service des Amaryllis a pris fin.

Ma dernière nuit. Demain, les déménageurs emporteront mes quelques meubles. Je pense à la petite chèvre de monsieur Seguin dans un monde où les derniers loups de la montagne sont exterminés. C'est dans l'enclos qu'ils vivent désormais, à côté des chèvres, mine de rien.

25

Je suis chez moi. Les commerçants du quartier commencent à me connaître, l'amaryllis saine et sauve trône sur la console de mon salon. Dans le patio sur lequel donnent mes fenêtres passent des chats, sautillent des oiseaux. Le soir, le thym, le basilic, la sauge des pots embaument l'air. J'ai mes cahiers, je ne suis jamais seule.

La guerre laisse peu d'empreintes sur les habitants de Marrakech qui en suivent les péripéties dans les journaux. Mais Alia n'a plus de lectrice, elle écoute la radio, interroge le Pacha. En dépit de la défaite de la France, il garde confiance en ses amis. Et les soldats marocains se battent avec héroïsme aux côtés des Alliés. Si Thami vieillit. Il profite des hostilités pour espacer les grandes réceptions, aime s'entourer de fidèles et d'intimes. Plus qu'une amante, Alia est devenue une confidente sur laquelle il s'appuie. Hormis au Pacha, elle n'est intimement liée à personne. Ses illusions sont dissipées. Ne demeure qu'une angoisse sourde, lancinante. Elle voit de plus en plus souvent en rêve la pauvre maison familiale dans le quartier des ferblantiers. Un mauvais présage ?

À la fin de la guerre, la vie mondaine reprend au palais, aussi brillante qu'avant. Les plus grandes stars du cinéma français et américain s'y succèdent. Avant de les recevoir, Alia se fait projeter un des films qui ont fait leur gloire. Elle revoit Paris, découvre Londres, New York, Los Angeles. Elle rêve de voyager à nouveau, de connaître la réalité derrière ces images en noir et blanc qui passent sur l'écran de la salle de projection.

Alia a trente-cinq ans. Au coin de ses yeux et de sa bouche apparaissent des plis légers mais son corps, ses dents, sa chevelure sont encore parfaits. Pour combien de temps ? Épisodiquement, elle partage la couche du Glaoui. Ils font l'amour avec tendresse, sans passion, deux vieux amants qui s'estiment, se font confiance. Des femmes beaucoup plus jeunes qu'elle offrent au Pacha vieillissant l'ardeur des sens. Ses cheveux blanchissent, sa vue le trahit. Il a dû effectuer plusieurs voyages à Paris pour consulter un ophtalmologiste réputé.

Au palais, naissances, circoncisions, mariages, deuils s'enchaînent. Les murs d'enceinte enferment un monde qui se suffit à lui-même. À peine les saisons modifient-elles les massifs de fleurs, les couleurs des arbrisseaux. Immuables, hiératiques, les hauts palmiers agitent sous le soleil l'éventail de leurs feuilles effilées. Très haut, des oiseaux de proie glissent sur les courants du vent. Les nuits d'hiver, Alia aime contempler les étoiles et pense à ceux qui sont morts. Vivants et défunts sont unis comme les maillons d'une chaîne.

Durant l'automne, les jardiniers allument de grands feux. Elle chasse l'idée que les flammes puissent gagner buissons et arbres, les pavillons, le palais tout entier, effacer ce monde de beauté et de solitude.

Quand elle prend son oud et joue de la musique, ses servantes se regroupent autour d'elle et battent des mains, surtout Touria et sa fille qui est devenue une enfant vive, attachante. Alia veut qu'elle apprenne à lire, qu'elle puisse sortir un jour du palais, qu'elle soit libre de choisir sa vie, comme mademoiselle Bonot ou comme Sonia.

Aux vedettes de cinéma et aux célébrités mondaines succèdent des hommes politiques. Alia comprend que des Marocains se battent pour chasser les Français de leur pays. Le Glaoui les écoute, tente de discuter afin qu'ils puissent trouver des accommodements. Il croit en la patience, la diplomatie, la confiance. Il est inquiet. Le mouvement indépendantiste qui a établi ses bases dans les enclaves espagnoles s'amplifie et se regroupe autour de la personne du sultan Mohammed V. Sur le souverain, jamais Si Thami n'a prononcé une parole irrespectueuse, mais il tient à ses bases. Lui, le Berbère, le seigneur de l'Atlas refuse de se renier et mobilise les caïds du Sud.

Aïcha devenue veuve vit maintenant avec leur mère, Malek est parti rejoindre ceux qui se battent pour l'indépendance du Maroc. Il a juré de ne regagner Marrakech que lorsque son sultan sera redevenu maître absolu de son royaume.

Un matin, on introduit une messagère. La mère d'Alia est morte durant la nuit et les obsèques auront lieu le lendemain, au début de l'après-midi. Veut-elle rejoindre sa famille pour un adieu à la dépouille mortelle avant que celle-ci soit emportée au cimetière ? Alia fixe l'ombre d'un palmier qui s'étire vers le bassin bleuté au-dessus duquel dansent des éphémères. Elle n'éprouve pas de peine, la mélancolie seulement de n'avoir pas connu cette femme qui dort de son dernier sommeil.

— Le Pacha m'interdit de quitter le palais, prononce-t-elle d'une voix sourde.

Elle sait qu'elle se voile la face. Qui empêcherait une fille de procéder à la toilette funéraire d'une mère, de lui dire adieu ? Mais leur histoire d'amour a été beaucoup trop courte, elle n'a aucun sens.

La messagère fixe Alia, comme pour percer le secret de cette indifférence, de ce refus. Puis, vaincue, elle baisse la tête, se détourne, s'en va.

— Reviens, crie Alia. Emmène-moi !

Mais il est trop tard, la femme ne l'entend plus.

Le ciel est sans nuages, d'un bleu éblouissant. Le vent fait danser une fine poussière ocre et rose. Alia essuie ses larmes. Tout est paisible autour d'elle comme si la mort et la solitude n'existaient pas.

À dix ans, Jamila maîtrise la lecture et l'écriture. Alia aime cette enfant, un jour, elle deviendra digne de respect, peut-être sera-t-elle infirmière ou médecin, comme les femmes qui pénètrent dans le palais au volant de leur automobile pour donner des conseils aux jeunes mamans, soigner les nourrissons.

Une jeune fille vient de la médina chaque jeudi pour lui donner des leçons de français. Jamila est avide d'apprendre, affectueuse. Elle est l'enfant qu'à quarante-deux ans, elle ne peut plus concevoir. Sa vie de femme est achevée. Elle ne fait plus l'amour, ne connaît plus le plaisir. Mais elle n'abdiquera jamais, même si, fugitivement, elle pense rejoindre Nejma quelque part entre le ciel et la poussière, là où planent les oiseaux de proie, là où disparaît toute limite, toute muraille.

Au palais, les allées et venues se font incessantes. Le monde arabe est en effervescence en Palestine, en Égypte, en Algérie. En Tunisie, Habib Bourguiba est arrêté et, en Jordanie, Hussein, fils du roi Talal déposé, est placé sur le trône par le Parlement. Au Maroc, des Français sont égorgés et la Résidence générale interdit toute activité de l'Istiqlal et du parti communiste, refoule vers le sud les leaders nationalistes. Sous une apparente sérénité, le Glaoui cache des désillusions sur la profondeur de l'amitié des Français et l'inconditionnalité de leur soutien. Mais il n'a qu'eux pour faire perdurer l'ordre ancien, pour maintenir aussi à leur place les gens de Fès qui ne cessent de vouloir imposer leur domination sur Marrakech.

Alia écoute le vieux pacha, son meilleur ami. Il parle pour lui-même. Elle n'a rien à répondre. Dans son salon privé entouré de divans, lumière de cuivre et ombre de velours s'enlacent. Des mouches vrombissent au-dessus d'une jatte en porcelaine verte où dattes et figues sèches sont disposées sur des palmes. Si Thami dit ses convictions, avoue ses soucis mais Dieu le protège, le guide. C'est dans le silence qu'il trouve les bonnes réponses, celui du désert, du Grand Sud, des citadelles qui ressemblent à des nids de rapaces, des rochers, du ciel qui s'étend à l'infini. Là où il n'y a plus de questions, plus de misérables désirs.

Alia reste assise à ses pieds, immobile, ses mains tatouées de henné posées sur ses genoux. Elle porte un des innombrables caftans que son amant lui a offerts, merveilles de soie, de satin, de damas où les fils d'or et d'argent dessinent des entrelacs de feuillages et de fleurs, lys, roses, et tulipes. Alia aime les caresser, se griser de l'odeur de vanille et de jasmin que son propre parfum leur a laissée. Avec ses bijoux, ils sont la seule sécurité qu'elle possède.

Parfois, Si Thami caresse ses cheveux en un geste d'affection, parfois, il lui demande abruptement de le laisser seul. Sans faire le moindre bruit, elle regagne son pavillon au milieu des orangers où Touria, Jamila et les autres servantes l'attendent. Elle doit faire un effort pour reprendre le fil de sa vie. Elle pense au passé, aux jours heureux où Si Thami était le seigneur incontesté du Sud. Aujourd'hui, les semaines égrènent leurs jours de tristesse et d'angoisse, de doute. Les autres femmes continuent à rire, à danser, à jouer de la musique, à se pencher sur leurs nouveau-nés. Elles ignorent que le temps leur est compté, que tout est chimère et illusion.

Soudain la nouvelle tombe : les Français envoient en exil le sultan Mohammed V ben Youssef pour le remplacer par son oncle Mohammed Ibn Arafa plus accommodant à l'égard de leur politique. Aussitôt les liens se resserrent entre Rabat et Marrakech, consolidés par l'arrivée au Maroc du général Juin.

— Le Sultan est dépouillé de ses pouvoirs et je n'ai même pas été consulté, prononce un soir Si Thami alors qu'Alia joue de l'oud.

— Tu n'as plus d'amis chez les Français, Pacha, répond-elle.

Son regard d'aigle la toise, elle baisse la tête. Pour une remarque plus anodine, Nejma a été confinée à Télouet.

— Je vais me rendre à Paris, dit enfin Si Thami.

— Prends-moi avec toi.

— Mon fils Aldessadeq m'accompagnera.

Le ton n'admet aucune protestation. Alia se mord les lèvres. Le soleil décline avec le crissement des insectes diurnes auquel vont succéder les croassements des grenouilles. Dans le ciel, les nuages ressemblent à une chevelure de feu.

— Je suis malade, murmure Si Thami. À Paris, je verrai des médecins.

Alia s'empare des mains de son amant, les porte à ses lèvres.

— Ne dis rien, murmure-t-il. Les mots sont toujours menteurs.

Attentats après émeutes, le Protectorat se disloque. Le jour de la fête nationale française, une bombe éclate à Casablanca et tue six Européens. Pour se venger, les Français pillent des boutiques tenues par des Marocains, molestent leurs propriétaires. La police laisse faire.

Le 20 août, une manifestation populaire abandonne cent morts dans la rue. Si Thami se doute que l'inéluctable va se produire, il sait aussi que la maladie va l'emporter. Rien ne le touche plus, ni la trahison de ses amis français, ni l'écroulement de sa propre puissance.

Alia le laisse à sa famille, ses fils qui l'entourent et prennent ses ordres. Elle n'a plus de rôle à jouer, plus de place dans les appartements du Pacha ni dans le temps qui lui reste imparti.

Le palais bruisse de rumeurs alarmantes, les femmes, concubines et servantes commencent à s'affoler. Que va-t-il advenir d'elles ? Les fils du Pacha les garderont-elles au palais ? Alia sait qu'il n'y aura plus de palais avec ses pavillons et ses jardins, plus de promenades sous les galeries longées de colonnes couvertes de mosaïques, plus de repos à l'ombre des salons aux plafonds de cèdre sculpté. Le sablier du temps est presque écoulé. Des mois plus tôt, Si Thami l'a rassurée. Il a acheté une maison où ses concubines et leurs servantes pourront résider. Pour survivre, elles auront les revenus de tout un quartier qu'il possède à Marrakech. Jamais Alia n'a voulu imaginer un tel avenir. Mais quel choix aura-t-elle hormis celui de regagner la rue des ferblantiers pour partager la demeure familiale avec Aïcha et ses enfants ?

La lumière est si douce en ce début d'automne que toute mutation est impossible à imaginer. À l'heure de la prière, la voix du muezzin appelle à l'éternité.

Prise à Saint-Germain-en-Laye, la photo du Pacha

baisant le bas de la djellaba de son sultan revenu d'exil pour lui faire sa soumission circule de main en main. Un homme le soutient, Mohammed V se penche vers la frêle silhouette agenouillée comme un père vers un enfant repentant.

Alia pleure. Elle sait que le Pacha ne s'est pas humilié, qu'il a obéi à la tradition mais, pour la première fois, elle voit à genoux le seigneur de l'Atlas. Elle ne veut se souvenir que de l'homme tout-puissant sur son cheval ou assis à l'arrière d'une automobile aux chromes étincelants, à l'amant qui la domine, au grand seigneur ouvrant les portes de son palais magique aux puissants de ce monde.

Le hurlement des femmes franchit l'enceinte du palais, atteint les portes de la ville. Si Thami el-Glaoui n'est plus. L'équipe médicale venue de Paris n'a pu que constater l'étendue du cancer et son issue irrémédiable. Un mois de souffrances dans le pavillon enchanté entouré de bassins et de fontaines sous le ciel lumineux de janvier.

Une dernière fois, Alia a baisé son front. Il l'a retenue un instant par la main et a murmuré : « Que Dieu te protège, Alia. » Un vent sec soufflait ce jour-là, soulevant la poussière, des feuilles mortes, des brindilles. Un vent qui efface, nivelle, un vent du sud porteur d'éternité. Alia ne s'arrache pas les cheveux, ne se griffe pas le visage, ne hurle pas. Accroupie dans son salon, elle se balance d'avant en arrière comme une somnambule, un enfant ou une folle. Les rues de Marrakech sont noires de monde, des hommes rassemblés pour escorter la dépouille mortelle de Si Thami, leur Pacha, jusqu'au cimetière. Alia serre ses genoux, y pose le front, son cœur bat vite. Elle entend les lamentations des femmes, la rumeur de la foule au-delà des murs du palais, elle voudrait que le vent l'emporte elle aussi, ailleurs, nulle part, dans un lieu où n'existent pas les petites filles volées, les esclaves, les femmes seules qui ne sont plus aimées.

La maison, située dans le cœur de la médina, a été hâtivement restaurée. Trois bâtiments entourent un jardin central. Le bassin est vide, des volets de cèdre manquent, les plantes ont péri mais le riad est habitable et comporte une salle de prière, un petit hammam.

Aussitôt franchie la solide porte de bois cloutée, Alia étouffe. Limité par les toits, le ciel se réduit à un carré qui effiloche les nuages. L'espace, la lumière sont comptés. L'horizon n'existe plus. Par ordre d'âge, les concubines s'attribuent les chambres. Alia n'a plus de préséance, à peine un certain prestige dû à sa haute taille, à sa fierté. Parmi ses servantes, elle n'a gardé que Touria, Jamila et Naïma, la petite Africaine qui, affranchie, refuse de la quitter. L'installation électrique n'étant pas achevée, on allume des braseros sous la lumière blafarde d'une lune à moitié pleine.

Dans le salon d'apparat, les femmes se rassemblent pour se réconforter, partager le couscous et les légumes qu'on a hâtivement préparés. Ensemble, elles vont s'affairer à bâtir un avenir, chanter peut-être et même danser pour écraser sous leurs pieds les angoisses que soulève la nuit.

Prostrée, Alia gît sur un divan, elle veut mourir, rejoindre Nejma, Si Abdellah et Si Thami parmi les étoiles. En dépit du froid, des gouttes de sueur coulent sur ses tempes, mouillent la paume de ses mains : les bouffées de chaleur qui forcent la porte de l'âge mûr pour les femmes les poussent vers la décrépitude.

Au loin, venant de la place Djemáa el-Fna, elle entend les tambours, les flûtes, la rumeur d'une foule qui mange et se divertit. Elle est libre de la rejoindre désormais. Qui peut lui interdire de quitter le riad ? Mais si elle franchissait la porte, elle sait que ses pas la mèneraient au palais désert, vers le pavillon au milieu des orangers, jusqu'aux appartements de Si Thami désormais verrouillés.

J'écris depuis le petit matin et, en regardant ma montre, je suis stupéfaite de constater qu'il est déjà midi. Bientôt le soleil pénétrera dans le salon et je fermerai les persiennes jusqu'à la tombée du soir. Une abeille vrombit au-dessus de la table où est posée une corbeille de fruits. Le chien de la voisine aboie, comme chaque jour, lorsque le facteur dépose le courrier.

Je quitte ma chaise, m'étire. Je dois oublier Alia pour un moment mais le puis-je ? Ensemble nous recommençons une vie, elle et moi identiques.

Denise Attias m'a envoyé une lettre, la première que je reçois des Amaryllis. Un long moment, je garde l'enveloppe entre les mains. Les images que ce carré de papier évoque me semblent fantomatiques : le grand hall avec le piano, la salle à manger, le bureau de madame Moret… Je pensais que la lumière du Sud avait mangé ces ombres mais elles existent encore, me font battre le cœur.

Je m'assieds devant la table ronde recouverte de lin grège. L'abeille n'est plus là. La lumière se pose sur les abricots, une poignée de cerises, joue sur le miroir pendu au-dessus du buffet, sur le bouquet de pois de senteur aux couleurs de dragées acheté la veille au marché.

Chère amie,

Vous nous manquez à tous et il m'est impossible de poser les yeux sur la place que vous occupiez dans la salle à manger sans vous y revoir.

La nouvelle directrice est arrivée, une femme très comme il faut, avec plus d'entrain que madame Moret. À peine installée, elle parle d'organiser des cours de yoga et de gymnastique chinoise. Ses propositions sont fort bien accueillies. Elle a changé le piano de place et a fait pendre un tableau de style impressionniste qui a reçu l'approbation de tous, sauf de cette pauvre Marie-Berthe qui prend systématiquement le contre-pied de nos goûts. Elle aurait souhaité une reproduction de Chagall, pensez donc !

Votre appartement est occupé par la veuve d'un ostéopathe, Geneviève Centrepas (un nom amusant !). Elle l'a très bien arrangé et s'y plaît. Elle bénit les stores électriques que vous avez fait installer car la chaleur à Paris est très forte en ce moment.

Dois-je vous confier que votre ami le docteur Penon et moi nous nous entendons bien ? Il est gai et de fort bon conseil pour les affaires de ma fille que son ex-mari essaye de dépouiller. Il prétend même s'approprier les meubles de valeur qui me viennent de ma grand-mère. Quelle indignité ! Maurice Dubreuil baisse et j'ai bien peur que sa famille doive bientôt le mettre dans une maison médicalisée car le pauvre homme devient incontinent. On l'a vu traverser le hall avec un paquet de couches qu'il n'avait pas même pris la peine de cacher dans un sac en plastique. Nous avons toutes été choquées.

Que vous dire de plus, sinon que la qualité des repas s'est sensiblement améliorée. On nous a servi hier d'excellents rognons flambés à la moutarde.

26

Depuis plusieurs jours, Alia délire. Jamila rafraîchit son front avec de l'eau de rose, tente de lui faire avaler quelques cuillerées de bouillon, humecte ses lèvres. Elle lui parle, prend sa main brûlante mais Alia garde les yeux clos. Parfois, de sa gorge part un son plaintif comme un petit chien abandonné qui gémit, ou un enfant apeuré.

Le bassin du jardin a été rempli, un mince filet d'eau s'échappe de la fontaine de marbre qui en orne le centre. Il fait chaud. Les femmes restent dans leurs chambres jusqu'à ce que le soleil disparaisse derrière les toits aux tuiles vernissées.

Alia se voit prisonnière, elle veut s'échapper mais sa couche l'emprisonne, l'engloutit. Pourtant, elle se souvient d'une orangeraie, de parterres de fleurs, de mains d'homme sur ses seins, son ventre. Elle sait qu'elle a tout perdu. De temps à autre elle voit des visages de morts qui la regardent de leurs yeux vides. Ce sont des êtres bienveillants et elle ne les craint pas, mais le vent les efface. Elle ne voit plus que le désert, de la poussière, des roches à l'infini. C'est là qu'elle a été abandonnée, face au silence, à un temps qui ne s'écoule plus. Au-dessus d'elle planent des oiseaux, ceux que Nejma et elle observaient à Télouet. Ils tournoient, ils guettent. Ils attendent qu'elle meure pour lui picorer les yeux, qu'elle ressemble aux visages sans corps qui la hantent.

Quelqu'un lave son visage, ses bras, ses jambes, elle sent la fraîcheur de l'eau sur sa peau brûlante. Alors elle n'a plus peur, elle s'abandonne, elle s'endort.

Un matin, elle s'éveille, aperçoit Jamila et, derrière elle, Touria et Naïma avec ses petites tresses semées de perles multicolores. Elle veut se redresser sur son lit mais son corps est si faible qu'il ne lui obéit pas. Elle dit seulement : « Les djinns sont partis. »

Un matin, après avoir déambulé des heures durant autour du patio, Alia demande à sortir. Elle veut pousser la porte, découvrir les ruelles de la médina, apprendre à se mêler à des inconnus. La première fois, le bruit, l'agitation lui donnent le vertige. Les ânes la bousculent, les chiens l'effraient, les hommes la regardent. Vite, elle demande à regagner l'abri du riad. Ces quelques pas lui ont semblé un long voyage.

Jour après jour, elle s'aventure un peu plus loin. Une fin d'après-midi, accompagnée de Touria et de Jamila, elle débouche sur la place Djemâa el-Fna. Elle est calme encore. Çà et là, des marchands de beignets, de mouton rôti se tiennent derrière leurs étals autour desquels rôdent des enfants. Par groupes, des hommes discutent ou jouent aux cartes, aux dominos autour de tables de fortune. Des mendiants attendent en dormant l'affluence de la tombée du jour. Alia dévore des yeux ce vaste espace dont, du palais, elle a si souvent entendu les rumeurs. Là, se rassemblent les musiciens, les conteurs, les charmeurs de serpents, ceux qui voient l'avenir dans les cartes, les lignes de la main, le marc de café. Sur les terrasses des maisons qui entourent la place, du linge sèche au vent, des femmes bavardent. Une vie simple et rassurante qu'elle n'a jamais connue.

Devant deux chiens efflanqués qui se disputent un os, Touria rit aux éclats. Son esprit est resté en enfance. Parfois Alia l'envie. Rien ne demeure dans cette femme, son âme est une source d'eau claire qui court de roc en roc. Elle n'a ni haine, ni regrets, ni espérances. Les sages ont raison de dire que les simples d'esprit sont les enfants de Dieu.

Jamila veut l'entraîner mais Alia résiste, elle a soif de voir la foule arriver, d'entendre les musiciens chanter.

— Votre place n'est pas ici, lalla Alia, insiste Jamila.

Sans la ténacité de Jamila, son affection, son absolu dévouement, Alia pense qu'elle n'aurait pas survécu. Auprès de cette toute jeune fille, elle se sent encore importante, crainte et respectée, une princesse.

Au moment où elle va céder, faire demi-tour, un homme l'interpelle :

— Madame Alia ! Me reconnaissez-vous ?

— Saïd, murmure Alia.

La vue du chauffeur de Si Thami lui fait monter les larmes aux yeux. Sans son bel uniforme blanc, sa casquette, il semble différent, plus ordinaire, mais sa présence fait jaillir des souvenirs heureux, lie soudain le passé au temps présent.

— Tu es resté à Marrakech ?

— Je suis chez mon frère dans la médina, madame Alia. Il va me trouver du travail.

Ils se regardent, osent à peine sourire.

— As-tu une sœur, une mère ? demande soudain Jamila.

Saïd opine. Il a une vieille mère et une tante.

— Alors viens nous visiter au riad. Mais sois discret, tu ne seras là que pour escorter tes parentes.

Le visage de l'ancien chauffeur s'éclaire. Se peut-il qu'une femme aussi belle et riche que madame Alia accepte de le recevoir ? Il tient là une chance impossible à laisser filer.

Alia attend Saïd, elle a besoin de parler enfin de Si Thami, de la vie quotidienne au palais, des invités prestigieux qu'il a transportés dans une des somptueuses voitures du Pacha. Avec lui, un pan de passé ressuscite. Il connaît Paris, Rabat, Tanger. Elle pourra prononcer à nouveau des noms enfouis dans sa mémoire : Notre-Dame, la tour Eiffel, Maxim's, le Lido… évoquer la mémoire de Si Abdellah dont le visage s'efface un peu plus année après année. Sur l'unique photographie qu'elle possède de lui, le capuchon de sa djellaba rayée de gris et de blanc cache une partie de son visage, il porte des lunettes de soleil, sourit.

Escorté de deux vieilles dames en longues robes de coton fleuries, aux visages burinés par une vie de labeur, aux mains calleuses, les pieds chaussés de sandales en plastique, l'ancien chauffeur du Pacha ne tarde pas à se montrer à la porte du riad. Alia veut traiter en princes ses visiteurs. Une à une, les portes des locataires du riad s'entrouvrent. On murmure. Un homme chez Alia ? Même escorté de deux vieilles, il reste un étranger. Malek, son frère, vit à Rabat et nul ne lui connaît de cousins. Cette femme ne se mêle qu'avec réticence à leurs conversations, à leurs fêtes, garde la tête haute, arbore des caftans d'un luxe extravagant. On sait qu'elle possède une mallette pleine de bijoux, de l'or, des pierres précieuses, des perles. Une de ses servantes a parlé d'écrins de cuir doublés de soie sur lesquels sont tracées des lettres dans l'alphabet des roumis. Et si ces trésors attiraient des voleurs ?

Alia se moque d'être espionnée. Au riad, parmi les ex-concubines du Pacha, elle suffoque. Une hiérarchie compliquée s'est installée avec son cortège de mesquineries, de petites vanités. Peu considérées du vivant du Glaoui, les plus âgées prennent leur revanche et se plaisent à jouer les despotes. Promptes à se quereller à tout moment, elles fraternisent pour rendre la vie difficile à celle qui fut pendant des années la compagne préférée de Si Abdellah, puis celle du Pacha.

Du monde extérieur, Alia n'a que les nouvelles lues par Jamila sur les premières pages des journaux. La France, l'Angleterre et Israël ont débarqué en Égypte pour protéger le canal de Suez, des bombes posées par le FLN explosent à Alger dans les cafés fréquentés par les Européens. Elle voudrait parler de ces événements à Saïd mais il hausse les épaules : ce n'est pas le genre de sujets dont il aime discuter.

En secret, elle le retrouve dans une maison amie. Il lui prépare du thé, la cajole, lui offre même un bijou acquis dans le souk. Alia est désorientée. S'abaisserait-elle en acceptant d'être sa femme ? Il la presse maintenant. Le ton de sa voix se durcit : pourquoi attendre, veut-elle perdre sa réputation ?

Inquiète, Jamila supplie Alia de réfléchir. Saïd la croirait-il riche ? « J'ai besoin d'un refuge », s'entête Alia. Elle a quarante-sept ans, sa vie s'est disloquée. Même si elle ne prononce jamais une critique contre lui, elle en veut au Pacha d'avoir omis de lui laisser une maison où elle aurait été seule maîtresse. Saïd a des projets : acheter un garage dans la ville moderne, proposer aux étrangers de passage un service de confortables automobiles avec chauffeur. Il peut gagner beaucoup d'argent, acquérir une belle villa entourée d'un jardin.

Jamila comprend qu'Alia veut s'accrocher à des chimères. Elle ne peut continuer à vivre dans ce riad qui ressemble à un tombeau, et refuse de cohabiter avec sa sœur dans la minuscule maison de la rue des ferblantiers. Elle est seule, elle a peur, elle veut marcher droit devant elle, même à l'aveuglette, pour ne pas tomber. Mieux vaut Saïd que le néant.

Jamila ne quitte plus sa maîtresse, dort sur un matelas au pied de son lit. La lumière de la lune pénètre parfois dans la chambre et baigne les meubles, les objets de cuivre ou d'argent d'une lumière fantomatique. Des moustiques vrombissent. Toute la nuit, à l'autre extrémité de la résidence, une des femmes laisse allumée sa radio. Le faible écho de la musique donne l'illusion d'une fête qu'on célébrerait au-delà de la ruelle, au-delà même des dernières boutiques du souk.

Dans ses rêves, Alia encore et encore revit son passé. Elle est jeune, elle est aimée, la vie l'emporte.

Parfois, elle demande à Jamila d'ouvrir la malle où

sont pliés les caftans, le coffret de cuir contenant ses bijoux. Les deux femmes étalent ces trésors sur le lit, les caressent du bout des doigts.

— Tu es riche, hasarde Jamila, tu n'as pas besoin de Saïd.

Alia hausse les épaules.

— Même riches, où veux-tu que nous allions ?

Sa voix a un ton métallique, dur et désespéré.

Les cérémonies du mariage ont lieu chez la mère de Saïd. Pour le moment, il n'a pas de maison, pas de garage. Dans les petites pièces, on se bouscule, l'air est étouffant.

Alia a passé son plus beau caftan, celui en brocart vert émeraude enrichi de fils d'or et d'argent. Autour d'elle, les autres femmes sont intimidées. À peine osent-elles battre des mains et chanter en face de cette mariée qui a voyagé jusqu'à Paris, a été au cinéma, dans des lieux où l'on chante, où l'on joue la comédie et a partagé la vie de leur Pacha dans un palais enchanté. Elle n'est pas des leurs, ne le sera jamais. Pourquoi avoir refusé le transport de la mariée sur une chaise à porteurs ? Trouve-t-elle indigne d'elle cette joie populaire ? Saïd a pourtant offert les cadeaux traditionnels, lait, sucre, dattes, eau de fleur d'oranger avec une alliance sertie de petits brillants. Une belle preuve de générosité compte tenu de ses présentes difficultés financières. Il a, en outre prévu, un repas de mariage fastueux avec toutes sortes de pastillas, de tajines, de pâtisseries, des sodas américains, des jus de fruits.

Les maîtresses de cérémonie, toutes des amies de la

mère du marié, se sont vu supplanter par de simples servantes dont une ancienne esclave africaine et une simple d'esprit. Ce sont elles qu'Alia a retenues pour la parer de différents caftans, de bijoux dont la somptuosité les a toutes humiliées.

Le photographe implore un sourire de la mariée mais elle ne l'entend pas, pas plus qu'elle ne perçoit la musique, les exclamations gutturales de joie. La pièce au modeste mobilier, les invités, les enfants qui dansent se sont effacés, elle ne voit que le jardin du palais, n'entend que le bruit des fontaines, le crissement du vent dans les palmes. Elle marche à l'ombre de l'orangeraie et, au bout de l'allée, aperçoit côte à côte l'oncle et le neveu, Si Abdellah et Si Thami, qui l'attendent.

Pour que Saïd achète un garage, Alia vend des bijoux, son plus précieux caftan. Elle habite toujours avec sa belle-mère dans la petite maison près des remparts. Au moins est-elle libre. Nul n'ose lui faire la moindre remarque. Amant exigeant, Saïd est un mari distant. Il a trouvé un local qui lui convient, l'a payé rubis sur l'ongle avec l'argent d'Alia. Maintenant il embauche des apprentis, achète du matériel, deux vieilles voitures qu'il prévoit de retaper lui-même. Le soir, il rentre les mains pleines de cambouis, exige son dîner que s'empressent de lui servir sa mère et la sœur de celle-ci, une vieille fille sans âge. Alia fume dans le petit jardin. Plus tard, bien après la tombée de la nuit, elle se glisse dans la cuisine, mange quelques restes servis dans des assiettes en porcelaine de Limoges que Jamila lave elle-même et range dans le réduit qu'elle occupe avec sa mère dans le fond du jardin. La mort dans l'âme, Naïma, la petite servante, a accepté de s'en aller : le vieux secrétaire particulier du Pacha avait un emploi disponible pour elle auprès de ses petits-enfants.

Les anciens dignitaires du palais restent bienveillants à l'égard d'Alia. On lui offre thé ou café, les femmes l'invitent à s'asseoir mais les attitudes un peu distantes indiquent clairement leur volonté de s'abstenir de tout rapport intime.

De plus en plus souvent, Alia gagne à pied la ville moderne, s'arrête devant les vitrines des magasins. Un après-midi, ignorant les regards réprobateurs des hommes, elle s'assied à la terrasse d'un café et reste un long moment sur sa chaise, le regard ailleurs, sans toucher au soda à l'orange qu'on lui a servi. Jamila la retrouve, lui prend le bras.

— Rentrons, Lalla Alia, vous allez prendre froid.

Il faut toujours davantage d'argent à Saïd. Il est nerveux, irritable. Alia vend des bracelets, des colliers, un autre caftan. Jamila la gronde, elle doit résister à son mari, garder ses biens pour l'avenir.

— Quel avenir ? jette Alia.

Un matin, la jeune servante trouve sa mère morte sur le matelas posé à côté du sien. Un léger sourire sur les lèvres, Touria semble dormir. Alia sanglote, elle voit partir le dernier témoin de sa vie à Télouet, une vieille servante qui avait connu Nejma, Malika et lalla Saadia.

Pour l'ensevelir dignement, elle vend une montre française sertie de petits diamants. Quand Saïd l'apprend, il la frappe pour la première fois. Alia exige une autre chambre, il ricane, se sert un verre d'une boisson anisée dont l'odeur écœure puis il traîne sa femme vers le lit conjugal.

— Pars, ordonne un jour Alia à sa servante. Sauve-toi. Va en France. Là-bas, tu trouveras du travail, tu seras libre.

Par poignées, elle sort des bijoux du coffret, les met dans la poche de Jamila. Elle a retrouvé son air autoritaire, fier, un ton de voix de princesse qui ne tolère pas la réplique.

Alia est seule désormais. Parce que son garage ne prospère pas comme il le souhaite, Saïd devient méchant, la brutalise mais Alia refuse de continuer à se faire spolier. Un jour, elle se rend au commissariat de police, accuse Saïd de la violenter, parle haut, dit qu'elle a des relations, exige qu'on l'arrête. Personne ne l'écoute, on se contente de ramener chez elle cette épouse acariâtre.

Une nuit où Saïd a trop bu, Alia rassemble deux caftans et les bijoux offerts par Si Abdellah lors de leur premier voyage à Paris, le tailleur de chez Madeleine Vionnet, la robe beige de Coco Chanel, les trois assiettes en porcelaine de Limoges, tout ce qu'il lui reste. Dans le pot de terre où sa belle-mère cache les dirhams, elle rafle une poignée de billets. C'est à Rabat qu'elle a décidé d'aller, le plus loin possible. Peut-être lalla Amina se souviendra-t-elle de sa petite esclave, de sa servante favorite. Elle doit être grand-mère aujourd'hui, une femme riche se prélassant dans une vaste demeure. Qu'elle lui offre seulement une chambre et elle sera satisfaite.

À la levée du jour, Alia parvient à la station des cars. À une jeune femme habillée à l'européenne, elle demande lequel d'entre eux dessert Rabat. Son cœur cogne. Saïd va-t-il la rattraper ? La lumière est claire, transparente, quand le chauffeur s'installe derrière le volant. À côté d'elle, une vieille femme cache son visage avec un pan de son châle rouge semé de fleurs roses. Elle marmonne dans une langue qu'Alia ne comprend pas. De l'autre côté de l'allée, la jeune fille habillée à l'européenne lit un magazine. Alia sent sa gorge se nouer. Plus que de la peine, c'est de la colère qu'elle éprouve. Ni le vieux pacha, ni Si Abdellah, ni Si Thami n'ont accepté qu'elle apprenne à lire. Pensaient-ils la protéger en lui offrant des bijoux, de somptueux caftans, des objets de luxe venant de Paris ? Tous l'ont voulue dépendante, une éternelle enfant.

Le soleil brûle à travers les vitres du car qui cahote sur la route. La vieille femme s'est endormie, la jeune prend de temps à autre des photographies de mosquées, de troupeaux de chèvres, de paysans allant aux champs à dos d'âne. Alia tente en vain de dormir. Elle a l'impression de vivre un effroyable, un interminable rêve qui se poursuit aujourd'hui dans ce bus malodorant filant vers le nord.

Les passagers extirpent de leurs sacs des tranches de pain, quelques olives, du fromage de brebis. La vieille propose à sa voisine des dattes, un morceau de pain. Alia n'accepte que quelques gorgées de thé chaud.

Dans un village, le chauffeur s'arrête. Il va boire et se restaurer. Les passagers sortent pour se dégourdir les jambes, finissent leur casse-croûte assis sur des pierres. Deux enfants tentent d'attraper un chat roux qui file dans un enclos de cactus. Des poules caquettent, un mouton attaché à un poteau par une corde dirige sur eux son regard morne. Des chiens squelettiques fouillent un tas d'ordures.

Alia a emprunté le magazine de la jeune fille et le feuillette. Elle découvre des jeunes femmes parées, des hommes séduisants, des tables dressées pour d'élégants dîners. Soudain ses yeux tombent sur la photo représentant la façade d'un restaurant parisien : Maxim's. Alia revoit les chasseurs empressés, les tables ornées de lampes aux délicieux abat-jour roses, elle a l'impression de sentir les parfums, *Heure bleue*, *Soir de Paris*, *Joy*, d'entendre l'orchestre jouant *Jolie Madame*. À côté d'elle, Si Abdellah sourit. Il porte un élégant costume, une chemise au col empesé, sent bon le vétiver. Elle l'a aimé sans le savoir, sans le comprendre. Pour elle, il a été un ami, un père, un protecteur.

Alia sent le soleil la pénétrer, il la régénère, la débarrasse de sa peur, de ses doutes. Dans la maison de lalla Amina, elle va commencer une nouvelle vie. Peut-être rencontrera-t-elle un homme décent qui la respectera. Elle allume une cigarette, en tend une à la jeune fille qui accepte. Elle est institutrice et vient d'être nommée à Salé. On lui offre un petit logement, un salaire plus élevé qu'à Marrakech. Et elle est heureuse d'échapper à sa famille. « Mon père ne permet ni cigarette, ni maquillage, précise-t-elle, pas même un soupçon de rouge à lèvres. J'ai pourtant vingt-cinq ans. » Elle rêve de regarder la télévision, d'aller au cinéma, de sortir avec des amies le samedi soir. Elle veut choisir son mari, décider du nombre d'enfants qu'elle aura.

Alia est stupéfaite. Cent ans se sont-ils écoulés entre sa propre jeunesse à Télouet et celle de cette jeune fille ? Fait-elle partie d'un autre monde ?

Le chauffeur du bus est de retour et ficelle de nouveaux paquets sur le toit du car. La vieille femme au châle bariolé tente de nouer la conversation dans sa langue gutturale venue du Grand Sud. Elle a des yeux humides et tristes, une peau parcheminée, des mains où les veines, mêlées aux tatouages, dessinent des arabesques. De sa poche, Alia tire la lettre de Jamila reçue avant sa fuite. Elle se l'est fait lire par un écrivain public. La jeune fille est à Paris, elle a trouvé du travail dans une épicerie marocaine mais cherche autre chose. Le soir, elle étudie, veut être infirmière ou assistante sociale. Son patron lui a trouvé une chambre dans le dix-huitième arrondissement, au pied de la butte Montmartre. Dès qu'elle aura mis un peu d'argent de côté, elle reviendra au Maroc passer quelque temps avec sa princesse.

Le bus approche de Rabat. Les maisons s'alignent le long de la route, des chiens jaunes poursuivent le car en aboyant furieusement.

Alia se répète le nom de l'hôtel recommandé par un bijoutier de Marrakech : le Printania. Elle le trouvera dans la ville moderne où les femmes seules sont bien acceptées, a-t-il affirmé. Le propriétaire, un Marseillais, ne lui demandera pas de papiers. « Quelle sorte de papiers ? » s'est-elle étonnée. « Une carte d'identité, un passeport. » Elle ne possède rien de tel. Elle n'existe pas.

La riposte prompte et cassante d'Alia arrête net les avances du chauffeur de taxi. Il ne souffle plus mot jusqu'à ce que la voiture s'immobilise devant un petit bâtiment à trois étages où brille une enseigne.

La chambre est meublée d'un lit recouvert d'un jeté en chenille rose, de deux fauteuils, d'une table aux pieds métalliques. À côté, derrière un rideau, Alia découvre un lavabo, un bidet. Les toilettes et la douche sont au fond du couloir.

Alia pose son sac, s'allonge habillée sur le lit. Elle pense au Grand Hôtel, à la suite qu'elle y occupait avec Si Abdellah. Des larmes coulent sur ses joues. Comment, pourquoi en est-elle arrivée là ? La force qui la poussait vers les sommets la précipite aujourd'hui dans les bas-fonds. Elle doit résister, refuser de se laisser mettre à l'écart comme un objet dont personne ne veut plus. Elle doit espérer.

À travers les rideaux filtre le halo jaunâtre d'un réverbère. Les voitures, les camions font un bruit sourd qui étouffe ceux de la nuit : le crissement des insectes, le sifflement du vent.

Le Marseillais ne connaît pas la famille de lalla Amina, il conseille à Alia de se rendre dans la vieille ville et d'interroger le concierge d'un notable. Les belles demeures anciennes n'y manquent pas.

Alia a revêtu un caftan de satin, noué sur sa tête en turban un foulard de soie. Dans le miroir de la chambre d'hôtel, elle a longuement examiné son visage. Est-elle encore jeune ou déjà vieille ? Les soucis ont creusé deux sillons entre ses sourcils, un pli profond marque son visage entre le nez et la bouche, son teint a pris une couleur terne dont tout éclat a disparu. Mais beaucoup de sa beauté demeure, les yeux, la forme du nez, des lèvres. Elle peut plaire encore à un homme, se refaire une vie.

Dans la médina, Alia s'étonne de la richesse des bâtiments, de l'aisance qu'affichent les petits commerçants. Il y a peu d'enfants en robes loqueteuses, moins de mendiants, d'estropiés. Chacun semble pressé de vaquer à ses occupations. On ne la remarque pas.

D'une porte à l'autre, Alia arrive enfin devant une majestueuse demeure. L'air inquisiteur, un portier apparaît. La femme qui se tient devant lui en impose, elle est bien vêtue, le regarde avec hauteur. Comment ignore-t-elle que lalla Amina vit à l'étranger avec son mari nommé ambassadeur ? Ils ne reviennent à Rabat que pour les fêtes. Leurs enfants ? Si Hassan et lalla Karima vivent avec leur famille, l'un à Casablanca, l'autre au Caire. Le riad est vide, seuls y logent trois domestiques. Il ne peut laisser entrer personne sans ordre.

Alia erre dans les ruelles. Elle achète une galette, une orange, les mange assise sur une borne. En vendant ses derniers biens, elle a assez d'argent pour survivre mais où ? Un chien vient se frotter à ses jambes. D'habitude, elle les repousse avec dégoût, mais aujourd'hui elle pose une main sur le poil roux, tend un morceau de pain.

— Vous êtes bonne, Dieu vous bénisse, prononce une femme à côté d'elle.

Alia lève les yeux. Celle qui s'adresse à elle est jeune, bien vêtue, lui sourit.

— Tu viens d'ailleurs ?

— De Marrakech, murmure Alia.

— Tu as de la famille à Rabat ?

— J'y avais une amie qui vit désormais à l'étranger.

La femme l'observe un instant.

— Veux-tu partager avec moi le thé de l'amitié ?

Suivie du chien, Alia accompagne l'inconnue dans une ruelle qui mène à quelques maisons dont les portes sont peintes en bleu.

— Tu dois demander le divorce pour être libre, insiste Myriam.

Alia a raconté la fin de son histoire, sa vie avec le Pacha, la mort de celui-ci, la cohabitation avec les autres concubines, le mariage insensé, les brutalités de Saïd, son ivrognerie. La maison de Myriam héberge quatre chats, des tourterelles, un vieux chien aveugle dont les côtes saillent sous la peau. Tout est propre, confortable, meublé à l'européenne : un canapé, de gros fauteuils recouverts de velours, un buffet, une rutilante table de salle à manger entourée de huit chaises.

— Je ne connais personne qui puisse m'aider, avoue Alia.

— Mon mari le fera. Il aime secourir ceux qui sont dans la détresse. Dieu les lui envoie.

Marwan est vétérinaire. Il a étudié en France et exerce à Rabat une profession encore boudée par trop de gens. Qui, hormis les bourgeois, veut payer pour soigner un animal malade ? Dans son cabinet, il y a plus de chiens de compagnie, de chats de grande race que de bêtes battues, estropiées, mal nourries. Alia écoute, découvre un univers émotionnel qui lui est inconnu, celui de la compassion, un sentiment que, pour survivre, elle ne s'est jamais permis d'éprouver.

À l'hôtel Printania, elle fait sa valise. Myriam a proposé de l'accueillir quelques jours, le temps qu'elle se déniche un petit logis. Dans le regard de sa nouvelle amie, elle a découvert de la pitié et en a été blessée. Qui a le droit de la juger ?

J'ai presque fini l'histoire d'Alia, les quelques pages vierges qui restent dans mon cahier seront suffisantes pour la mener de la médina de Rabat au petit appartement qu'elle occupe aujourd'hui dans un immeuble de béton d'une cité des faubourgs. Comme elle, je vais rester seule, désemparée mais sereine. Si je ne possède pas grand-chose, personne ne dirige ma vie. J'ai fait mon choix.

À Aix, l'été est chaud comme il doit l'être à Rabat. Parfois, lorsque le vent souffle du sud, j'ai l'impression qu'il m'apporte la lumière, les odeurs de cette ville. Ici, je n'ai plus à faire d'effort d'imagination, je n'ai qu'à fermer les yeux.

Après cinq ans passés dans une maisonnette de la médina, Alia doit empaqueter ses dernières possessions. Tous ses caftans ont été vendus. Le bijoutier à qui elle a proposé le collier de rubis s'est plié à son désir de lui verser une petite rente pendant quelques années. Sa servante, une fillette de treize ans, l'aide à empiler les sacs devant la maison. Une camionnette va bientôt venir les charger.

À Rabat, Alia a revu lalla Amina, quelques-unes des jeunes filles de bonne famille éduquées dans le palais du Glaoui et qui sont aujourd'hui des épouses de notables. Elle a tenu sa place, celle d'une femme que l'on ne peut ni chasser ni considérer d'égale à égale, une ombre projetée par le soleil du passé.

La camionnette les emporte, elle, Leïla et le chien roux qu'elle a nommé Lido, souvenir d'un moment heureux. Les pneus crissent sur le gravillon, font lever des nuages de poussière. Le vent doux souffle de la mer, pousse des feuilles de journaux, des détritus. Des femmes font leurs courses ou reviennent de la fontaine, des bassines d'eau sur leur tête. À la terrasse des cafés, des hommes jouent aux dominos.

Au loin, Alia discerne la silhouette des immeubles en béton, de hautes bâtisses qui ressemblent à des murs percés de trous de taille égale. Aucune végétation, hormis des buissons poussiéreux, ne survit autour d'eux, mais des enfants jouent au ballon, courent, se perchent sur les bancs qui entourent des tas de sable.

Alia comprend qu'elle est arrivée au bout de sa route. Elle s'en moque. Dans ses valises, elle a les assiettes en porcelaine de Limoges, une bague de turquoise offerte par Nejma à Télouet, un collier de perles que Si Abdellah lui-même a accroché à son cou à Paris, un coffret en vermeil où Si Thami avait enfermé un bracelet depuis longtemps vendu.

Sa liberté est minuscule et infinie, sa détermination et son courage ont eu raison de la fatalité et elle ne nourrit nulle envie envers celles qui prétendent la dominer. Ses souvenirs, elle les a tous conquis un par un, les bons comme les mauvais.

Les gens du quartier ont pris l'habitude de voir passer cette grande femme un peu hautaine suivie d'un chien roux et accompagnée d'une petite bonne, une fillette aux cheveux crépus et drus mais vêtue comme si elle servait une dame de qualité.

Alia se rend rarement à Rabat. L'après-midi, elle s'assied au soleil sur un banc de plastique, Lido couché à ses pieds.

Les enfants semblent apprécier leur présence, parfois une fillette vient s'asseoir à côté d'elle et lui tend un bonbon, un morceau de crêpe au miel, caresse la tête du chien.

Quand le soleil descend, Alia traverse le vestibule couvert de graffitis et remonte dans son appartement. Leïla a préparé une soupe, des légumes, épluché des fruits. De temps à autre, Alia prend un autobus jusqu'à la mer. Elle se revoit sur le bateau en route pour Marseille, aux côtés de Si Abdellah. Elle ferme les yeux, laisse la brise caresser son visage. Quand elle les rouvre, elle aperçoit des oiseaux qui planent, des voiles bariolées se balançant à la surface de l'eau. Elle n'a plus peur, n'est pas triste. Sa vie a un sens, une justification. Volée, devenue esclave puis servante et concubine, elle est libre aujourd'hui et n'a de comptes à rendre à personne.

Ses doigts tremblent un peu. Elle a du mal à allumer la cigarette dont elle savoure chaque bouffée. Elle pense aux feux de camp des nomades quand elle cheminait de Télouet à Marrakech avec la caravane, aux braseros que les servantes allumaient dans le palais dès les premiers froids, aux feuilles mortes se consumant dans les jardins. Elle revoit les murs d'argile, les tourbillons de poussière rouge, les bouquets de palmiers. Tout est intact, éternel au fond de sa mémoire.

Le bus la ramène le soir à la cité. Elle ne remarque pas les ampoules qui dispensent une lumière jaunâtre, monte chez elle, se couche après le souper, s'enroule dans la couverture de laine marron, sent contre elle le corps de Si Thami qui la désire et peut-être l'aime. La réponse, elle ne la connaîtra jamais.

Pour la Grande Fête, lalla Amina lui fait porter un morceau de mouton grillé, d'autres dames des pâtisseries, des dattes, des fruits rares et coûteux. Elle sort les assiettes en porcelaine de Limoges, revêt son plus beau caftan, se parfume. Lalla Alia est une vraie princesse.

Dehors les habitants de la cité font la fête, jouent du tambour, dansent et chantent. Derrière une des fenêtres, elle les regarde en fumant. Quand ses yeux se posent sur une jolie jeune fille, elle se détourne, elle a les larmes aux yeux, des larmes de vieille qui ne peut plus les retenir.

Lido est mort. Les enfants de la cité sont devenus des adultes. En mai, Alia ne célèbre pas ses quatre-vingt-dix-sept ans. Dieu l'a-t-il oubliée ?

Tous les appartements ont maintenant la télévision, le bruit l'assourdit, la lumière des lampadaires gêne son sommeil. Elle ne peut plus entendre souffler le vent du sud, ne voit plus d'étoiles dans le ciel. Lorsqu'elle s'assoit sur le banc de plastique, elle a toujours froid.

Le 15 juillet, Alia ne se réveille pas. Revenue de France, Jamila fait sa toilette, l'enveloppe dans son suaire.

Expédiée aux Amaryllis, la lettre a mis quelques jours avant d'être envoyée à mon adresse aixoise. Toute la journée, je reste seule dans mon appartement, je décroche le téléphone, ferme les persiennes. Je veux penser à celle qui est devenue ma meilleure amie, une sœur inconnue. Je veux lui dire qu'elle a changé ma vie, m'a appris le pouvoir de l'imagination et que la vraie liberté est la souveraineté sur soi-même. Les autres vertus sont des apparences.

Le soir, j'ouvre mes volets. La lumière est douce, la rue s'anime, le ciel est lisse, sans nuages au-dessus des toits. Demain, je prendrai un car jusqu'à Cassis, m'assiérai à la terrasse ombragée d'un restaurant, commanderai le plat du jour, un verre de rosé de Provence. Je regarderai les vaguelettes ourlées d'écume, les reflets du soleil sur l'eau et les mouettes planant haut dans le ciel, poussées par le vent du sud.

Du même auteur :

AUX ÉDITIONS ALBIN MICHEL

Les Dames de Brières :
Les Dames de Brières (t. 1).
L'Étang du diable (t. 2).
La Fille du feu (t. 3).
La Bourbonnaise.
Le Crépuscule des rois :
La Rose d'Anjou (t. 1).
Reines de cœur (t. 2).
Les Lionnes d'Angleterre (t. 3).
Lord James
Le Gardien du phare
Les Années Trianon

CHEZ D'AUTRES ÉDITEURS

Le Grand Vizir de la nuit, prix Femina 1981, Gallimard.
L'Épiphanie des dieux, prix Ulysse 1983, Gallimard.
L'Infidèle, prix RTL 1987, Gallimard.
Le Jardin des Henderson, Gallimard.
La Marquise des ombres, Olivier Orban.
Un amour fou, Prix des Maisons de la Presse 1991, Olivier Orban.
Romy, Olivier Orban.
La Piste des turquoises, Flammarion.
La Pointe aux tortues, Flammarion
Lola, Plon.
L'Initié, Plon.
L'Ange noir, Plon.
Le Rivage des adieux, Pygmalion.

31/2819/6

Composition réalisée par IGS-CP

Achevé d'imprimer en mai 2011 en Espagne par
BLACK PRINT CPI IBERICA, S.L.
08740 Sant Andreu de la Barca (Barcelona)
Dépôt légal 1re publication : juin 2011
LIBRAIRIE GÉNÉRALE FRANÇAISE
31, rue de Fleurus – 75278 Paris Cedex 06